ポーランド文学
KLASYKA LITERATURY POLSKIEJ
古典叢書
6

ヴィトカツィの戯曲四篇

小さなお屋敷で／水鶏／狂人と尼僧／母

Cztery dramaty Witkacego

スタニスワフ・イグナツィ・ヴィトキェーヴィチ
Stanisław Ignacy Witkiewicz

関口時正 訳
Translated by
SEKIGUCHI Tokimasa

JN155801

未知谷
Publisher Michitani

装幀　菊地信義

ヴィトカツィの戯曲四篇

《ポーランド文学古典叢書》第6巻

小さなお屋敷で

三幕

題辞——

さて私はこれから私の理性の
強力極まりない巨大感覚装置へと
おもむくのだ。
ティトゥス・チジェフスキ[1]——「電気幻影」[2]

母に献ず

登場人物

父＝ディヤパナズィ・ニベック――サンドミェシュ地方[3]の小さな荘園を経営している。五十歳。煙草色の服に黒の喪章[4]。黒髪だが、かなり白髪が混じる。顎鬚は剃られ、口髭のみ。〔愛称ディヤプチョ〕

娘たち＝ゾシャ――十二歳。金髪。アメルカ――十三歳。黒髪。二人ともピンクの服に水色のサッシュ、髪にも水色のリボン。

父の甥＝イェンゾリ・パシウコフスキ――詩人。二十八歳。黒髪。ひげは生やしていない。黒い服。〔愛称イェジョ〕。

アネタ・ヴァシェーヴィチ――〔ニベック家、パシウコフスキ家双方の〕親類の女性。二十六歳。音楽教師。美人。栗色の髪。

母の幽霊＝アナスタズィヤ――ヴァシェーヴィチ家の出。三十歳。金髪に黒い眼。たいへんな美人。裾を引きずるほど長い、白い衣裳。頭にはカモミールを輪に編んだ花飾りをのせている。おごそかな口調（口調が変わる場合は指示がある）。すべるように歩く。〔愛称アニー〕。

二人の家令――三十五歳前後の男性。

イグナツィ・コズドロン――黒髪。ひげなし。第一幕では煙草色、二幕では白色・黄色、三幕ではふたたび煙草色の服。ブーツ。

ユゼフ・マシェイコ――金髪。控えめの顎髭。第一幕では乗馬に用いるような灰色の服。二幕三幕ではナンキン地[5]の服にブーツ。

家政婦＝ウルシュラ・ステフウォ――四十五歳。灰色のブラウスとスカート。頭に赤いスカーフ。肥満体。

厨房の使用人＝マルツェリ・ステンポーレク――十五歳。

（事件はサンドミェシュ郡のコズウォヴィーツェ村[6]で起こる）

第一幕

ニベック家の屋敷の小さなサロン。黄昏時。正面に二つの窓。上手、下手にそれぞれ扉がある。白い壁にタペストリー〔複数〕が掛かっている。窓と窓の間にはかなり使い古された赤い家具一式。下手《しもて》に小ぶりな三本脚の円い卓子。

第一景

正面、窓下のソファーにディヤパナズィ・ニベックが腰かけ、パイプを吹かしている。その隣、下手側の肘掛椅子に、帽子をかぶり、灰色の服を着たアネタが腰かけている。手にはハンドバッグ。

アネタ　ねえ――伯父様。どうでしたの？　お話しして。

ニベック　（朗らかに）では単刀直入に通常の前口上を述べるとするか。これはすべてお芝居だと、芝居の始まりだとみなそう。（ぷかりと煙を吐く）いい煙草だ。要するに、だ。こういうことだ。わしの妻、つまりあんたの伯母、アナスタズィヤは死んだ。（やおら立ち上がり、パイプを靴底に打ちつけ、灰を落とす）以上だ！　わかったな?!　そしてこのことについては、今後二度と訊かないように。くれぐれもだ。（パイプでテーブルを叩き、勢いよく下手に消える。舞台袖から彼の怒鳴り声――）ゾシャ！　アメルカ！　今すぐにサロンに来て、アネタ叔母さんにご挨拶だ！

（アネタ、腰かけたまま物思いに耽っている。沈黙）

第二景

（ゾシャとアメルカ、忍び足で床の上を滑るように下手から登場し、アネタに近づく。アメルカ、アネタの肩をたたく）

アネタ　（おびえ、驚き、腰を浮かせるが、すぐに右腕でアメルカの体を抱き寄せる。反対側に走りこんだゾシャも左腕で抱き寄せる）お母様の代わりになろうと思って来たのよ（感極まりながら）、あなたたちのかわいそうなお母様、私の伯母様の代わりに。あなたたち、もう寄宿舎に帰らないのだったら、私がピアノを教えますからね。コンセルヴァトワールを優等で卒業したばかりなのよ。

アメルカ　優等でも、そうじゃなくても、私たちにはどうでもいい。それに、ママの代わりは全然要らない。そんな風にママを偲んではいないから。全然違う。

アネタ　（優しくいたわるように）じゃあどのように偲んでいるの？　教えて。

アメルカ　（当惑の表情で笑いながら）私には何て言えばいいかわからない。ゾシャ、言って。

ゾシャ　（もの怖じせず）ママを墓地に埋葬した日、私は私のお人形を全部、お墓に埋めたわ――あそこ、庭のお墓に。（窓の外を指さしながら）お姉ちゃんは（アメルカを指さし）一年前から人形遊びをしていない。もう十三歳だから。ママは私の一番大きなお人形だった。パパも、ママとはお人形を相手にするように遊んでいた――ママはみんなのお人形だった。この家では先祖代々、女の子は十二歳の年にお人形遊びをやめるってママは言ってた。私が十二歳になった時、ママは死んだ。ママは墓堀人夫たちが埋めて、私はお人形を全部埋めた。これ以上のことは訊かないで、叔母さん。訊いても教えないから。

アメルカ　そう、本当――それがこの家の慣わしなの。

アネタ　あなたたち、どうして喪服じゃないの？　どうしてそんな明るい色の服なの？

ゾシャ　ママがそう望んでいたから。いつもそう言っていた。もう一年前から。

アネタ　（立ち上がりながら）わかったわ、というより、大体見当がつきました。二人でここにいてちょうだい。後で、暗くなったら、とても不思議なお話をしてあげるから。私はちょっと用があるの。（下手に去る）

第三景

（少女たち、腰かける。アメルカはソファーに、ゾシャは下手側の肘掛椅子に）

アメルカ　何て馬鹿なの、あの人。フフ！　私たちに何か不思議な話をしてくれるんだって。前の方に赤い眼が見える――あそこ、ペチカの後ろ。怪物みたいなのが私のすぐ横を通っていく。あんたの膝に乗ったよ、ゾシャ。私は全然怖くない。

ゾシャ　私も怖くない。そうだ、ねえ、降霊術ごっこしよう。

（誰にも気づかれずに、イェンゾリ・パシウコフスキが上手の戸口に立ってこの場景を見ている）

第四景

（前景と同じ顔ぶれにイェンゾリが加わる）

アメルカ　いいわ。（立ち上がり、〔三本脚の〕円卓を持ち上げて、ソファーと大きいテーブルとゾシャの腰かけている肘掛椅子の真ん中に置く）でも、辛抱強くしてなさい。

（大分暗くなる）

ゾシャ　いいわ――ただ、あまり早く怖がらないで。

アメルカ　大丈夫。何も怖くない。

イェンゾリ　（そっと部屋の中央に来て）怖いのは僕のことだけだろ、アメルカ。

アメルカ　（身ぶるいするが、こらえる）イェジョ叔父さんのことだって怖くない。

ゾシャ　（イェンゾリに向かって）一緒に降霊術をやろう。
イェンゾリ　いいとも、ただ、僕が今晩を乗り切れるよう、後で手伝ってくれればの話だ。あんまり早く床に就かないで。僕は誰にも相手にしてもらえず、どこかへ出かけるお金もないんだ。
アメルカ　はい、いいから坐って。
（イェンゾリ、テーブルをやや上手に押して動かし、自分は客席を背にして肘掛けに腰かける。沈黙。やがて円卓がカタカタと動き出す）

第五景

（下手の扉からひっそり、音もなく母の幽霊が現れ、無言で上手方向に向かう。円卓は二、三度跳ねた後、静まる）
アメルカ　あ！　もうママが来た。
（誰も動かない。幽霊はソファーのアメルカの〔アメルカから見て〕左隣に、体をこわばらせたまま腰かける）
イェンゾリ　こういう洞窟があるのを僕は知っている。その洞窟は、横にも縦にも、正面にも斜めにもそれ以上掘り進むことができない。ただ一ヶ所だけ、ほんの小さな穴――《真実》という穴があって、それに命中すれば掘ることができる。そこから神様が人間に手を差し伸べようと努めていらっしゃる穴だ。

幽霊　（おごそかな声で）その通り、イェンゾリ。でも、神様はなぜ努めているだけで、実現できないのです？

ゾシャ　そんなことは訊かないでよ、ママ。罰があたる。

アメルカ　ゾシャは黙って。ママには言いたいことを言わせてあげましょう。

幽霊　私は自分の意志で死にました。自殺をしたわけでも、誰かに殺されたわけでもない。死にたくて死んだのです。肝臓に癌ができ、そのことは誰も知らなかった。私が自分の痛みを懸命に隠し通したからです。

ゾシャ　私たちやパパとあんなに遊んでくれていたのに！

幽霊　恐ろしい苦悩の中で私は生きていました。

イェンゾリ　僕にはとても幽霊とは思えない。アニーは生きている。ただ催眠術にかかっているだけだ。

幽霊　その件については、私は何も言えません。自分の意見もありません。（眼を閉じる）

ゾシャ　ママ寝ている。見て、アメルカ。

イェンゾリ　（立ち上がって幽霊に近寄り、その腕を取る）これは実に不思議な現象だ。たしかに幽霊だ。幽霊以外の何者でもない。この腕には重さというものがない。それとも僕の気のせいか。（幽霊から離れる）今晩十時、僕はものすごく孤独になるような気がする。（少女たちに向かって）お願いだから、今夜は僕と一緒にいて。

ゾシャ　今日親類の叔母さんが来たわ。十時を過ぎたら、その叔母さんがイェジョの相手をしてくれるでしょう。私たちはその頃もう寝ないといけないの。

イェンゾリ　親類の叔母さん？　僕が子ども時代一緒になって遊んだあの、ちっちゃなアネタじゃないのか？

幽霊　（眼を閉じたまま）その彼女よ。そのことによってどんなに恐ろしい事件が持ち上がることか、今にわかります。本当にうれしい、本当にうれしいわ。

イェンゾリ　（落ち着きなく部屋を歩き回りながら）恐ろしい事件なんてない。僕は戦争も、革命も、愛する人の死も、拷問も体験した。すべてどうってことない。恐ろしいのは退屈だ、そして、何かを――それが何なのかまだ見当もつかない何かを書きたくて、それでいていかなる詩も頭に浮かばない、今の僕のような状態だ。ああ！　それこそ本当の受難だ。

幽霊　（一瞬ぶるっと全身を震わせ、眼を開ける）最悪なのは肉体的苦痛、特に肝臓癌。でも私は詩人ではないので、そういうあなた方の苦しみは知りません。

アメルカ　何て馬鹿なの、イェジョって。フフ！　もうあの人のことは全然怖くない。ママがいれば、誰も怖くない。

第六景

（上手から、灯を点した緑色の傘のランプをかかげて家政婦が登場。ランプをテーブル上に据える）

家政婦　おや？　奥様、あっちの世界で我慢できずに、あたしらのところにお出でなすった？

幽霊　そう。今は私たちの邪魔をしないで、ウルシュラ。調理場には後で行きます。

（家政婦、出てゆく）

第七景

（下手からディヤパナズィ・ニベックがアネタに腕を貸しながら、登場）

ニベック　（イェンゾリを指さしながら）わかるな？　この男がアナスタズィヤの愛人だった。だからわしは彼女を殺したんだ。

幽霊　（坐ったまま）嘘です。愛人はコズドロンだった。私は病気で死んだのです、肝臓癌で。

ニベック　（絶望の表情で）永遠に同じ嘘を繰り返すつもりか！　あの世に行ってまでも嘘をつく——何て哀れな女だ。

幽霊　（初めて体が動き、こわばりが消える）ハ！　ハ！　ハ！　ハ！　ハ！

イェンゾリ　（幽霊に向かって）そんな笑い方をしないでくれ、アニー。ディヤパナズィ伯父さんの言う通りかもしれない。僕は何一つ請け合えないけど。

アメルカ　（坐ったまま）恥ずかしくないの、イェジョ？

ゾシャ（坐ったまま）そんな嘘はだめ。

幽霊　ハ！　ハ！　娘たちはありがたいわ、私の味方をしてくれるのですから。イェジョを愛したことなど一度もありません。

イェンゾリ（幽霊に向かって）でも覚えてるだろう、今年の春のこと？　庭で二人きりで話し合ったこと、覚えてるだろ？　思い出させてやるさ。夕方の五時だった。ニワトコが咲いていた。僕は君にこんな詩を読み聞かせていた（暗誦する）――

血の気なく透き通った顔、
晴れがましきデスマスク、
墓前の蠟燭は燃え、
誰かが退屈な弔辞を唱える。
失われた数々の瞬間の物言わぬ絶望、
家の中、御霊《みたま》を待ち受けるのは空虚、
苛むは恐怖と呵責、
人はなぜこの世では常に孤独なのか？
死んだ後はみんな一緒にされるのに！
それは最早永久不変のお定まり。
凄まじきは亡骸《なきがら》の沈黙、

その突きつける呵責の数々。
思考は大それた飛躍の末に、
来世の存在を信じ始める。
撤回されることなき判決を
自らの無力によって測り試さんと……[7]

第八景

（家政婦登場）

家政婦　旦那様、コズドロン様が事務所でお待ちです。

ニベック　ここへ来るように言ってくれ。ちょうど彼に用があったんだ。

（家政婦退場）

第九景

（家政婦を除き、前景と同じ顔ぶれ）

幽霊　そう。その詩は覚えています。あれが最後だった。何かあっても不思議じゃなかった——それは否定しません——でも私たちの間には何もなかった。

ニベック　（感嘆して）素敵な詩だ。実に素敵だ。だがそれで終わりではなかった。わしは知っているぞ。

イェンゾリ　（憤って）終わりじゃない！　終わりじゃない！　すべてはこの詩から始まったんだ。僕の幸せも、この世のものとは言えぬ僕の苦悩も。ひどく苦しみはしたが、マシーンのように詩を書きつづけた。ところが、君が死んでからというもの、何も書けない。からっきし駄目だ。まるで頭の中身を誰かにすっかり抜き取られたかのように。（上手側の椅子にどさっと腰を下ろす）

第一〇景

（上手の扉を強くノックする音。許可を待たずにコズドロンが入ってくる。乗馬用のブーツに鞭。毅然とした足取りで、アネタとともに下手に立つニベックに歩み寄る。話し声は大きい）

コズドロン　（幽霊に気づいていない）皆さん、今晩は。（ニベックと握手）穀物相場が上がっている。われわれにはありがたい話だ。（知らない人間がいることに気づき）ところで――ご紹介願えますか。

ニベック　姪のアネタ・ヴァシェーヴィチ嬢。わしの右腕、コズドロンさん。

幽霊　そして私の左腕。

イェンゾリ　（椅子から立ち上がり）嘘だ！　嘘だ！

（コズドロン、振り向き、幽霊を目にする。幽霊の下半身には強い照明があたっているが、上半身はランプの傘を通した緑色の薄闇に溶け込んでよく見えない。コズドロンは客席に背を向けて棒立ちになり、一言も発することができない）

幽霊　（立ち上がり、おごそかに）私と何もなかったなどとは言わせません、イグナツィ。私はあなたのものだったし、今でもそう。もっとも……

ニベック　ハ！　ハ！　ハ！　ようやく面白くなってきた。これは見ものだ。一体誰が誰を負かすことやら。

コズドロン　（あたかも急激な腹痛に見舞われでもしたかのように、いきなり身を丸め、客席に背を向けたままくずおれ、床に膝を突く）あ！　あ！　あ！　俺じゃない！　何てことだ！　どういうことだ?!　何でここに死人が？　あ！　あ！　あ！　俺は死にそうだ！（跪いたまま、両の掌で眼を蔽う）

ニベック　ハ！　ハ！　知らないと言っているぞ、アナスタズィヤ！

コズドロン　（跪いて眼を蔽ったまま）俺は怖い！　彼女を追い出してくれ！　生きていないはずだ。俺は眼を開けないぞ。俺は見たくない。貴様らみんな、何者だ？　ああ、神様、神様！　俺は眼を開けないぞ！　ああ！　眼がつぶれた方がましだ！（眼は蔽ったまま、あたかも礼拝を繰り返すかのように、上半身を前に傾けたり、上げたりする）

幽霊　彼は昔から小心者だった。けれど私は、そういう彼を愛していた。（その場に佇む）

イェンゾリ　アナスタズィヤ、君が愛したのは僕だけだ！　もう僕は何一つ書けなくなる。

第一一景

（家政婦登場）

家政婦　旦那様、マシェイコ様が事務所でお待ちです。お急ぎの用とか。何でも、今朝の六時に分農場の雌犬が全部、雑種犬と番《つが》ってしまったとか。

ニベック　ここへ来るように言ってくれ。

第一二景

（退出する家政婦と、勢いよく駆け込んでくるマシェイコの体が戸口でぶつかる）

マシェイコ　ニベックさん、大変だ。分農場[8]で飼っている雌犬がみんな雑種犬とつるんでしまった。弱りました。どうしますか？

ニベック　引き離せばいいだろう、マシェイコさん。有能なマシェイコさんなら何とかなる。落ち着いて。

イェンゾリ　（穏やかに）伯父さん、そちらのご婦人にご紹介願えませんか？　僕らはおそらく親類同士だろうと思いますが。

ニベック　イェンゾリ・パシウコフスキさん――詩人で、わしの甥っ子。こちらはアネタ・ヴァシェーヴィチ嬢。

（イェンゾリ、アネタの手を取りながら、探るように相手の眼を見つめる。イェンゾリの声で我に返ってあたりを見まわしたマシェイコは幽霊を見つけ、非常にへりくだった恭順な態度で幽霊の許に近寄る。コズドロンは跪いて両手で眼を蔽ったままぴくりとも動かない）

マシェイコ　（幽霊に向かって）やあ！　何ということだ。奥様じゃないですか。今晩は。お晩です。[9]　お元気でしたか？

幽霊　（マシェイコが接吻できるよう、女王のように悠然と片手を差し出す）今晩は、マシェイコさん。ありがとう。元気ですよ。ただ幽霊ですけどね。

（マシェイコ、恭しく幽霊の手に接吻する。幽霊、幽霊らしい威厳のある足どりで下手に移動する。その後をマシェイコが滑らかな宮廷風スキップで追従する）

ニベック　（マシェイコに向かって、コズドロンを指し）見たまえ――このざまを。

幽霊　（イェンゾリとアネタの左側に立つ）私は、こういう彼をありのままに愛していたし、今でも愛しています。

マシェイコ　奥様、それはご冗談でしょう。どうやら、皆さん揃って恐ろしく上機嫌のようですが。（揉み手をする）しかしまあ、これはごく普通の癲癇の発作です――心配無用。

幽霊　（マシェイコに向かって）その通り。私たちは恐ろしく上機嫌なのです。そうでしょ、ディヤスパズィ？　マシェイコさん、あの人との密会を手引きしてくれたのはあなた自身でしたわね！

（マシェイコ、困惑する）

コズドロン　喋るな――気が狂っちまう。あんたはいない、俺はそう信じていた。何も見たくない、何も聞きたくない。（両の親指で耳を、その他の指で眼を塞ぐ）

幽霊　みんな聞きましたか？　私に対する命令口調。これが私たちの関係を物語る証拠です。

ニベック　マシェイコさん、わしの妻とあなたはこの屋敷で一番力のある人間だ。二人でこの男を事務所に運んでもらいたい。そのうち気を取り直すだろう。

イェンゾリ　彼女がこのけがらわしい男に触れることは、僕が許さない。僕一人でやる！

幽霊　滅相もないこと、イェンゾリ。あなたにはこのお嬢さんを頼みます（アネタを指す）。マシェイコさん、さあ！（幽霊はコズドロンの脚を、マシェイコは首を抱え、辛うじて体をまっすぐにさせると、二人がかりで上手《かみて》に運んで出てゆく）

第一三景

（幽霊、マシェイコ、コズドロンを除き、前景と同じ顔ぶれ）

イェンゾリ　何たる無法！

アネタ　落ち着いて。これも今は亡き故人の意志だから。

ニベック　そうだ――この家では、今は亡きわが妻の意志は現在も未来も神聖だ。ただ一つ、コズドロンとの浮気についてだけは信じることができない。

イェンゾリ　（ニベックを抱擁し）ありがとう、伯父さん。その言葉、未来永劫忘れないよ。

第一四景

（下手から幽霊が威厳ある足どりで登場）

ニベック　（怖気づいて）どうやって入ってきた？　どこから？

幽霊　（おごそかに）調理場の貯蔵室から廊下に抜けて、私たちの寝室を通って。

ニベック　（戦慄しながら）何だって？　閉まった扉を通り抜けてか？

幽霊　何か不思議なことでも？　子どもたちにさよならを言おうと思ったのです。

ニベック　いやいや！　これはたまげた！（下手に飛び出してゆく）

アメルカ　（立ち上がりながら）ママがさよならの挨拶もなしに行ってしまった——私たちそう思ったけれど。

ゾシャ　（立ち上がりながら）私はものすごく心配だった。私たちのこと、ママがすっかり忘れてしまったのかと思って。

幽霊　（子どもたちに近寄り、頭に接吻する。子どもたちは同時に母親の手に接吻する）そんなわけがないでしょう！

アメルカ　お夕食も一緒にしようよ、ママ。コズドロンさんの怖がり方、本当に面白い。

ゾシャ　お夕食一緒にしよう、ママ。きっと素敵に楽しく、遊べるから。

幽霊　いえ、駄目です。私は疲れているのです。明日の朝また一緒に遊びましょう。これから調理場に行かないと。

（幽霊、少女たちにまた接吻する。アネタの手をつかんでいたイェンゾリ、上手のランプの所へ彼女を引っぱってゆく）

イェンゾリ　おいで。君の顔をよく見ないと。

アネタ　どうぞ――好きなだけ見て、ハンサムなお兄さん。

幽霊　そうです。彼女の顔をよく見るのです、イェンゾリ。彼女を守り、どこまでも愛しなさい。あなたの霊感を取り戻してくれるかもしれません。（おごそかな足どりで上手へ向かい、扉の背後に消える）

第一五景

（少女たちが伸びをし、欠伸をしていると、下手からニベックが飛びこんでくる）

ニベック　ああ、信じられん！　閉まった扉を通り抜けて来るとは。お前たちはどう思う？

アメルカ　私たちは何とも思わない。私たち、ちょっと疲れた。

（ニベック、子どもたちの頭をなでる。家政婦登場）

家政婦　お夕食の支度ができました。（退場）

第一六景

アネタ　ああ――やっとね！　この家では、私がはるばる遠方から来たなんていうことを誰も考えてくれやしない。お茶の一杯も出てこない。

ニベック　おお、アネタ！　悪かった。さ、じきに腹いっぱいになるから。（アネタに腕を貸し、上手の戸口に向かい、出てゆく）

アメルカ　（上手にいるイェンゾリの許へ来て）やっぱり今日はもう私たちのことは放っておいてくれる？　私たちはとても疲れているの。今日はアネタと遊んでくれる？

イェンゾリ　（取り乱し）まだ何もわからない。たしかなことは何も言えない。もし今日詩が書けなかったら――きっと頭が変になる。

ゾシャ　（優しくあやすように）だいじょうぶ、イェジョなら書ける――お腹いっぱい食べて、書くのよ。行きましょう！（イェンゾリを戸口に引っぱってゆく）

イェンゾリ　ゾシャの言葉を信じたいよ。（二人、出てゆく）

アメルカ　イェジョって本当にお馬鹿さん。フフ！（退場）

（幕）

第二幕

コズウォヴィーツェ村、ニベック家屋敷前の庭園。秋。黄色や赤に紅葉した木立。上手には白く塗られた果樹の園[10]。舞台中央よりやや上手寄り、はじめは舞台框《がまち》に対して直角、やがて上手方向に曲がってゆく二メートルほどの幅の小径が、背の低い灌木と花の植え込みを巻くように設けられている。下手には数本の大きな木立。その下に（ほぼ舞台中央にあたる）、テーブルクロスをかけてバター、蜂蜜、チーズ、果物、色々な種類のパンを載せた食卓。九月の暖かい朝。〔第一幕の〕翌日の九時。五〇歩ほど離れた舞台奥、木の間越しに屋敷が見えている。

第一景

（ゾシャとアメルカが客席の方に顔を向け、食卓についている。白い服を着て、二人で一冊の絵本を覗き込んでいる。家政婦、それぞれコーヒーとミルクの入った湯気の立つ手鍋を持って現れ、レードル

で茶碗に注ぎ分ける）

家政婦　どうぞ、お子たち。お父様は事務所でコズドロンさんとお話し中だから、待たなくていいんです。昨日いらしたお嬢様は、まだこてこてとお顔の手入れか、それともどこか別の所にいるんだか……。お嬢様育ち、いかにもお嬢様育ちだね。

ゾシャ　ウルシュラ、そんな悪口はやめて。

家政婦　ゾシャもお行儀よくしないと、奥様の葬儀の後みたいに、あたしの手に接吻しなさいと旦那様に言われますよ。

ゾシャ　（泣きそうな顔で）いいからもう行って、ウルシュラ。今すぐ。ウルシュラ、わかった？

（家政婦、人差し指を立てて威嚇しながらその場を離れようとする）

アメルカ　（ゾシャを抱擁しながら）ウルシュラ、もういい加減にして。ゾシャは今日とても神経が昂ぶっているの。

家政婦　（立ち止まり）おう、あたしだって知ってるさ。人間の神経がどんな風に暴れるか。へっ、神経、神経って。そりゃあ、年寄りの話だ。こんな洟っ垂れが聞いて呆れる。

第二景

（上手に去ってゆく家政婦、イェンゾリとすれ違う。イェンゾリはひげを剃っておらず、眼の下に隈ができ、死人のように見える）

アメルカ　見て、可笑しいの、あのイェジョったら。
イェンゾリ　待てよ。何か、生まれそうだ。詩が書けるかもしれない。（テーブルを囲むベンチの上手側に腰かける）
アメルカ　イェジョ叔父さん、コーヒーでも飲んだら？
イェンゾリ　注いで、注いで、飲むかもしれない。でも邪魔しないで。
（イェンゾリ、ポケットから紙と鉛筆を取り出し、すさまじく顔を歪めながら、書き始める。手を止め、思案したかと思うとまた書きだすという繰り返し。アメルカはコーヒーを茶碗に注ぎながら、大きな声で笑う）
ゾシャ　よしなよ、アメルカ。邪魔しない方がいいよ。書かせておけば。
（イェンゾリ、コーヒーを少し啜り、林檎をかじり、また書く。沈黙）
アメルカ　（悲しげに）明日《あした》、寄宿舎に帰るのよ、ゾシャ。色んなこととも、みんなともお別れしないといけないなんて、本当に厭ね。
ゾシャ　でも、なんか妙な予感がする。永遠にお別れしないんじゃないかって、もう寄宿学校に帰らなくていいんじゃないかって。
イェンゾリ　しーっ、静かに。もうすぐ書き終わる。そしたら色んなことを話そう。
（イェンゾリ、熱に浮かされたように書きつづける。上手から、コズドロンの手を取ったニベックがやって来る）

第三景

ニベック　さあ、さあ、コズドロンさんよ。少しは落ち着いて。ここにいるのは家《うち》の者ばかりだ。彼女はいるのか、いないのか、生きているのか、死んだのか、すべては幻覚だったのか、そうでないのか、この問題はちょっと脇に置こうじゃないか。とにかく、自分の家にいると思って、われわれと一緒にくつろいで。（コズドロンの背を叩く）

コズドロン　（きわめて曖昧な表情を浮かべ）俺は、ニベックさん、あんなものを見るくらいなら、死んだ方がましだ。お日様は照って、いい天気だが、俺の眼には、何もかもが黒い粉のようなものをまぶされているように見える。自分が歩く二歩先には、何やら黒い雑巾みたいなものがふわふわ浮いている。ああ！　考えることをやめられたら！

ニベック　まあまあ、ほら見てご覧。わしの娘たちもいる、甥っこはもう詩を書いている、朝っぱらから仕事に夢中だ……

イェンゾリ　（立ち上がりかけ、しかし書く手はやめず、中腰で）もう少しで……ご挨拶は失礼して……もう少しで終わります……

ニベック　われわれも失礼とは思いはせん。インスピレーションとはどういうものか、わかっておる。アメルカ、コズドロンさんにコーヒーを差し上げて。そして二人ともご挨拶しなさい。

（少女たち立ち上がってコズドロンに挨拶する。アメルカ、父とコズドロンのカップにコーヒーを注ぐ。ニベックとコズドロンは大きな科《しな》の木の下、ベンチの下手側に腰かけ、テーブルに着く。コズドロンが客席により近い方、ニベックはより遠い方）

コズドロン　（安堵して）ふーっ！　何とか治りそうな気がしてきた。ようやくまたあたり前の日常が戻りつつある感じだ、ニベックさん。

ニベック　いや、それは結構。いいですか——繰り返しになるが、たとえそうだったとしても、つまりたとえあんたに問題が——おわかりかな？——その、フム、私との関係において問題があったとしても、事実は事実。わしが彼女を殺した。それだけのことだ。

コズドロン　後生だから、もう言わないでほしい！　頭の中がまた濁ってくる。あ！　あ！　あ！

ニベック　（勢いよく立ち上がり）まったく、ヒステリー女と同じだ！（怒鳴る）さっさとコーヒーを飲め、さもないとその頭をぶちこわすぞ、この腑抜けが！　黙れ!!!　何も言うな!!　何も考えるな！

（ニベック、気を鎮める——この間少女たちはくすくす笑っている）

たとえそうだったとしてもだ、それでもだ——おわかりかな？——あんたは普通に生活しなきゃならない。そのことに慣れる他ないということ。私はあんたをこのコズウォヴィーツェから出さん。あんたがいなけりゃ、わしは片腕を捥がれたも同然、頭の半分がなくな

った半人前なんだ。（笑う）

コズドロン　（コーヒーを飲むが、震えているので、そのほとんどをテーブルクロスと自分の服の上にこぼしてしまう。ロールパンをつかむと、やみくもに丸のまま口に押し込み、食べだす。パンを歯に挟んだまま、言う）努力します、ニベックさん。（かろうじてパンを呑みこむ）努力しますが、そうした考え方に慣れるには時間がかかる。（泣きそうになって）いや、無理だ……

イェンゾリ　（立ち上がりながら）ああ！　僕が詩を書いているということに、少しは配慮してもらえませんか？　もう何ヶ月ぶりかのことなんだ。あなた方の無理解もはなはだしい。

（イェンゾリ、上手に移動し、アネタに出くわす。白い服を着て、見違えるほどにエレガントで美しいアネタ、テーブルに向かう。その間ニベックは小声でコズドロンにコーヒーを飲むよう勧め、少女たちは絵本を眺めている）

第四景

（前景と同じ顔ぶれにアネタが加わる）

アネタ　お早うございます。

イェンゾリ　お早う。悪いけれど、もうすぐ書き終るから。詩を書き始めたんだ。（急いで上手に移動して芝生に寝そべると、脚をばたつかせながら、熱に浮かされたように書いては消し、書いては消しを繰り返す。アネタはテーブルに近づく）

ニベック　おお——見てごらん、今日のアネタはまた格別きれいじゃないか！　コズドロンさん、彼女とちょっと遊んだら？　それから事務所に行くとして。

（コズドロン、アネタと挨拶を交わす。アネタは少女たちの背後に回り、立ったまま彼女たちの頭に接吻する）

アネタ——コーヒーは？

アネタ　いいえ、伯父様。私はコズドロンさんと遊んでいる暇もありませんし、コーヒーは寝床で飲みました。これからレッスンです。さ、行きますよ、嬢ちゃんたち！　この冬はもう寄宿舎に行かなくて済むよう、お父様にお願いしました。私がお屋敷に残って、あらゆるお勉強の面倒をみます。

ニベック　そう、そうだった。すっかり忘れていた。お前たち、わがお転婆娘たちには、わしが自分から言うつもりだったのだ。

ゾシャ　ありがとう、パパ。ほらね、アメルカ。言った通りでしょ？　あれは正夢だったのよ。

アメルカ　わあ！　最高の幸せ、パパ！（二人ともニベックの手に接吻し、アネタの後を追って駆け出す）これからはアネタのことを好きになるわ、ママと同じように——もしかしたらママ以上に。

アネタ（イェンゾリの傍らを通りながら）後で詩を読んで聞かせてね。

イェンゾリ（寝そべったまま）いいとも。でもうまくゆくかどうか、わからない。あと二、三行だ。

（アネタ、少女たちとともに退場）

第五景

（アネタと少女たちを除き、前景と同じ顔ぶれ。しばらくして屋敷からピアノを練習する音が聞こえてくる――ツェルニーの《熟練の手引き》）

ニベック　これを感動的と言わずしてどうするか？　あの二人の天使たちはどうだ？　やがてあの子たちがどんな素晴らしい女性になることやら！　あの子たちにふさわしいものを与えられるよう、わしは馬車馬のように働かねばならん。あんな子は近在にはおらん。ワルシャワにでも行かぬ限り、ああいう子どもは見つかるものじゃない。エーテルのベールに包まれた、汚れなき霊魂たちだ。なあ、コズドロンさんよ。あの子たちが本当に物を食べ、飲み、眠り、また目を醒ますのかと思うと、われながら時々不思議な気がする。さしずめゾシャが森や水の妖精エルフなら、アメルカは空気の精スィルフを思わせる、違うかな？――ほれ、返事は？　コズドロンさんよ。

コズドロン　（そわそわと落ち着きなくコーヒーを自分のカップに注ぎながら）素敵なお子たちだ。俺自身、ずっとそう言っていた。

ニベック　誰があの子たちを産んだ？　アナスタズィヤだ、コズドロンさんよ、アナスタズィヤだ。そのわれらの愛すべき故人の魂を――ひょっとしたら肉体も――自らの裡に継承する者として、われわれはあの娘たちを敬わねばならんのだ。おわかりかな？　どうってこともない些細な事柄で、ヒステリックな発作を起こしている場合じゃないのだ。

（この間終始ピアノを練習する音が聞こえている）

コズドロン　また始まった。せっかく人が平常心を取り戻そうという時に、旦那はまたこれだ。俺のことを本気で疑っているんですか？

ニベック　わしは何一つ疑ってなんぞおらん。だが逆に訊きたいが、どんなことだってあり得るんじゃないだろうか？　ひょっとして亡き妻には二人の愛人がいたのかもしれん。一人は昔の、もう一人は最近の。（にわかに不安になる）まさか、ゾシャがわしの娘ではないと言うのではないだろうな？　あの子は、われわれ、アナスタズィヤの眼にもわしの眼にも似ても似つかぬ眼をしている。あんたと同じで、ふざけた紫色が混じった眼だ。白痴的な薄笑いもまったく同じだ。

コズドロン　（立ち上がり）怒りますよ。お言葉だが、聞き捨てならない。

ニベック　（無理やり坐らせ）まあまあ、まあまあ、あんたがいなければ、わしはゼロに等しいと言ったろう。娘たちの運命はあんたの手の中にあるんだ。（また不安に襲われ）だがもしかして、あんたには何か秘密の約束でもあるのか？　ひょっとしてあんたは本当は……おお、何ということだ！　一体何であんたはこんな、ど田舎のコズウォヴィーツェで働いているんだ？　行こうと思えばどこへでも行ける身でありながら、まるで筍が根を生やしたかのようにここに居ついて離れない。ひょっとしてあんた、雨後の筍のように増殖しようというんでは？　コズドロンさんよ、頼むから……

コズドロン　（重々しい口調で）誓って言いますが、そんなことはありません。しかし今となっては、職場を変えたいと思う。

ニベック　（コズドロンの前に跪き）お願いだ。いずれ何でもあんたのためにする。やがてわしにも人脈ができる。娘たちは伯爵や公爵の家に嫁入りするだろう。わしはあんたを一流の人間に仕立て上げるから、とにかく今はわしを見捨てないでくれ。

（上手から幽霊が現れ、庭の小径をゆっくりと進んでくる。太陽が少し雲に隠れ、あたりがやや暗くなる）

コズドロン　わかった。ひとえに旦那のために、そうする。俺は時として旦那が父親のように愛しい。（ニベックの頭に接吻する）

第六景

（前景と同じ顔ぶれに幽霊が加わる。イェンゾリは詩作に夢中で、幽霊に気づかない）

幽霊　（テーブルまで来て）夫と間男とを、このような美しい和解の姿で目にするとは、何という、この世ならぬ喜び。生きている間には、このようなことは絶えてなかった。

（二人の男、がばっと態勢を直し、幽霊を見る）

コズドロン　あ！　あ！　あ！（木の幹に右手を突いて体を支える）

ニベック　（怒鳴る）黙れ、さもないと犬ころのように撃ち殺すぞ。（拳銃を取り出し、コズドロンの鼻先で振り回す）口を開いたら、蝿のように死ぬからな！

（コズドロン、超人的な努力で我慢し、ひきつった顔、硬直した体で立っている。イェンゾリ、その光景を上目づかいに見て、最後のセンテンスをすばやく書き上げる）

ニベック　どうだ、アナスタズィヤ、コーヒーでも一緒にどうだ、上等な朝のコーヒーにロールパン、バターに蜂蜜はどうだ？　チーズもあるぞ。ウルシュラが作ってきた今日のウォッシュ・チーズは絶品だ。

幽霊　いいわ、ディヤパナズィ。あなた方と一緒にコーヒーを頂きましょう。（少女たちが腰かけていた席に、ぎごちない不動の姿勢で腰かける）

ニベック　それともウォッカはどうだ？　休日の朝のウォッカなど、久しく飲んでおらん。覚えているか？　実にいいものだ。

幽霊　覚えているわ。取ってきて。私が自分で春に仕込んだチェリー酒を。

ニベック　よしきた。（屋敷に向かって、少年のように小躍りしながら駆けてゆく）

第七景

（ニベックを除き、前景と同じ顔ぶれ）

幽霊　（コズドロンに向かって）待っている間にコーヒー頂くわ、注《つ》いで、イグナツィ。そして、もう怖がるのはおやめなさい。もしも私が幽霊だとしても、他の幽霊とは違うんだから。私は飲んだり食べたりする幽霊なの。ウォッカだって飲む幽霊なのよ、かわいそうなイグナツィったら。

（それまで微動だにせず、ひきつった形相で立っていたコズドロン、ブルッと身を震わせ、催眠術にかかったかのように幽霊の茶碗にコーヒーを注ぐ。風景がふたたび陽光を浴びる。イェンゾリ、紙と鉛筆を投げ出し、草の上に仰向けになる。両手を枕にして青空に見入る）

コズドロン　はい。飲んでくれ、アナスタズィヤ。あんたがコーヒーを飲んでいるところを見れば、もしかすると慣れることができるかもしれない。

幽霊　（コーヒーを飲みながら）おや、少しは進歩したようね。昨日は情けない体《てい》たらくだったけど。

コズドロン　許してくれ、アナスタズィヤ、だが本当にわからなかったんだ、どう考えていいか。今日は、今を限りに、何があってもひるまないと心に決めた。

幽霊　そして彼の前で私との間を否定しないと？

コズドロン　（断固として）そうだ。約束する。ただ一つだけ、教えてほしい。本当のことを言ってくれ。

幽霊　（おごそかに）幽霊は決して嘘をつきません。

コズドロン　そんな言い方はよしてくれ。今、最悪の恐怖と俺を隔てているのは薄い板ガラス一枚だ。これが割れでもしたら、俺の頭は狂う。後生だから、怖い思いをさせないでくれ。（幽霊の右手を取る）おお、何て軽い手だ。まったく重さがない。ああ、また恐ろしくなってきたぞ。

幽霊　（左手で茶碗を持ってコーヒーを飲みながら）ご覧なさい。落ち着いて。こうしてコーヒーを飲んでいますよ。

コズドロン　（気持ちを落ち着かせながら）わかった。落ち着く。矢でも鉄砲でも持って来いだ。ところでどうなんだ、ゾシャはニベックの娘なのか、それとも俺の子か？　頭の中がぐちゃぐちゃで、さっぱり覚えていない、何が先で、何が後だったのか。

幽霊　（微笑し）かわいそうなイグナツィ！　心配しないで。ゾシャはディヤパナズィの娘です。幽霊の名誉にかけて誓いましょう。これでも足りない？　私の日記を見れば、すべての出来事が書いてあります。まだ読んでないの？

コズドロン　怖くて触われなかった。

幽霊　ではまず私の日記を全部読んでみて、それからディヤパナズィにお見せなさい。二人とも真実を知るべきです。

コズドロン　実はニベックが、ゾシャの青い眼や笑い方が似ているとか、そんなあてつけるようなことを言ったんでね。それに、実を言うと、俺はゾシャのことがたまらなく可愛いんだ。

幽霊　ではこれからも何の気兼ねもなくゾシャを可愛がってやりなさい。私の母は紫色の眼をしていた。ニベックはそれを知りません。心配しないで、イグナツィ。頭をこちらに――キスしてあげます。あなたはいつだって救いようのない小心者でしたが、かえってそれがいいと思ったものです。

（コズドロン、頭を下げる。幽霊、そこに接吻する。ニベック、右手にウォッカの壜、左手の指の間に四つのグラス[11]を挟んで登場）

第八景

（前景と同じ顔ぶれにニベックが加わる）

ニベック　（この光景を見て、足を止める）これはまた新しい事態だ！　やはりアナスタズィヤの言う通りだったのか？

幽霊　（コズドロンを押し戻しながら）私の言った通りです、ディヤパナズィ。幽霊は決して嘘をつきません。ちょうどイグナツィにそう言っていたところよ。私はこの人の愛人でした。

コズドロン　そうなんです、ニベックさん。奥さんを寝取りました。告白します。

（コズドロン、両手を胸の上で交叉させる。ニベック、重々しい足どりでテーブルに近づき、壜を置くと、左手の指をいっぺんに放してグラスをばらばらと転がす。屋敷ではピアノの練習が終わり、誰か——多分アメルカ——がシュミット[12]のソナチネを弾き始める）

ニベック（重苦しく肩で息をしながら）で、ゾシャは？　答えろ、この不義者どもが！

幽霊　ディヤパナズヴィ、ゾシャはあなたの娘です。私が幽霊であることにかけて、幽霊でしかないことにかけて誓いましょう！　死ぬ二、三日前には自分の日記帳をイグナツィに預けましたが、このかわいそうな小心者はそれを読む勇気もなかったのです。一番いいのは、あなた方が一緒に私の日記を読むことです。そうすればすべてがはっきりします。私を信じなさい。生きている間はひどい嘘ばかりついていたと認めますが、幽霊となった今は——嘘は言いません。幽霊には、たとえ女の幽霊でも、それなりのプライドがあります。生きている人間は、残念ながら、持ち合わせないプライドです。ゾシャの青い眼は、ジェンチェヴィツキ家の彼女の祖母、つまり私の母親から遺伝したもの。

（イェンゾリ、目を醒まし、芝生の上で伸びをする）

ニベック（ほっとして）もしゾシャが本当にわしの子だというのであれば、お前たちのことも許す。そこの哀れな不幸者、コズドロンとつるんでわしを長いこと騙しつづけたことも許す。

イェンゾリ（がばっと起き上がり）何だって？　僕の恋人じゃなかったと、この期に及んでも言い張るのか?!　この僕を——アーチストを否定して、ありふれたコズドロンとやら、しがない管理人風情を選ぶというのか?!（テーブルに駆け寄る）アナスタズヴィヤ、君は僕の恋人だった！　だった！　君は僕のたった一人の恐ろしい、手に負えない恋人だった。この僕になにがしかでも価値あるものが書けたとすれば、それはすべて君がいたからこそだった。嘘をつくんじゃない、アナスタズィヤ！　死神の見ている前で嘘はつくものじゃない。もしもう一度嘘を吐いたら、僕は君を殺す。

（ニベックとコズドロン、この様子を唖然として眺めている。やがてニベックは苛々とした様子で酒壜をひっつかむと、グラスに注ぎ、呷る。それからコズドロンにも注いでやると、こちらも一気に呷る。ニベック、すぐに自分でもう一杯注いで飲み干す）

幽霊　イェンゾリ、私が幽霊だということを忘れていますね。私にとって、死ぬことは、他の人間たちにとってこの世に生まれてくると同じほどの意味しかないのです。人は、一度しか死なず、一度しか生まれないのです、残念ながら。この陳腐な言い草も、私が言えば——陳腐でなくなる。（ニベックに向かって）私にもウォッカを、ディヤパナズィ。

（ニベック、幽霊の注文に機械的に応じる）

イェンゾリ　場違いな哲学ごっこはもうたくさんだ。君は僕の存在の悲劇だ。ほとんど生涯にわたって物が書けなくなるかもしれないという犠牲を払ったことを、何人《なんぴと》といえども冗談の種にするのは許せない。今日ようやく辛うじて産み落としたこの詩がもしなかったなら、君に対して自分がどんな振る舞いに及ぶか、自分でもわからない。この詩でさえ、昨日一瞬でも君の姿を見ることができたおかげでできたものなのだ。

幽霊　イェンゾリ、思い違いです。何ごとも、あなたより私の方がよくわかっています。あなたの言っていることはすべて詩的な妄想。私が決して陥ることのなかった妄想。だからこそ、私は一度としてあなたのものになったことがないのです。

イェンゾリ　（憤って）君は僕のものだった！　何度も一緒に過ごした、地獄のような夜のことを忘れるわけにはゆかない。かわいそうな伯父さんは、馬車に乗ってあちこちの町を回っては麦を売り歩いていた。あれ以来、いまだに僕は良心が咎め、いまだに何もかもが苦しい。お金だって、ないものはないいんだから仕方ない。アナスタズィヤ、君は僕のものだった。恥知らずな嘘は言わないでくれ。

ニベック　落ち着け、イェジョ。みんな頭を冷やして話し合おうじゃないか。

（幽霊、深い物思いに耽る様子で、機械的に酒を自分のグラスに注いでちびちび飲む）

ニベック　いいか、イェジョ。幽霊は決して嘘を言わないものだと妻は言っているし、わしもそれを信じる。コズドロン自らが、妻と一緒に何年にもわたってわしを騙してきたと白状したのだ。

イェンゾリ　僕には地獄のように耐え難いことだ。（皮肉をこめて）もしかしたらあの時の君こそ幽霊で、今の君は生きているんじゃないのか？　そんなことまで僕らに信じ込ませようというのか？

幽霊　（突然）みんな待って、待って！　私も嘘をついておらず、イェンゾリも本当のことを言っているということもあり得るわ。この難問にも何かしら解決の糸口はあるはずです。そう——私は肝臓に癌をかかえていた。それはジェンチェヴィツキ家の遺伝だった。いい家柄だけれど、癌の巣窟だった。私の母の死因も同じだった。

ニベック　「同じだった」とはどういうことだ？　わしの拳銃で撃ち殺されたんじゃないと、わしにまで信じ込ませたいというわけか？　わしは紛れもないこのクレマン式ブローニング[13]で、野良犬とつるんだ雌犬のように妻を殺したんだ。（拳銃を取り出し、幽霊の鼻先でふりまわす）

幽霊　そんなものはしまって、そして落ち着いて、ディヤパナズィ。あなたは昂奮しているから、私ばかりか、他の誰かに、この二人に危害を加えるかもしれません。私はもちろん怖いことはないのです——幽霊ですから。ハ！　ハ！

ニベック　（おとなしく拳銃をしまう。幽霊に向かって）こんな時によくも冗談が言えるな！　これはもう我慢ならん。一度は殺したんだ。——それがどういうことか、わかっているのか？

イェンゾリ　（脅《おど》すように）僕もこれ以上我慢できない。こんな馬鹿げた冗談はもうたくさんだ。

幽霊　我慢できない、我慢できないって言うけれども、それでどうなります？　私に対して、哀れな幽霊に対して何ができます？

コズドロン　（茫然自失の状態から醒めて）あんたを巻きこむことなく、俺たちだけで全部清算することはできる。俺たちだけで、お互い鴨のように撃ち合えばいいことだ、アナスタズィヤ。

俺たちはあんたを完全に無視することもできるんだ。俺が片をつけなきゃならない相手はそこのジェントルマンだ。（イェンゾリを指す）俺を侮辱し、コズドロン一族を誹謗した。それが我慢できない。その上、俺からあんたを寝取ったというじゃないか。

（イェンゾリ、何か言おうとするが、幽霊が二人の間に両手を広げ、それをさえぎる）

幽霊　イグナツィ、あなたが小心者だということは皆知っています。ウォッカを少々飲んで、気が大きくなったわね。明日になったら、後悔しますよ。この人は（イェンゾリを指し）いとも冷静にあなたを撃ち殺すでしょう。この人は何ごとも恐れないのです。さあ、馬鹿な話はいい加減にしましょう。問題は真実です。私が今から言うことはとても大切なことだと思います。（脅すように）私の話をきちんと聞きますか、それとも？

ニベック　（素直に）話したまえ――皆で聞こう。

幽霊　ただ、怒らないで、ディヤパナズィ、そして注意深く聞いて。私の怒りは、私に対するあなたたちの言いがかりなどより凄いかもしれないわ。

コズドロン　何てこった！　また恐ろしくなってきた。

ニベック　どうしたことか、わしまで何だかぞくぞくっときたぞ。これはたまげた！　まだ真昼間だというのに。

イェンゾリ　皆さん、僕は何も怖くありません。ただ、心臓の具合が今一つ妙だ。

（幽霊、三人の男を嘲笑うかのように見ている）

幽霊　さて――よく聞いて。私は癌を患っていて、それはひどく苦しんだのだけれども、あなた方は誰一人として、それを知らなかった。阿片をコップでがぶ飲みし、時には自分がどうなっているのか、意識がないこともあった。イェンゾリ、あなたとの間で何かあったのも、もしかするとそういう状態の時ではなかったかしら？（イェンゾリの顔を窺う）

イェンゾリ　いや、そう言えば――確かに。これではっきりした。どうしても僕には理解できないことだった。僕にとっての君は、時には正直言って取りつく島もなかったのに、別の時には僕がしたいことを何でも自由にさせた。

ニベック　二人とも、少しは弁えたらどうだ。わしのいるところで、細かい話までするな。その仮説にはわしも納得はするが、わしがこの眼で密通の現場を見た上で、撃ち殺したという事実をどう説明する？　たった十日前の話だ。わしの頭は狂ってはおらんぞ。すやすや寝ているところを、心臓をぶち抜いたんだ。弾の跡が残っているはずだ。それにしてもわしも間抜けだ、このことに考えが及ばなかったとは。一緒に屋敷に行って、見ればすぐにわかることだ。

幽霊　あなたも馬鹿ね、ディヤパナズィ。どうやらまた私に惚れなおして、二人きりになりたいんでしょう？

（ニベック、当惑する）

ああ！　思った以上にお馬鹿さんね。幽霊には体はないのだから、拳銃の弾の跡だってありませんよ。これはあなた方の視覚的・触覚的幻覚に過ぎません――それ以上の何物でもないのです。

ニベック　そうだ。わしとしたことが何ともへまなことを言ったものだ。しかしそれにしても、幽霊だとしても実にきれいだ、わしのアナスタズィヤ……いかにもあけすけな物言いだが――二人とも許したまえ。

コズドロン　もうよして下さい、ニベックさん。自分の妻の愛人をそんなにあけすけにからかうもんじゃないでしょう。

イェンゾリ　伯父さんが彼女と一緒にたとえしばらくでもここを離れるのを、僕が許すとでも思っているんですか？　彼女を本当に愛したのは僕だけです。

幽霊　〔脅すように〕もうたくさん。お黙りなさい。〔穏やかな口調に戻り〕さて、話を戻しますが――私の仮説はこうです。私は確かに拳銃で撃たれたけれども、それは眠っている間だった。それも阿片を服用しての睡眠中だった。だから、自分は癌で死んだとずっと思っていた。〔ニベックに向かって〕わかる？　私たち全員、言っていることは正しいのです、ここにいる四人の全員が。

ニベック　いや――幽霊であろうとなかろうと、女にかかると、人間何でも信じ込まされちまう。女の知力というのは地獄の力だ。

幽霊　もう、たくさん。さあ、子どもたちをここに呼んで下さい。ピアノはもう充分。私はあの子たちと昔のようにお庭で遊びたい。

ニベック　わかった、アナスタズィヤ。昔も今もわしは正真正銘の恐妻家だ。仰せの通りに。（屋敷の方に歩いてゆき、大声で呼ぶ）子どもたち！　庭に出てきなさい！　ママが来たぞ。（ピアノの音は止まない）くそ、聞こえておらん。（下手に消える）

第九景

（ニベックを除き、前景と同じ顔ぶれ）

幽霊　さ、二人とも仲直りしなさい。そして茶番劇はもうおしまいにしましょう。ほら、ぐずぐずしないで、これは私の命令。（二人の男、握手する）そう、それでいいわ。（コズドロンに向かって）イグナツィ、あなたはすぐに自分の部屋へ行って私の日記を持っていらっしゃい。そしてディヤプチョと一緒に読みなさい。わかった？

コズドロン　（立ち上がり）仰せの通りに、アナスタズィヤ。去勢された哀れな馬のようにあんたに調教された俺のことだ、言われた通りにする他ない。さよなら。俺は少し休みたい。あまりに色んなことがありすぎた。

（ひどく考え込む様子で下手に向かって歩いてゆく。ピアノの音が突然途切れる）

第一〇景

（イェンゾリと幽霊）

イェンゾリ　アニー、こんなこと頼める義理じゃないけれど、その日記を僕にも読ませてもらえないだろうか。

幽霊　あなたのことは何も書いてないのよ。見ても腹が立つだけでしょう。

イェンゾリ　お願いだ、アニー。僕が快楽ゆえに狂乱状態だった時に、君はまったく別世界にいたなんて！　せめてこの喪失感を償ってもらいたい。せめて真実だけでも知りたいんだ。

幽霊　まさに詩的自虐趣味というわけね。ああ、何と不幸な心気症患者だこと！（断固とした口調で）駄目です――きっぱりお断りよ。

（下手からニベックと少女たち登場。その後ろからアネタ）

第一一景

（前景と同じ顔ぶれに、屋敷から来た四人が加わる）

ゾシャ　ママ！　一緒に遊んでくれるの？　本当？　前と同じように？

アメルカ　わあ！　何て幸せなの！　ママは本当にやさしい！

ニベック　（アネタに向かって）ご覧、アネタ。一家団欒――幸せな情景じゃないか？　なぜこういう昔のような情景がなくなってしまったのか？　なぜ何もかも、取り返しのつかないまでに壊れてしまったんだ？

アネタ　子どもたちのために生きて下さいね、伯父様。子どもたちのためだけに。奇蹟のようにかわいいあの子たちのために。

ニベック　そう――あの子たちの存在自体が奇蹟だ。あれ以上《い》に（幽霊を指す）大きな奇蹟だ。

イェンゾリ　ところで――皆さん、聞いて下さい。長い、ひどく長いスランプの後で、初めて詩を書きました。（幽霊に向かって）君に読んで聞かせたいんだけれど、いいかい？　君に捧げた、というより、君の思い出に捧げた詩だ。

幽霊　（両腕に少女たちを抱きかかえながら）読みなさい、イェジョ。私たちみんなのために読み聞かせて、幸せ薄き文学青年さん。

イェンゾリ　じゃあそうしよう。でも皆さん、どうぞお手柔らかに。もう二度と書けないと思っていたんだから。

アネタ　前説《まえせつ》はいらないわ。私はあなたの才能を信じている。

イェンゾリ　それじゃあ、と。題名は「何もかもうまくいっていたのに、何もかもすっかり駄目になった」だ。

ニベック　結構な題名だ。続けたまえ。

イェンゾリ　（紙片を見ながら読み上げる）

二人の姉妹が、指貫ほどのかわいいグラスから
青磁色した毒薬を、恐るべき蒼ざめた毒を啜っている。
間もなく姉妹は死ぬだろう——ひき攣《つ》る小さな掌を握り締め。
しなだれる茎のように頸が曲り、萎れた花のように小さな頭が一つ垂れた。
黒い水面を一枚の葉っぱが漂ってきて、
黄昏《たそが》れる庭を誰かが足早によぎっていった（そしてすぐに帰ってきた）。
二番目の小さな頭も、痙攣に満ちた不吉な影に向かって傾いて、
お屋敷の彼方の原っぱでは、日も暮れ始め、悲しい平日が終わろうとする。
一匹の小犬が駆けて来て、小さな二体の屍の臭いをかいではすぐに恐水病に罹った。
ハイ・ティーのおやつにケーキを焼いた、一人の小さな人間も駆けつけて、
涙を流し、爪を噛んだ。
肘まで粉にまみれた姿で。

（マルツェリ、エプロン姿で駆けこんでくる）

マルツェリ　旦那様、マシェイコ様が事務所でお待ちです。
ニベック　聞こえないのか、この阿呆たれ、今詩の朗読の最中だ。マシェイコさんにはこちらへと伝えろ。
イェンゾリ　（朗読を続ける）

父は拳を握り固め、神に向かって激しく吠えた。

すべての者を、凄まじい、灰色の憂いが包み込んだ。

（ニベック、両手に顔をうずめる。幽霊も、ゾシャの体に回していた右手を引き、その手で顔を覆う）

ハイ・ティーの後にはきっと心地よい雰囲気になるはずだった。

木立に埋もれた、静かな、小さなお屋敷では。

（しばしの沈黙）

ゾシャ　素敵だわ！　まるで夢の中みたい。ずっと続けばいいのに。

アメルカ　私もそう思う。でも私は本当のことを言う。イェジョはお馬鹿さんよ。何もわかっていない。

イェンゾリ　（幽霊に向かって）アナスタズィヤ、君のおかげで僕の中の何かが目を醒ました。苦しみを与えてくれてありがとう。

幽霊　（泣き濡れた顔から手を放し）見てご覧。私が泣いている。幽霊の私が。あなたの詩は評価しないけれども、泣いている。そして本当のことを教えてあげるわ――それが書けたのは私ではなく、彼女のおかげよ。（アネタを指す）アネタはあなたを愛しています。二人ともお幸せに。（立ち上がる）私にはハンカチーフもない。幽霊は普通泣かないものですからね。

アメルカ　（自分のハンカチを取りだし）はい、ママ、涙を拭いて。

（幽霊、眼の涙を拭う。上手からマシェイコ登場。黄色いナンキン地の服に丈の長いブーツ。ニベック、

顔から手を放す。イェンゾリ、上手に困惑顔で立っているアネタの許に歩み寄る）

マシェイコ　こんにちは、皆さん、こんにちは。お一人びとりとご挨拶するのは失礼して。（幽霊に向かって）奥様、ご機嫌いかがですか。しかしまたどうされましたか？　泣いていらした？　でも万事うまくゆきますよ。ニベックさん、すべての雌犬を雑種犬から引き離しました。自らこの手でね。ただ、アルドナとフィフィだけはどうにもならない。いずれ射殺しないと。

ニベック　マシェイコさん、コズドロンが白状した。あんたが妻の浮気を手伝ったということもわかっている。しかし、それは水に流そう。何しろ、わしの雌犬たちを雑種犬から守れるのはあんたを措いていないんだから。（マシェイコ、当惑気味に立っている）すべての人間のすべての罪をわしは許す。唯一の願いは、子どもたちが幸せでいることだ——それだけだ。

（マシェイコ、お辞儀する）

アネタ　（この時点までイェンゾリと何やら小声で言葉を交わしている）いや、今は駄目。まず顔を洗い、ひげを剃って出直して。そんな顔の人とは話もできません。

第一二景

（イェンゾリとアネタを除き、前景と同じ顔ぶれ）

幽霊　（この間グラス一杯のウォッカを飲み干す）さて——もう私と子どもたちだけにして下さい。

昔のように遊びましょう。

ゾシャとアメルカ　そうよ、ママ。一緒に遊びましょう。

ニベック　わかった、アナスタズィヤ。わしらは事務所に行こう、マシェイコさんよ。

マシェイコ　（幽霊に向かって）それでは奥様、失礼します。もし万一、憚りながら、分農場の雌犬たちのような目に奥様も遭われた場合には、わたくしめのところにお出で下さい。すぐさま問題を解決いたしますので。

幽霊　（脅すように）馬鹿な冗談もほどほどに、マシェイコさん。

（マシェイコ、会釈をし、ニベックの後を追って舞台奥に去る）

第一三景

（幽霊と少女たち）

アメルカ　ママ、私たちと一緒じゃない時は、何をしているの？

ゾシャ　お行儀悪いわよ、アメルカ。そんなことは訊かないの。

幽霊　そうね。ゾシャの言う通り。私の言うことをよく聞いて。もしあなた方が、何もかも美しいままであればいいと、夢の中のようであればいいと望むのだったら、こうしなさい——日が暮れたら、食糧貯蔵室に行きなさい。鍵はウルシュラがくれます。あの人にはもう話してあります。貯蔵室の中の右手にある真中の棚に小さな鍵があります。その鍵を使えば、左手にある私の薬戸棚を開けられます。その中の上の棚に、茶色の液体が入った小壜があります。それを持ってきて、自分たちのお部屋に帰ったら、半分ずつ飲みなさい。ただし、不公平のないように、一人はきっちり壜の半分しか飲んではいけません。いいわね？　私は幽霊なので、それをすることができません。そのことは後でわかります。

ゾシャ　（幽霊に抱きついて）わかったわ、ママ。そういうことを許してくれて、どうもありがとう。

アメルカ　（同様に幽霊に抱きついて）私もお礼を言うわ。本当にありがとう、ママ。でもどうして、ママが自分で私たちにそれを渡すことができないの？　昨日はコズドロンさんを運んだのに。

幽霊　あれはまた別の話。もうこの話はやめましょう。ね、いいわね？　さ、また以前のように鬼ごっこをして遊びましょう。ほら――追いかけて、私は逃げるから。

（大股の身軽な足どりで下手の木立ちの向こうへ駆けてゆく。少女たちは笑い声を上げながら、その後を追う）

（幕）

第三幕

少女たちの部屋。正面に窓が一つ。上手と下手にそれぞれベッドが一台。ベッドより客席寄りにドア〔上手と下手の両側〕。壁面のベッドを見下ろす位置にはそれぞれタペストリーと宗教画が掛かっている。窓のある正面の壁には色々な写真や絵葉書など、それらしい細々としたものが飾ってある。床にはカーペット類。壁は白。窓からは、夕日が斜めに下手方向から差し込んでいる。中央にテーブルと二脚の椅子。上手のドアから、黒い装幀の日記帳を何冊か抱えたコズドロンが入ってくる。その後から、第一幕と同じ服装のニベックが続く。コズドロンも同じく煙草色の服。

第一景

ニベック　ここなら安全だ。娘たちはアネタと連れ立って、茸狩りに[14]出かけた。まあ、掛けなさい、コズドロンさんよ。われわれは自分たちの十字架を最後まで背負って行かねばならん。（コズドロンが下手側、ニベックが上手側に腰かけてテーブルを挟む）というわけで、この日付は間違いないと考えていい。ゾシャはわしの子だ。不幸中の幸いだな。

コズドロン　というわけで、旦那があの出張に出かけた一月《いちがつ》まで来ましたね。覚えてますか？　麦が一プード[15]あたり一四八だった時。

ニベック　あの時はひどい目にあった。まあ、そんなことはいい。読んでくれ。

コズドロン　（日記を読む）「一月十八日。私はまた独り。ディヤプチョは町に出かけた。二、三日は戻らない。いつものこと。イグナツィがだんだん疎ましくなってきた。それでもある意味彼を愛してはいる」――くそ！　これは不愉快になってきた。

ニベック　（満足気に）先を読んでくれ。死んだ人間に文句を言ったところで始まらん。

コズドロン　奥さんがここに出てくるのをやめてくれさえすりゃいいんだ。何だか不幸の臭いがしてしようがない。四六時中恐怖を感じる。昼間はまだ我慢できても、夜が来ると思うと、身の毛がよだつ。

ニベック　読むのか、読まないのか？　あるいはわしに渡すか。わし一人で読んでもいいんだ。

コズドロン　（読む）「痛みがどんどん激しくなる。今日初めて阿片を飲む。この世ならぬ素晴らしい物。三時。今しがたイグナツィが出て行った。私は死んだような状態だった。彼を憎悪し始めた。何も感じない」

ニベック　ほう――結構、結構。少なくとも罰《ばち》が当たったのだ。

コズドロン　（読む）「一月二十五日。ディヤプチョが帰ってきた。夫のことは好きだけれども、虫酸が走る。彼の手で触れられるのも我慢できない。ゾシャは熱がある。猩紅熱かもしれない。私が人を騙していることに対する天罰なのではないだろうか？」
（下手からイェンゾリがノックをせずに入ってくる）

第二景

イェンゾリ　おっと、失礼！　新しい詩を書いたので、嬢ちゃんたちに読んで聞かせようかと思って。
ニベック　よしてくれ。娘たちには構わないでほしい。もしかすると、他のこととも相まって、害にならんとも限らん。
イェンゾリ　おや！　何か読んでいますね？　おお！　ノートだ！（顔を近づける）それは彼女の筆跡だ。お願いです、読ませてください。彼女自身、許してくれましたから。
ニベック　（コズドロンに向かって）どうしたものかな？　読ませてもいいが。自分の眼で確かめてもらうまでだ。
コズドロン　もちろん。俺は全然構いません。パシウコフスキさんと仲直りしなさいと、死んだ奥さんからも言われているし。
イェンゾリ　こっちに貸して。僕のことが書いてあるところだけ見たい。（ページを繰る）三月、四月、五月。お！（読む）「五月二日。イェンゾリ到着。遠い親戚とか。好感は持てる。でも近寄らせるつもりはない。もっとも、これが最後だろうから、私も死ぬ前に少しくらい楽しんでもいいだろうか。へたな詩を書いているけど、何かしら内面であがくものがあることはわかる」――ああ、くそ！　あまり気分のいいものじゃないな。

ニベック　（満足気に）ほれ、ほれ、つづけて読みなさい、イェジョ。わしはお前さんに危害を加えたりはせんぞ。

（陽が沈み、これ以降徐々に暗くなる）

イェンゾリ　（ニベックに向かって）伯父さんはどうして僕を殺さなかったんですか？

ニベック　正直に言って、気づかれぬうちに殺すのは気が進まなかった。お前さんと争い合うこともしたくなかった。もしそうなったら、子どもたちはどうなる？　わかるな？　きっとわしの方が殺されただろう。先に撃たれていただろう。そうしたらどうなっていたか？　まあいい――先を読んでくれ。

イェンゾリ　ちょっと待って。この初めの辺りじゃなくて、もっと先の、事が始まってからのところが見たい。（読む）「五月十三日。昨夜おそくにイェジョが来た。阿片チンキを一五〇滴飲んだ。彼が長い詩を読んでいる間に眠りに落ちた。今日彼は、私が自分の恋人であると思い込ませようとした。へぼ詩人というのは何ともおかしな人種だ。夢の中に私が出てきたのに違いない」――ああ！　そうだったのか！　あの時何が起こったのか、伯父さんたちに言ってもわかってもらえないでしょう。僕はほとんど気も狂わんばかりだったんです。

ニベック　もういい。わしのこの白髪頭《しらが》に対してもう少し敬意を払ってくれんかね。

イェンゾリ　（必死に日記の文章を目で追いながら）ない。一言もない。まったく書いてない。すべては夢だという理論の繰り返しだ。（読む）「六月十五日。今日私はイグナツィにほとんど力づくでマシェイコの部屋へ連れてゆかれた。ディヤプチョを恐れるあまり、私の部屋に来られないのだ。自分の部屋さえ怖がっている」（コズドロンに向かって）何！　彼女はあんたとも浮気をしていたのか、この卑劣な臆病者と！　一体どうしてくれるんだ！

コズドロン　侮辱は敢えて受けるさ。故人の意思は神聖だからな。しかしもっと先も読んだ方がいい。六月十五日に何があったか、俺は知ってる。俺は今でも彼女を愛している。ただ、恐怖心が愛情を上回っているだけだ。俺は二つの苦悩の間で挟み打ちになっているんだ。どっちがましか、自分でもわからない。

イェンゾリ　（読む）「逃げてきた。もう嘘はつき通せない。すべて清算して死にたい。頼れるのは阿片だけ。イェジョの愛人にはなれない。彼のためにも自分のためにも」――ほら、どうだ！　彼女は僕を、僕だけを愛していた！

ニベック　だがお前は彼女を愛していなかったんだ。妻を愛していたのはわしだけだ。それも昔の話だが。その頃は日記をつけていなかった。その頃がどうだったのか、今となっては、あんたらには知る由もない。

第三景

（上手からマルツェリが飛び込んでくる）

マルツェリ　マシェイコさんが旦那様に、今すぐ事務所へお越しいただきたいと。何でも重大なこととか。麦が一プード一六二になったとか。

（ニベック、日記を奪い、上手へ飛び出してゆく）

コズドロン　（勢いよく立ち上がり）それは俺の所有物だ！　今すぐ返してくれ！（ニベックを追って出てゆく。コズドロンの後にマルツェリがつづく）

第四景

（イェンゾリのみ）

イェンゾリ　おお、神よ！　僕は単なる亡霊だった。僕だった、実のところはこの僕が幽霊だったんだ！　血の滴るような自分の内面をさらけ出して人生を演じていたのだ！　何と忌々しい！　そのすべての出来事の中で、彼女は現実だった。自らは一切、何も知らずに、彼女は誰よりも何よりも百倍現実そのものだった。そして今は幽霊のふりをしている。なぜなら幽霊であればすべてを知っているはずだからだ。それとも、あの世もこの世も何ら変わりはないということか。(コズドロンが坐っていた椅子に腰を下ろす) だとすれば、あの世は何のために存在するのか？　要するに、何世紀も何世紀も、際限ない時間にわたって嘘をつき通さねばならず、その挙句、また同じ地点に戻ってこなければならないのか？　幽霊はいるのか、それともいないのか。僕らの世界とは違うあの世があるのか、それとも、それは与えられた命に充足しきれぬ畜生ども——人間ではなく、卑劣な畜生どもの考えだした愚かな与太話なのか。YES。一千回のYES。そしてそれ以上のものは何もないのだ。すべては幻だ。カント、ショーペンハウアー、ニーチェ！　あらゆることについて根本的な懐疑を繰り返し提起しつづける、このまったく同じ路線の上で退化する人間の思考。この問題は最早、僕の知力の限界を超えている。でも何とかしたい。他にもまだある——数学の全領域、そしてバートランド・ラッセル。僕がそこへ到達することは決してないだろう。僕にはそれだけの頭脳がない。ああ、何という貧困、根本的な欲望に振り回される貧困！　僕はかの、哲学者になりたかった王様、王様になりたかった哲学者のようなものだ。だが事実は、金持ちの——しかもそれほど金持ちでもない——親類の農場に居候をきめこむ、金のない詩人に過ぎない。何という恐るべき貧困！　一張羅の黒の背広を着たきり雀、志し半ばで哲学を諦めた貧しい詩人。そんな僕が自動車を持っていたとしたら？　そしたらどうなった？　やはり今と同じで殉教者じゃなかったのか？　恐れるものは何一つない。すべてのことに戦いを挑んでもいい。にも拘らず、そうしないのはなぜだ？　なぜ僕はそうしないのか？
（いよいよ暗くなる）

第五景

（下手から幽霊登場。いたって厳粛で真剣な様子。イェンゾリには幽霊が見えていない）

幽霊　なぜならあなたは、現実世界で迷子になった、ただの夢想家、三流詩人に過ぎないからです。（イェンゾリ、多少の恐怖心をもって後ろを振り返る）恐れることはありません！

イェンゾリ　違う、こっちに来てくれ、アナスタズィヤ。愛しいアニー。僕は何も恐れてはいない。どうしてまた、他でもない君を恐れなければならないんだ？　君は僕のものだ――生きていても死んでいても。誰もこれほど君を愛した者はいない。

幽霊　まさにそのことについてあなたと話がしたいのです。いけないと言ったにも拘らず、日記を読みましたね。でも許します。すべては嘘なのです。あそこに黒々と書かれた文字のことではありません。日記を書きながら、人間はいかに嘘をつくものか、今ようやく私にもわかりました。私にはあなたのことが理解できないけれども、あなたに真実を言います。私はあなたを藝術家と認めません。あなたのみならず、およそ藝術家というものを私は認めません。あるいは私の理解の仕方が悪いのかもしれませんが、ともかくこのことをはっきり言っておきます。私はあなたを常に愛していました。私の人生はあの時に始まったのです。しかし私はあなたのものにはなろうとしなかった。私は肝臓に癌をかかえていたからです。明らかに、名門ジェンチェヴィツキ家の遺伝でした。あなたが私から離れられなくなるのを私は望みませんでした。肉体的に、ということです――わかりますか？　私は精神的な情愛は信じません。（イェンゾリ、幽霊の前に跪く）私は女です。たとえ幽霊であっても、女です。教えて、あなたは本当に私を愛していたのか。本当のことを言って。藝術家というのも一種の幽霊、ただ、この世界、地上にいる幽霊です。本当のことを言って。幽霊同士、もはや嘘はあり得ないでしょう。私を愛していたの？

イェンゾリ　君だけを愛しているよ、アニー。そしてこれからも永遠に愛する。

幽霊　しーっ！　あまり多くを約束しないで。わかっています。あなたは生きつづけるでしょう。あなたは死を恐れないから。あなたは死に打ち勝った。そういうところが一番好きだった。いえ、一番ではないかもしれない。一番好きだったのは、私を求めてきた時のあなたの唇。でも私には何もかも見えていた。肝臓の癌。私を赦して、そして幸せになって。

イェンゾリ　無理だ。何のために君はあの世からここへ来たんだ？　僕にもう一度君を失わせるためにか？　今別れるのなら、死んだ方がましだ。死なせてほしい。君の許可なしでは、僕は自分の命を奪うことすらできない。僕は君のものだ、君だけのものだ。

幽霊　今あなたがそう言えるのも、私が幽霊だということを知っているからです。それにあなた自身、自分の言葉が真実ではないとわかっている。私にはそれを赦すことなど毛頭できない。たとえあなたが、私があなたの裡に認めない藝術家だったとしても、です。でもこのことこそ、私をあなたに近づける原因でもあるのです。あなたは生きている。もしもたった今ここで、私があなたの首に飛びついて、情熱的なこの世の接吻であなたに口づけしたとしても、明日になれば、あなたは私に嫌悪を抱き、別の女、どこかのおさんどんと、もし都会にいれば商売女とでも浮気をするかもしれない。その通りだと言って。今はあなた自身そうではないと信じているでしょうが、どこか底の方で、心と肉体の奥底ではそう考えているということを私は知っている。あなたに嘘をつかれたままで私を立ち去らせることはしないで。私がここに来るのもこれが最後。嘘をつかないで。私が一度だって口づけすることのなかったあなたの口から真実を、この最後の時間に聞かせてちょうだい。

イェンゾリ　確かに――今この瞬間、僕も信じていない。実は君の言う通りなのだと、そう言えと、何かしら僕に命じるものがある。そうだ。それは本当だ。わが意に反して、今僕はそう言っている。ああ！　何もかもが、何とおぞましいことか。

幽霊　ありがとう。そして今度はこう考えて――もしあなたがあの時私に口づけしたのだったら、そしてあなたのものになったのだったら、そうだったのだと考えなさい。そして、たとえ私自身はそのことをまったく知らず、あなたに対する私は乙女のように純潔だとしても、現実はあなたが体験した通りだったのです。私はあなたのものになったし、今もそうなのです。（体を傾け、イェンゾリの頭に接吻する）

イェンゾリ　アニー、僕のせいで君は死んだんだ、そうなる謂われすらなく。ああ！　どうしたらこの非人間的な苦しみを耐えられるだろう！　僕はすべてのことを充分苛んだ[16]がために、昨日君が現れた時にもまったく驚きもしなかったのだ。外見だけの話じゃない――本当に何も感じなかったんだ。

幽霊　だから私はあなたを愛するのです。あなたは勇敢で、あなたは強い。だからこそあなたを愛している。あなたの書く詩のためではありません。私たちにとって――現実生活の中の人間にとって、そして幽霊にとって――詩には何の意味もない。もういいでしょう。私は私の務めを、幽霊の務めを果たしにいきます――わかったわね？

イェンゾリ　アニー、僕と一緒にいてくれ。愛している。君なしでは生きてゆけない。君が立ち去れば、すべてはあまりにちっぽけでおぞましいものに変わり、僕はきっとそれを生き抜くことができないだろう。

幽霊　聞こえる？　誰か来るわ。彼女ね。私は嫉妬しません。幽霊は嫉妬しないし、常に本当のことを言うもの。たとえ女の幽霊でも。彼女を愛しなさい、そして幸せになりなさい。私はこれから娘たちに私の言いつけを思い出させに出かけます。たとえ何があっても、私とともにいなさい、私の亡霊と仲良くなさい。

（ゆっくり上手に移動し、戸口に消える。下手からアネタ登場。イェンゾリは跪いたまま。室内はすでに闇に近い）

第六景

（イェンゾリとアネタ）

アネタ　ごめんなさい、イェンゾリ。でもどうしてそんな風に一人きりで跪いているの、まるで誰かを拝んでいるかのように。私の部屋はそこなんだけど（上手のドアを指す）。散歩が終わって、少しお化粧直しをと思って来たの。あなたはここで何をしているの？

イェンゾリ　（床の上の何かを探しているふりをする）子どもたちに詩を読んで聞かせようと思って来たんだけど、いなかったんだ。今、ネクタイピンを探しているところだ。この辺に落ちたはずなんだけど、見つからなくて。

アネタ　ネクタイピン？　へえ、ここで何かあったのね。待って、手伝うわ。（イェンゾリの横に並んで探す。沈黙）

イェンゾリ　（突然）アネタ！　君を愛している。昨日から僕は自分をもてあましてどうすることもできないでいた。君は、今まで僕が好きになったただ一人の女性だ。愛している。首ったけだ。君が何者なのか、僕にはわかる。昨日ピアノを弾いている時に、わかったんだ。

アネタ　でもひげは剃ったの？（イェンゾリの顔を手で撫でる）いいわ。すべすべになって、若さはあるし、美男子だし、あなたのあの詩もすごく気に入ったわ。

イェンゾリ　あれは君のことだけを思って書いたんだ。君のためだけに。ひとえに君のおかげで、新たに藝術家に生まれ変われた。愛している。
アネタ　でも今朝は違うことを言ってたわね。あの詩は伯母様の幽霊に捧げたって。
イェンゾリ　そう。そしてあの献辞は、あの詩だけだけど、そのまま残す。でも今書き始めている詩集は、全部君に捧げるよ、アニー。本当に生まれて初めて、君だけを愛している。
アネタ　信じていいのかしら？　もしかしたらしょっちゅう、誰に対してもそんなことを言っているんじゃないの？
イェンゾリ　（アネタに相対して跪いたまま、口づけする）愛してる、愛してるよ。
（二人とも貪るように長い間口づけを続ける）

第七景

（下手からゾシャとアメルカが走り込んでくるが、驚いてすぐに後戻りし、出てゆく）
アネタ　（立ち上がりながら）行きましょう。見られたわ。
（アネタ、イェンゾリを上手に連れてゆく。イェンゾリは黙って、されるがままになっている。二人が隣の部屋に入って、ドアを施錠する音。ゾシャとアメルカ、今度は忍び足で入ってくる。ゾシャは五〇〇ccの壜を抱えている。少女たちのすぐ後から、ピンクの紙でできたシェードを被せたランプを提げたウルシュラが入ってくる。テーブルにランプを置くと、黙って出てゆく）
ゾシャ　さ、飲もう。そうすれば何もかも夢の中のようになるのよ。

アメルカ　何だか怖い。何かはわからないけれど。
ゾシャ　怖がらなくていいわよ。馬鹿ね。ママの言いつけなんだから。
アメルカ　あの人たちここで何してたのかしら?
ゾシャ　キスしていたのよ。私は誰とも絶対キスしたくない。醜いもの。先に飲んで、アメルカ。年上なんだから。
アメルカ　いやよ、先に飲んで。私はやっぱり、キスってどうやってするのか、知りたい。
ゾシャ　(半分飲み干して)飲んで。苦いけれど、おいしい。何もかも夢の中のようになるのよ。
アメルカ　(しばらく壜を眺めてから言う)ま、何でもいいわ。ママの言いつけだし。きっといいことがあるね。(飲み干し、壜をテーブルに置く)
ゾシャ　すごく気分がいい。すごく頸が固くなってきた。怪物みたいなものが色々見える。でもいい怪物たち。すごく体をすりつけてくる。
アメルカ　ゾシャ、私、怖い。すごく苦かった。
ゾシャ　大丈夫。こっちに来て、私のベッドに。(アメルカを下手側のベッドに連れてゆく)
アメルカ　すごく変な気分。なんか頭が棒に乗っかってるみたい。
ゾシャ　(横になり、アメルカを引き寄せる)そうそう。横になって、何も考えないの。もうじき何もかも夢の中のようになるわ。
アメルカ　今は私も気分がいい。何もかも傾いてきて、自分がどこにいるのか、わからない。キスして、ゾシャ。（口づけし合う）耳の中でちっちゃな鈴が鳴っている。こんなちっちゃな、ちっちゃな鈴。きっと銀の鈴よ。

ゾシャ　そうね。もう夢が始まった。静かに寝てなさい。

（二人ともそのまま動かなくなる。ウルシュラ、入ってきてランプを直し[17]、すぐに出てゆく。沈黙）

第八景

（下手からニベック登場）

ニベック　どうした？　寝ているのか？　茸狩りでそんなに疲れたか？　起きなさい、わしのエルフ、わしのスィルフ、わしの大切な娘たち、小さなエーテルの体した、透き通った、わしの小さな霊魂さんたち！（ベッドに近づく）かわいそうに、眠りこけている！　ああ！　わしがどれほどお前たちを愛しているか、わかってくれればな。一瞬でもいいから、わかってくれればな。しかしお前たちにはそれは永遠にわからぬことだ。両親が子どもに寄せる愛情について、子どもは何一つ知らない、いやむしろ、知るべきじゃないのだ。知れば、それは一生その子の人生を害することになる。（ベッドの前に跪き）情愛の重荷――それ以上に残酷なものがあるだろうか！　かわいそうなアナスタズィヤ――彼女もまた自分なりの仕方で子どもたちを愛していた。（アメルカの手を取る）お前たちのために新しいケーキをウルシュラが焼いてくれたぞ。昼からずっとマルツェリが自分で生地を捏ねている。（突然）しかし何だこれは？　手が冷たいぞ。アメルカ！　何か言ってくれ！（揺さぶる）体が冷たい！（ゾシャの体を揺さぶる）ゾシャ！　目を醒ますんだ！（ゾシャを揺さぶり、やがていたって穏やかに）冷たくなっている。二人とも死んでいる。何か悪いことが起きる――そんな気がしていたのだ。（叫ぶ）助けてくれ!!!!（起き上がり、死んだように立ちつくす）

第九景

（鍵の音がして、上手のドアが開き、アネタ、次いでイェンゾリが飛び込んでくる。二人とも髪は乱れ、異様な外見。イェンゾリの襟ははだけ、ネクタイはほどかれている）

アネタ　どうしたの？

ニベック（物思いから醒めたように）お前は娘たちの母親代わりになるはずだった。娘たちはもう冷たくなっている。ここにあるのは死体だ、物言わぬ死体で、わしの娘たちじゃない。何も要らない。終わりだ。（両手を突き上げ）おお、神よ！　よくも！（手を下げて）御心のままになるがいい。よりによって、麦が一プード一六二にもなり、わしが本当に金持ちになれ、娘たちには何でもしてやれるかもしれないという時に、この巡り合わせだ。（下手から出てゆく）

第一〇景

（ニベックを除き、前景と同じ顔ぶれ。アネタ、ベッドに近づき、少女たちに触れる）

アネタ　もう冷たい。手遅れだわ。

イェンゾリ　いや、それはあり得ない。どうして？　何のため？　何か急な病気か？（少女たちの体に触れる）冷たい。すべては終わった。

アネタ　さっき私と散歩に行ったばかりなのに。元気で生き生きとして。一体これは何？　不可解だわ。

イェンゾリ　おお！　わかった。これは――アナスタズィヤだ。以前彼女が言っていたことが、今になってわかった。手遅れだ、手遅れだ！

第一一景

（下手から幽霊が入ってくる。その後ろから、二本の大きな蠟燭を脇に抱えたウルシュラがつづく。アネタとイェンゾリは上手方向に後ずさりをする。イェンゾリはアネタを抱きかかえ、支えている）

幽霊　ウルシュラ、蠟燭に火をつけて。（ウルシュラ、命令に従う）ここに蠟を垂らして。（ウルシュラ、火のついた蠟燭から蠟を垂らし、その上に立てる）今度は二本目。（ウルシュラ、一本目と同じようにして立てる）

イェンゾリ　（アネタが引きとめるのをふり払い、飛び出して、毒々しい口調で）この騒ぎの原因となっ

たのは誰だか、僕にはわかっている。それはお前だ、この罪人《ざいにん》めが！　僕を殺そうとし、
今度はこの罪もない子どもたちを殺した。お前が何者か、もう僕にはわかった。

幽霊　あなたにとっては猶のことよかったわね。私に恋した、イェンゾリ。

イェンゾリ　そうさ。そしてあれは、僕の人生最大の躓きだった。今はお前を憎んでいる。憎み、
軽蔑する。わが子たちをあの世に送った殺人犯め！

幽霊　そのわが子たちをあなたは誘惑していたでしょう、もしその人が来なかったら。（アネタ
を指す）あなたにとっては猶のことよかったわね。

イェンゾリ　嘘だ。一千回言ってもいい、嘘だ。僕は彼女を愛している。彼女のことをそんな風
に言わせせない。

幽霊　あなたにとっては猶のことよかった。彼女にとってはどうか、知りません。それは、彼
女があなたを自分に繋ぎとめられるかどうかにかかっている。アネタ、どうぞ彼のために
……ああ、もう何も言いません。今朝と同じように、私はまた生命の力に操られている。
さようなら、皆さん。お幸せに。
（幽霊らしい、厳粛な足どりで下手に向かう。戸口でニベックとすれ違う。ニベックに従ってコズドロ
ンとマシェイコが現れる。ニベックとコズドロンは幽霊の方を見ずにベッドに向かうが、マシェイコ
は立ちどまる）

第一二景

マシェイコ　ああ、奥様！　何ともご愁傷様なことで！　これではまるで分農場の雌犬たちのようです。アルドナとフィフィは雑種の雄犬と引き離せません。仕方ありませんな、奥様。誰の手にも負えません。

（ニベックとコズドロン、死体の横たわるベッドの脇に跪く）

幽霊　マシェイコさんの言う通りです。（イェンゾリに向かって）あなたは私の日記を読んだのに、黙っていることで嘘をついた。初めに私に言うべきところを。

イェンゾリ　そうさ。馬鹿げた手続きごっこなどに僕は興味はない。日記を読んで、お前が僕だけを愛していたことを知ったのさ。それも僕にはどうでもいいことだ。お前は幽霊だ、正真正銘の幽霊だ。今初めてそれを確信した。

幽霊　（おごそかに）あなたにとっては猶のことよかった。さようなら、ディヤパナズィ。さようなら、イグナツィ。これが永久《とわ》の別れです。（下手に去る）

（上手からマルツェリが駆け込んでくる）

第一三景

マルツェリ　（小麦粉にまみれている。指先でケーキを推し戴きながら）お嬢様たちにケーキのお味見をしていただきたくて。（立ちどまる）ウルシュラに言われました。

ニベック　（跪いた状態から身を起こし）目に入らんのか、阿呆たれ、お嬢様たちの死んだのが？　死んだのだ。わかるか、この出来損ないが？

（泣きだし、くずおれ、また床に膝をつく。マルツェリ、ベッドに近寄り、コズドロンの隣に跪く）

マシェイコ　でも、ニベックさん。そう言われても。

ニベック　（にわかに平静さを取り戻し、立ちあがる）もうわかった。何もかも終わった。世界はまだどこか遠い彼方に残るだろう。だがわしにとっては何もかも終わった。

（コズドロンはまだ跪いたまま祈っている）

イェンゾリ　でも、伯父さん……（アネタに制止される。ニベック、下手に退場）

アネタ　そっとしてあげなさい。伯父様にとっては本当に何もかも終わったのよ。でもあなたにとっては違う。気持ちを強く持って。あなたにとってはすべてがこれから。（イェンゾリの口に接吻して）愛しているわ。これでもう私たちの間には何も邪魔なものはないわ。

（上手で銃声）

イェンゾリ　（アネタの腕を振りほどき）何てことだ！　伯父さんが自殺した。

アネタ　だからどうなの？　伯父さんにとっても私たちにとっても猶のことよかったわ。最後まで気持ちを強く持って。

イェンゾリ　（我に返ったように）君の言う通りだ。これからは君が、これまであったすべてのものにとって代わるのだ。そもそもそれが彼女の遺志だった。しかし、理解はできるけれども、何も感じない。

アネタ　感じる必要なんかないのよ。私だってすべて理解できるけれども、何も感じないもの。

第一四景

（下手からウルシュラ登場）

家政婦　皆さん、お夕食の支度が整いました。

（コズドロンとマルツェリ、立ちあがる。マシェイコは終始下手に立って煙草を吸っている）

アネタ　そうよ。お夕飯。もう幽霊はいないの。あるのは死んだ人間の死体と生きている人間だけ。私たち、新しい生活を始めるのよ。

（アネタ、イエンゾリの腕を取りながら下手に向かう。その後からロボットのようにコズドロンが従う。その後をマシェイコ、さらにその後からマルツェリ・ステンポーレクが粉にまみれた掌を揉みながら続く。しばらくの間、舞台は空になる。少女たちの死体と二本の蠟燭）

一九二二年一月十九日

（パントマイム的場景。上手の戸口に、白いシーツを羽織ったニベックと腕を組んだ幽霊が現れる。二人は部屋に入り、敷居から三歩の所で立ち止まる。幽霊、少女たちに向かって片手を振る。少女たち、

ロボットのように起き上がり、両親の亡霊の方に動き出し、両親は回れ右をして出てゆく。少女たちもその後に従う）

（幕）

一九二五年八月加筆のエンディング

1　Tytus Czyżewski, 1880～1945――ポーランドの画家、詩人、評論家。第一次世界大戦中から戦後にかけて、前衛藝術を提唱して主導的な役割をはたした。

2　詩集『緑の眼。フォルミズム的詩篇。電気幻影』（*Zielone oko. Poezje formistyczne. Elektryczne wizje*, Kraków 1920）の一節。

3　現在のポーランド領南東部に実在する地名。

4　おそらく腕章。

5　元来南京木綿で織った、黄色く光沢の強い生地。

6　架空の地名と考えられる。

7　「一九一一年の作」という原注がある。

8　この領主屋敷からはある程度離れた、地名の異なる場所に農場がある。原文ではその地名が書かれているが、省いた。

9　ユーモアか、礼儀作法の誇張のつもりで、同じような挨拶を語順を変えて言っている。

10　凍害防止などのために生石灰、消石灰などで幹を白く塗る。
11　恐らく分厚いガラスでできた三〇ccにも満たない小ぶりのショットグラス様のもの。
12　フロラン・シュミット（Florent Schmitt, 1870～1958）――フランスの作曲家。
13　この戯曲ですべて「拳銃」と訳した原語 rewolwer は「リボルバー」つまり回転式拳銃を指すものなのだが、ブローニング（またはブラウニング）といえば自動式拳銃全般をイメージする一般名詞なので、不可解な齟齬がある。「クレマン式」は、ブローニング自動拳銃を製造していた国営FN社と同じベルギーに Charles Clément という工房があり（リエージュ市）、二〇世紀初頭に自動式あるいは半自動式の拳銃を生産していたものを指すか。
14　正確には「晩く出てきたアカハツタケ〔Lactarius deliciosus〕を採りに」
15　ロシアの重量単位。四〇ロシア・ポンドに等しく、一六・三八キロに相当。「一四八」とある貨幣単位は穿鑿しきれていない。
16　自筆稿には zgnębiłem とあるのでこう訳したが、意味が通らない。そのため、現在流通している諸版ではこれを誤記とみなし、zgłębiłem と直している。その場合は「研究した」「考え抜いた」といった訳になる。
17　ランプの位置を直すのか、傘を直すのか、特定できない曖昧な表現になっている。

水鶏

三幕物球面幾何学的悲劇

登場人物

父＝ヴォイチェフ・ヴァウポル――老人。元商船船長。小柄で肩幅が広くがっちりしているが、肥満体ではない。船員服に水色の房飾りのついたベレー帽。先の尖った白い顎鬚に同じく白い口髭。

彼＝エドガル・ヴァウポル――「父」の息子。三十歳見当。ひげなし。美男子。

坊や＝タジョ〔タデウシュの愛称〕――長い金髪の少年、十歳。

公爵夫人[1]＝ネヴァモア公爵夫人アリツィヤ[2]――金髪で背高く、かなり威厳のある二十五歳見当の美女。

水鶏《くいな》＝エルジュビエタ・フレイク＝プラヴァツカ――素性不明の人物。二十六歳前後。亜麻色に近い金髪。透明な瞳。中背。たいへん美しいが、お色気はまったくない。鼻はちょっぴり、ほんのちょっぴり上向き加減。非常に幅広で分厚く、レバーのような赤い唇。

ごろつき＝リシャルト・ド[3]・コルボヴァ＝コルボフスキ、別名マチェイ・ヴィクトシ――いかにもごろつきっぽい、ハンサムなブルネット。二十歳。ひげなし。何となくエドガル・ヴァウポルに似ている。

三人の老人

A　エフェメル・ティポーヴィチ――実業家。ひげなし。白髪で短髪。権勢を体現するかのようにしゃちほこばっている。

B　イツァーク・ヴィドモヴェル――ひょろひょろと背高く、黒い口髭、先の尖った黒い顎鬚を生やした、ごま塩頭のセム人。洗練された物腰。アッシリア・タイプ。

C　アルフレット・エヴァデル――落ち着きのない、赤毛のセム人。金の鼻眼鏡。長身痩躯。口髭あり。顎鬚は跡形もない。典型的なヒッタイト系。

従僕＝ヤン・パルブリヘンコ――ごく普通の召使。煉瓦色の赤毛、そばかす顔。ひげはきれいに剃っている。

その他の従僕四人――二人は黒人、二人は白っ子〔アルビーノ〕。長髪。（ヤンも含め）全員胸飾り〔ジャボ〕の付いた青の燕尾服に白いストッキング。燕尾服には軍隊のバッジやメダルがおびただしくぶら下っている。中年。ヤンの服だけに赤いモールの飾緒がついている。

三人の「サツの犬」

主任＝アドルフ・スモルゴン――金髪。大きな口髭。別の一人は、眼鏡をかけ、口髭のある男。三人目は長く、黒い顎鬚。全員、作りものめいて、いかにもスパイ然としている。

子守女＝アフロスヤ・オプピェイキーナ――人の好いおばさん。太っている。金髪。四十歳。

街灯を点ける男＝顎鬚あり。労働者風の青いシャツを着た胡乱《うろん》な人物。

（当局からの補足的な指示――たとえ最悪の場面であっても、大袈裟な物言いはせず、感情的思い入れなしに喋ること）

第一幕

まばらな〔西洋〕杜松の茂みの生える、のっぺりとした原。杜松の中には、糸杉の形をしたものもある（上手に三本、下手に二本）。ところどころに黄色い花の茂み（南仏ランド地方の海岸砂丘風に）。背景に海岸線。舞台中央に土饅頭（高さ一m）。盛土には、ボルドーワイン色の柱が打ち込まれている（高さ一・五m）。柱のてっぺんには大変大きな、緑色のガラスの八角ランプ（装飾的な、銀縁のものでもよい）。柱の下、シュミーズ姿の水鶏《くいな》が立っている。腕はむきだし。かなり短い頭髪をてっぺんで青いリボンで大きなとさかのように束ね、余った髪が回りにはみ出している。黒いクリノリン[4]もどきの、しかし短いスカートにむきだしの脚。下手には、『ロビンソン・クルーソー』の挿絵描くところの「三人の、手足を縛られた男たち」のようないでたちの「彼」が立っている。三角帽子、たっぷりとした折り返しのある（一八世紀風）ブーツ、手にはあくまでもちゃちな構造の二連発銃。「彼」は客席に体の右・後面を向け、まさに銃に弾丸を詰めようとしている。下手に赤い夕陽。空いっぱいに広がる不思議な形の雲たち。

水鶏　（緩やかな非難の口調で）ねえ——ちょっと早くして。

エドガル　（弾を装填し終わり）よし——さてと、いくぞ。（銃を構え、水鶏に狙いを定める——沈黙）駄目だ。畜生！（銃口を下げる）

水鶏　（前と同じ口調）これじゃお互い疲れるだけよ。何もかもきちんと決めたじゃない。さんざん悩んで、ようやくわかり合えたと思ったのに。またそんなにぐずぐずするんだから。男でしょ。ほら——早く狙って！

エドガル　（銃をもち上げ）一つだけ考えておかなかったことがあるんだ——まあ、しかし、どうでもいい。（構え、狙う。沈黙）駄目だ——引金が引けない。（銃を下ろす）つまり、話相手がいなくなるという大きな問題さ。君がいなくなったら、エリー、一体誰と話をすればいいんだ？

水鶏　（ため息をつく）ああ！　そうなれば、あなたがあなた自身と向きあう時間が増えるでしょう。そしてそれはあなたにとってためになることなの。はい——勇気を出して！　ほんの一瞬よ。あとでゆっくり委細検討なさい。

エドガル　（地面にへたりこむ。銃を膝に乗せてあぐらをかく）自分と向きあいたくなんかないんだからしようがない。

水鶏　（あきらめたように、土饅頭の上に腰をおろす）昔はあれほど独りが好きだった癖に。何度私から逃げようとした？　それがどうしたのよ、今になって？

エドガル　（苛立って）慣れたのさ。慣れというのは恐ろしい。何かこう、どこまでも伸びるゴムのようなもので結ばれてしまったような感じだ。もうこの二年ぐらい、本当に一人だったことなんかないんだ。君が遠くにいた間も――ゴムが伸びてゆくだけだった。それでも絶対に切れはしなかった。

水鶏　だから一度実験してみるのよ。私と居ても、もう何も新しいことは起きないわよ。一人になれば、それなりのチャンスはあるでしょ。別に女のことを言ってるんじゃなくて、色々と何につけても。

エドガル　僕という人格の一番下劣な部分を攻めてくる、そのやり方は、まさに女のやり方だ。（起き上がる）要するに君は自殺マニアじゃないのか。自分じゃ怖いんで、僕を機械か何かみたいに使おうというわけだ。僕はいわば、この鉄砲の延長か。みくびられたもんだ。

水鶏　おかしな嫌疑もあるものね。確かに、死ぬことなんか私は何とも思ってないわ。だけど、死にたいとも思ってないのよ、全然。生きていることも死ぬことも、等しくゼロよ。一番つらいのはこうしてこの柱の下で突っ立っていること。

（陽が沈み、夕闇がたれこめ始め、ゆっくりと暗くなる）

エドガル　（銃を握り、揉むようにして）ああ、こんなことはもう耐えられない！　ねえ――もういい加減によして、別の所へ行こう。ここにいても、何事も起こりゃしない。呪われた場所だ。

水鶏　（優しく）駄目、エドガル、決意しなくちゃ――今日決着をつけなけりゃ駄目なのよ。決めたことは決めたこと。もうあんな生活をこれ以上引きずってなんかいけない。私の中で、何かが途切れてしまったの。もう二度と取り返しのつかないかたちで。

エドガル　（決心のつかないままに、唸る）ううむ。今夜自分がどうなるか、考えただけでも気分が悪くなる。丸くて限界のない、それでいて未来永劫それ自体で完結し、閉じた倦怠、苦悩。それを打ち明ける相手もいないとなれば、つまり人生最大の魅力がなくなるということだ。

水鶏　（なじる）こうしてみると、やっぱりあなたは小者ね。でも以前は、本当に、あなたは私が考えていたよりも大きな存在だったのに。あなたは私の子供であり、父親だった――何かニュートラルで、形式も輪郭もないもの、その曖昧さで私の世界を満たしていた何ものかだった。（語調が変わる）ところがやっぱり、そんなちっぽけな人間なのね――子供としてじゃなくて、絶対的に、本質的に……

エドガル　（憤って）そりゃそうだ――僕は大臣でもなければ、工場長でもない、社会活動家でもなければ、将軍でもない。手に職もないし、将来もない。藝術家ですらない。死ぬにしても、藝術というものがあれば、少なくとも興味深い死に方くらいはできる。

水鶏　生きることそれ自体！　あなたの御親友ネヴァモア公爵の理論、覚えてる？　いわゆる、クリエイションとしての人生。アハハ！

エドガル　あらゆる僕の不幸の源泉は、あの思想の狭隘さにあった。一〇年間もつづいた、自己自身との不毛な戦い。そのあげく、君は、僕が君を殺すという取るに足らないことすら決行できないでいると驚くわけだ。ハッハッハ！（銃で地面を小突く）

水鶏　いいえ、私はあなたにせめて最後に何か大きな事を成し遂げてもらいたいのよ。私を殺すというのは、そんな取るに足らないことじゃないわ。きっと後ではっきりわかるでしょう。

エドガル　（皮肉っぽく）アトデ、アトデ。もしも後で、またしてもあれはしくじりだったとわかったら、本当は、あの時君と仲よく家へ帰って、一緒に夕飯を食べることこそ偉大な行為だったんだと悟ったら？　ああ、何につけてもこの相対性だ！

水鶏　馬鹿な男。取り返しのつかないことこそ偉大なのに……

エドガル　頼むから、あまりいい気にならないでくれたまえ、侮辱はやめろ。ナンセンス演劇においてさえ、侮辱は禁じられている。

水鶏　はいはい。でもこれじゃ堂々めぐりだってことは、あなたも認めるわね。繰り返しのきかないことこそ偉大なのよ。人の死、初恋、処女喪失、その他もろもろのことの偉大さは、すべてそこにあるんじゃない。何度もやれることは、それだけでもう卑小よ。（雲間から幽かな月の光が洩れはじめる）あなたは、取り返しのつかないことは何もやりたくなくて、そのくせ偉大さが欲しいのよ。

エドガル　（皮肉っぽく）勇気、犠牲、他人のために苦しむこと、あらゆる種類の断念の中にも偉大さはあるさ。といっても、これらすべてに必ずあるわけでもない。何かを断念したということで、それをした自分の偉大さに満足を見出そうとする奴はみんな、まさにそのことによって卑小になる。あらゆる藝術作品も、それが二つとない代物であることで偉大だ。僕らも今からお互いに相手のために尽くすか、でなければ一緒にサーカスにでも出るか。

水鶏　（皮肉っぽく）生きとし生けるものすべて、二つと同じものはない、ゆえに偉大である。エドガル、あなたも偉大、私も偉大。今私を撃たなければ、以後あなたは救いようのない腑抜けだと軽蔑するまでだわ。

エドガル　いや、もううんざりだ。犬のように撃ち殺してやる。僕は君を憎む。君は僕のあらゆる良心の呵責の化身そのものだ。軽蔑するのはこっちの方だ。

水鶏　喧嘩はやめましょう。喧嘩しながら別れるなんて厭よ。ねえ、こっちへ来て、おでこに最後のキスをして、それから撃って。もう考えるべきことはすべて考えたんだから。（エドガル、銃を置き、ためらいがちな足どりで女に近づき、額に接吻する）さ、戻って、ダーリン。またぐずぐず蒸し返さないでね。

エドガル　（下手の元の場所に行き、銃を取り上げる）ま、しょうがない。一巻の終わりだ。どうにでもなれ。（銃をあらためる）

水鶏　（手を拍って）ああ、よかった！

エドガル　静かに立ってろ！

（水鶏、静かになる。エドガル、銃を構えて、狙いを定めるのに時間がかかる。やがて両方の銃口から、ほとんど間をおかずに二発撃つ。沈黙）

水鶏　（立ったまま、声もまったく変わらず）一発は外れ。二発目は心臓に当たったわ。

エドガル　（黙って薬莢を捨て、おもむろに銃を地面に置いてから、煙草に火をつける）一つ忘れていた――親父に何て言えばいいんだ？　たぶん……

（タジョ、この間に土饅頭の陰からそろそろと姿を現わし、水鶏のクリノリンの中に隠れる。レースの衿のついた青い服を着ている）

水鶏　（立ったまま）タジョ、パパのところへ行きなさい。

エドガル　（ふり向く。タジョを認めると、不機嫌な口調で）ふん、またもやハプニングか。

タジョ　パパ！　パパ！　怒らないでよ！

エドガル　怒ってるんじゃないよ、坊や。ただ色々あったんで、ちょっと休みたかっただけさ。それにしても、どうしてこんなところにいるんだ？

タジョ　わからない。鉄砲の音で目がさめたの。パパは僕のパパでしょ。

エドガル　パパであってもいい。いいか坊や、僕にはね、もう何が何でもどうでもいいんだ。君の父親にだってなれるさ。子供は好きじゃないがね。

タジョ　でもパパは僕のことぶたない？
エドガル　(やや取り乱し) わからん、わからん。(気を鎮め) いいかい、ここで起こった……いや今お前には言えない。あの女の人は (水鶏の方を指さす) ある意味では……いや、何で僕はこんなことを言ってるんだ……
タジョ　ねえ教えて、何を撃ったの？
エドガル　(こわい顔で) それを置くんだ、今すぐに！ (タジョ、銃を戻す) (優しい口調になって) 鉄砲を撃ったのはね、そのお、何と言えばいいか——要するに……
水鶏　(弱った声で) 何も言わないで……私はもうすぐ……
エドガル　そうなんだ、坊や。これは、一見単純なことのように見えるけれど、実はそうでもないんだ。僕のことを父親とみなすのは構わない。だが、それは「みなす」だけの話で、君の父親が何者であり得るのか、何者であるのか、それは依然として問題だ。
タジョ　でもパパは大人の人なんだから、何でもわかるはずでしょ。
エドガル　君が考えるほどでもないんだ。(水鶏に向って) 飛んでもないことになったもんだ。君に言いたいことが山ほどあって、一生かかったって終わらないかもしれないというのに、そこへ突然この涙垂らしだ。これで最期の瞬間はどうしようもなく台無しじゃないか。
水鶏　(絶え入りそうな声で) もう死ぬわ。色々、忘れちゃ駄目よ。何事でもいいから、偉大であること。

エドガル　（二、三歩水鶏の方に進む）イダイ、イダイ。一体何において？　魚取りの名人か、シャボン玉の達人か？
水鶏　（弱々しく）近づかないで。もうおしまいよ。
（ゆっくりとくずおれ始める。情景は、流れゆく雲間の月に時折り照らし出されていたが、この時点で月光かなり強まる）
タジョ　（銃を持ちあげ）パパ、あの女の人、どうしたの？
エドガル　（水鶏の方へ顔を向けたまま、子供に黙っているよう合図）しーっ、ちょっと待て。
（黙って水鶏を見つめる。半ば横になり、胸に両手をあてた水鶏は臨終の体。苦しそうな呼吸の音が聞き取れる。雲がすっかり月を覆い、暗くなる）
タジョ　パパ、怖いよ。ここ、おっかないよ！
水鶏　（わずかに口を開く）彼のところへ行って……私はいや……
（息絶える。この間、舞台装置が入れ替わり、野原から兵舎の中庭へと変わる。舞台正面奥には四階建ての建物の黄色い壁がせり上がり、両脇からも壁が出てくる。中央の窓〔複数〕および一階の門の中に弱い明かりが灯り始める。エドガル、この間にタジョに近づき、黙って抱きかかえる）
エドガル　さあ、これで僕一人だ。君の相手もできる。
タジョ　僕こわい。あの女の人どうなったの？
エドガル　（タジョを放しながら）本当のことを言うと――死んじゃったんだ。

タジョ　死んじゃったって——どういうことか全然わからないよ。
エドガル　（驚く）わからない？　（やや苛立ち）眠ってしまったようなものさ。ただもう永久に目を醒まさないだけだ。
タジョ　永久に？　（口調変わる）永久にか。もう永久に林檎は盗みませんて、誓ったことあるけど、でも違った。永久に——わかった、おしまいがないのと同じでしょ。おしまいがない……
エドガル　（いらいらして）そりゃそうさ——無限とも言うな——あるいは永遠。
タジョ　知ってるよ——神様は無限だよ。でも前は全然わからなかった。パパ——もうずいぶん色んなことがわかるよ。みんなわかっちゃった。だけどあの女の人もいたらよかった。教えてあげたのに。
エドガル　（暗い表情で、半ば独言）僕だって色々言いたかった。お前よりもっともっとたくさん。
タジョ　パパ、本当のこと言ってよ。何か隠してるでしょ、とても大事なことなのに。
エドガル　（我に返る）その通りだな。お前に言わなければね。どのみち他に言う相手もいないし。（はっきりと）この僕があの人を殺したのだ。
タジョ　殺したの？　パパがあの人を撃ったの？　おかしいの。ハハハ……狩りみたい。
エドガル　タジョ、そんな風に笑うもんじゃない、タジョ、これは恐ろしいことなんだ。
タジョ　（まじめに）もしパパの言う通りのことだったら、そんなに恐ろしいことじゃないよ。僕だって撃ったことある、フロベール銃で鳥を撃っただけだけど。僕には、パパはとっても大きく見える。でもこれじゃ、まるで何か虫同士が食い殺し合った後みたいだね。人間は虫みたいだ――そして周囲の《無限》は、彼等を秘密の声もて呼び招く。

エドガル　何だそれは？　どこで読んだんだ？

タジョ　夢かもしれない。僕はよく変な夢を見るんだ。パパ、もっと話して――僕が全部解明してあげるよ。

エドガル　（地面に坐りこみ）いいかい、こういうわけだ。僕は何かになるはずだった。けれどもそれが何なのか、つまり何者なのか、まったくわかっていなかった。自分が生きているかどうかも、確かにはわかっていないんだ。自分がひどく苦しんでいるということは、間違いなく現実なんだけどね。あの女の人は（左手の親指で自分の背後を指しながら）僕を助けてくれようとして、自分を殺すようにと自分から僕に頼んだんだ。結局はみんな順繰りに死んでゆく。と、人は不幸な時、互いに慰めあうものだ。

（上手から男が現われ、ランプを灯す。舞台いっぱいに、八条の強烈な緑色の光が放射状に広がる。タジョも、エドガルの傍らに坐りこむ――二人とも、耳をそばだてている男には注意を払わず話を続ける）

何でか？　何でかって？　人と同じように生きていないかぎり、目隠しをされて秣《まぐさ》切り機の周りをぐるぐる歩む馬のように働いていないかぎり、本当のところは何もわからないものなんだよ、タジョ。親友のエドガー・ネヴァモア公爵は、目的はそれ自体で目的だと言っていたが、僕は、この深遠きわまりない真理がどうしても完全には理解できずに今日まで来た。

タジョ　（まじめな顔で頷く）うん、僕にはわかるよ。僕にも何かわからないけど欲しいものがあるのに、たった今は何も欲しい気がしないの。それもまったく何もだよ――わかる？

エドガル　（子供を抱き寄せながら）おおそりゃ――わかるとも。しかし早すぎるな、坊やは。一体僕の歳になった日には、どうなることやら。

（しばらく彼らの話を聞いていた男は、黙って上手に消える）

タジョ　僕は強盗になるんだ。

エドガル　（顔をしかめて手を放す）しーっ、そんなことを言うもんじゃない。僕だって何か恐るべきことをやってみたくはなるがね。

タジョ　ハハハ――パパは本当におかしいね。本当は恐ろしいことなんか何もないのに――怖がることこそいけない時はあるけど。恐ろしい物はね、本当に恐ろしい物は、僕は水彩絵具だけで描くんだよ――知ってる？　こういう平たい、錠剤みたいな絵具で。夢の中だったらすごく怖いこともある。

エドガル　（飛び起きながら）何も起こらないじゃないか。きっと何か起こると思ったのに、何も――相変わらず平和で、地球は静かに地軸の回りを回転している。世界は意味のない荒野だ。（あたりを見回し、兵舎の存在に気づく）見てごらん、タジョ――どうやら閉じ込められてしまったらしいぞ。周り中、黄色い壁だ。

（兵舎中央の窓の中に光が閃く。タジョも立ち上がり、周囲を見回す）

タジョ　この建物知ってる。軍隊がここにいるんだよ。あっちへ出ると海。（兵舎の門を指さす）

エドガル　（失望の色）ちぇっ、そうか！　刑務所かと思った。長いこと鎖に繋がれていたので、もう走ることを忘れてしまった犬のようなものだ、僕は。一生小屋の周りを歩き回るだけで、逃げようとする勇気もない。逃げたとしても、それさえ嘘で、ひょっとしたら繋がれたままかも知れないとわかるのが怖くてね。（タジョに向かって）それにしても、一体どういうわけでお前はここにいるんだ？

タジョ　（しばし思案の後）わからないよ。それに、何だか思い出すのもいやなんだ。僕はすごく病気で、どこか「少年の家」みたいなところにいた。ママはいなかった。それから、パパが鉄砲を撃った時、目が醒めたの。この建物は知ってるよ、たぶん夢の中で……

エドガル　（馬鹿にしたように手を振る）まあどうでもいい。明日からお前さんのしつけに取りかかろう。

（この時上手から船員服の父登場、立ち止まって二人の話を聞いているが、気づかれてはいない）

タジョ　僕のしつけなんか絶対にできないよ。無理だよ。

エドガル　それはまたどうしてだ？

タジョ　パパもしつけが行き届いていないもの。そういうことは僕はよくわかるんだ。

父　（二人に近づきながら）いや、立派なお返事だ、坊や。（エドガルに）ところでお前はどこでこんなませすぎたおちびちゃんを拾ってきたんだ？

エドガル　（立ち上がり）いや、一人でこの土饅頭の後ろから現われたんですよ。

父　（あたりを見回し、水鶏の死体に気づく）これは何じゃ？（手を振り）ま、しかし、どうでもよい。お前の個人的な問題に首を突っ込むつもりはない。水鶏は死んだ。では、家での夕飯はないわけだから、ここで食べることにするが、いいかな？　死体は運び出させよう。しかるべき場所でない所に死体が転がっているのは我慢ならん。

（と言って、黄色い紐に下げた笛を吹く。エドガルとタジョは黙って立っている）

タジョ　おもしろいな。この景色、まるで僕があの錠剤で描《か》いているみたい、こんな……

（下手から四人の従僕が走り込み、整列する）

父　（水鶏の死体を指さしながら）この女性をお運びしろ。兵舎のどこかに冷蔵室か何かあるはずだ。（従僕の一人を指さし）当直の者に、死体は明日引き取りに来ると、そう言って来い。何も尋ねたり、喋ったりする必要はないぞ。その後でここへテーブルを運んで、夕食の用意だ。

従僕たち　アイ、アイ、サー。（素早く水鶏の死体に駆け寄り、下手へ運びだす）

父　（タジョに向かって）さて坊や、どうだい？　これでいいかな、うん？

タジョ　これはなかなか見ものですね。でも何か足りないよ。何が足りないかは、僕もわからないけど。

エドガル　この子には構わないで下さい、お父さん。養子にしたんです。手続きは明日します。これから新しい人生が始まるんです。新しいというより、別の人生が――わかりますか、父さん？

父　おしまいからでもいいから、始めるんだな。逃れられぬ運命だ。ゴーギャンが絵を描き出したのは二十七歳の時だ。バーナード・ショーがものを書き始めた時には、三十を過ぎておった。まあ、人のことはどうでもいい。お前は藝術家になる。総トン数一万トン、「オロンテス」の元船長、このヴォイチェフ・ヴァウポルが言うのだから、間違いない。今日の事件は単なるスタート、しかし幸先よい始まりじゃ。白状しろ、エド、あの水鶏を殺したんだな。

エドガル　そういうことになります。といっても、彼女が自分から望んだんだ。

父　いや、もちろんじゃ。お前との共同生活より、死を選んだのだ。お前なしでは生きることもできなかったしな。かわいそうに、馬鹿なめんどりだ。哀れなものじゃ。それでお前はこれからどうする？　自らの堕落について、賢くも長々しい自己弁護をするとして、一体誰が耳を貸すかね？　え？　いっそ、このいとけない養子殿にでも聞いてもらうか？

タジョ　船長さんは本当に頭がいいんだね。パパはもうすべてを僕に打ち明けようと話し出していたところなんだ。

（従僕たち、下手より食卓を運び込み、土饅頭の前に据え、すばやく五人分の食事の用意をする。食事は簡単なもの、椅子も単純な籐椅子）

父　そうだ、言った通りじゃろ？　名誉ある運命のめぐりあわせだ、坊や。未来の大藝術家、エドガル・ヴァウポルが、お前に告白したんだぞ。覚えておきなさい。

エドガル　お父さん、冗談はやめて下さい。あまりにもこの場にふさわしくない。（食卓に目をやり）しかし、何でまたこんな人数の用意を？

父　お客様たちが見えるのだ。私はお前に、親友のかたちをした敵、また逆に最悪の敵を装った味方というものを提供しようというのじゃ。どうせまっとうに生きられぬお前じゃ、これからは逆さまに、後ろ向きで、裏道を歩んで行くんだ。もう甘やかしはやめじゃ。充分だ。

エドガル　お父さん、ということは？……

（タジョ、銃をいじくっている）

父　その通り。何が起こるか、わしにはわかっていた。ほとんど予測済みじゃ。むろんすべてではない。お前が撃ち殺すとは思っていなかった。増長させるつもりはないが、正直なところ、これには少々感服していないわけでもない。少々だぞ。いたって通俗、卑劣な要素も多分にある、にもかかわらずじゃ。

エドガル　悪魔だ、人間じゃない。それじゃあ、お父さんはわかっていたって言うんですか？

父　不患議なことは何もない。ストックフィッシュ・ビーチ湾の対岸の家に、われわれ三人で暮らしたことがあったろう？　水鶏は、わしの赤毛の猫にしつこくレモンを喰わせようとしていたのを覚えているか？　あの頃わしはお前たちをよくよく観察した。お前たちは、わしは宝探ししか頭にないと思っていただろうがな。ある時、水鶏はお前に紫色の花をくれて、「偉大な人間は、自分が何において偉大かとか、偉大になれるかなんていう質問はしないものよ」と言ったのを覚えておるか？　わしはあの言葉を書きとめておいたほどじゃ。

エドガル　もうそれ以上言わないで下さい、お父さん。かわいそうなエルジュビェタ、かわいそうな水鶏。（手で顔を覆う）

タジョ　（銃を手にエドガルに近づく）パパ、泣かないで。これはみんな、神様が魔法の錠剤で描いているお絵描きなんだから。

エドガル　（目を開けると、銃が眼の前にある）こんなもの！　こんな、目ざわりなもの。

（タジョから銃を取り上げ、上手に投げる。この間、従僕たちは脇目もふらずに黙々と食卓の用意を続けている）

父　あわてるな。あわてるな。弱虫――泣き味噌――三文役者。（エドガル、地面を見つめ、じっと立ちつくす）別の人生を考えるんだ。別の――と、さっきお前が言った通りだ。もしここで駄目なら、火星か、アンタレスの惑星にでも引越すことだ。これからお客さんだ、わかるな、くれぐれもそんな死人みたいな顔をぶらさげて、わしの顔をつぶさんでくれ。いいな！（上手、舞台袖からアコーデオンをでたらめに弾く音が聞こえてくる）やっ、もう来たぞ。（エドガルに）しっかりしろ。涙なんぞ見せるんじゃないぞ！

タジョ　（感激する）わあ、船長さんはすごいなあ。まるで悪者の魔法使いみたいだ。

父　これからは、おじいちゃんと言いなさい。ついにわしのやり方を評価する人間が現われたぞ。

（父、タジョの頭を撫でる。アコーデオンの音、ますます近づく）

エドガル　（弁明する）僕だって認めていますよ。ただ、お父さんがあんまり大袈裟……

父　坊さんじゃあるまいし、あんまり袈裟を広げるなと言うんじゃろ。しーっ！　客人たちだ。

（上手よりアリツィヤ公爵夫人登場。海の色の夜会服にスカーフ、無帽。その後ろから燕尾服で無帽のマチェイ・ヴィクトシ——別名リシャルト[6]・コルボヴァ＝コルボフスキがアコーデオンを弾きながら歩いてくる。さらにその後ろから三人の老人）

公爵夫人　ごきげんよう、船長さん。

（父、若者きどりで[7]アリツィヤの手に接吻。ヴィクトシ、演奏をやめ、状況を見まもる）

父　ようこそ——まことに光栄です。事態はやや込み入っておりますが、じき解決しましょう。こちらの殿方たちをお連れになったのは、公爵夫人も少々不用意でしたな。（老人たちを指す）ま、致し方ない——何とかなりましょう。

公爵夫人　たいへん好い方たちですわ。今、ご紹介申し上げましょう。
父　いやいや、存じ上げています。（老人たちとはいい加減な握手）ところで、公爵夫人にわが息子、すなわち亡きご主人の親友をご紹介します。エド、ご挨拶を。倅です――アリツィヤ・オヴ・ネヴァモア公爵夫人。
エドガル　えっ、それじゃエドガーは死んだんですか？
父　その話は後だ――わきまえなさい。
エドガル　（公爵夫人の手に接吻）どうか教えて下さい。エドガーはどうしたんです？
公爵夫人　マンジャパーラのジャングルで、虎に喰われました。最後まで勇を鼓していましたが、ついには神様の忍耐の堰も切れました。事故から二日後に亡くなりましたが、見事な最期だったことは確かです。腹を裂かれていて、ひどい苦しみようでした。それでも臨終の瞬間まで、ラッセルとホワイトヘッドの『数学原理』を読んでいました。ご存じでしょう――あの記号ばかりの。
エドガル　ええ、知っています。何たる胆力！　かわいそうなエドガー。（父に向かって）どうして何も言ってくれなかったんです？　いっぺんにこんなに色々打撃を受けるとは。ああ、一体エルジュビェタは知っていたんだろうか？
公爵夫人　他にも何か起こったの？　おっしゃって。あなたのことはエドガーからずいぶん聞かされていました。夫は、あなたのことを、この小さなわれらの惑星上でももっとも興味深いタイプの男だと言っていました。

エドガル　ええ――奇妙なことが起こったのです。僕は今まさに別の人生のとば口にいるんです。まるでこの世ではない……

父　もういい。要するに今日、水鶏を捕まえて、犬でも撃つかのように殺したというわけです。彼女自身の要望で。公爵夫人は、これはありきたりの卑劣行為そのものであるとお考えにならんですか？

公爵夫人　まあ、あのエルジュビェタ・プラヴァツカを。エドガーから、あなたたちのことは随分聞きました。かわいそうな夫は、彼女からよく手紙を貰っていました。それは変なことを書いてよこしていました。夫は、読んだ後には決まって何だか人が違ったようでした。

父　奥様、これはありきたりの卑劣行為そのものであるとお考えにならんかどうか伺っておるんです。

公爵夫人　いえいえ、ヴォイチェフさん――女は人に尽くすのが、それは好きなものです。誰かのために死ねることは、むしろ幸福ですわ。ね、そうでしょう、エドガル……さん……何だかこの名前を口にするのは妙な気持ち。

エドガル　ええ……これは実はその……。いや、うまく言えない。彼女を殺してから、たぶんまだ三〇分くらいしかたっていないんです。

公爵夫人　残念だわ。とても会いたかったのに。

エドガル　エドガーは、遠く離れていながら彼女に恋をしていました。僕への手紙にも書いていましたが、彼女こそ、彼が本当に……

公爵夫人　（不機嫌そうにさえぎり）エドガーが愛していたのは私だけですよ、あなた。信じていただかないと。彼は彼女の写真すら持っていませんでした。

（タジョ、下手に立ち、すっかり感心したようすで人々を眺めている）

エドガル　いや、ではエドガーの手紙をお見せします。

公爵夫人　無駄です。嘘を書いてるのです。ちょっと散歩しませんこと？　何もかも説明してさしあげますわ。（この間従僕たちは土饅頭と食卓の間で終始直立している。二人は下手へ移動してゆく。父は、老人たちおよびヴィクトシの方と、二人の方をかわるがわる見る。公爵夫人、通りがかって）あら、こちらの可愛らしい坊やは？

エドガル　私の養子です。二〇分前に養子にしたばかりの息子です。

公爵夫人　（ほほえんで）あなたは三〇分前に彼女を殺し、二〇分もたたぬうちに――どこかの男の子を養子になさった。たしかに一日にしては、経験なさったことが多すぎたようですわ。エドガーも、あなたがたいへんな精神力の持ち主だとは言っておりました。坊ちゃん、お名前は？

タジョ　僕の名前は、タデウシュ・フレイク＝プラヴァツキ。（公爵夫人に向かって）おばさん、とっても素敵な女だね。僕の絵に出てくる占い師みたいだ。

エドガル　何だって？　またぞろどういうことだ？　今日はもう気が狂いそうだ！

父　（大笑い）ハッハッハ！　こいつは気に入った。（膝を叩く）

エドガル　父さんは、またしても知っていたんですか？　エルジュビェタに息子がいたと知っていて、僕に黙っていたんですか？

父　（笑いながら）不肖「オロンテス」船長、誓って言うが、知らなかった。まったく初耳だ。さあ、おいでタジョ、あらためておじいちゃんに抱かせてくれ。

（タジョ、父の方へ行く）

エドガル　それで、どういうお話でしょうか？

公爵夫人　すべては誤解だということを、証明いたしますわ。

（下手に移動し、二人でひそひそ話。それを我慢しかねる様子のヴィクトシ、アコーデオンで伴奏）

エヴァデル　ヴィドモヴェルさん、どうやら奇想天外な事件のようじゃ。夕食は「アストリア」へ行って取るのがよいかと思うが。ここではどうにもならんじゃろ。

ヴィドモヴェル　エヴァデルさん、小生にお任せ下さい。悪いようにはなりません。

父　（タジョを放す）いやいや皆さん、さあ、夕食をどうぞ、すぐに皆さんの分も出てまいります。（従僕たちに）おい、今すぐ食事を三人分、ワインも追加してお持ちするんだ！（従僕たち、下手へ飛んでゆく）今日はとことん飲みましょう。いいですな、コルボフスキさん。あなたも船乗りでしたな。

コルボフスキ　（アコーデオンからとんでもない呻き声のような音を発する）結構だが、ヴァウポルさん。ただ、ああいうことでは困る。（と、下手の方を指す）アリツィヤとお宅の御曹司がいちゃついているが、アリツィヤをあんなデカダンの餌食にされたんではね。アリツィヤは俺のものだ。（アコーデオンを放り投げる。呻くような音が出る。下手の二人、振り向く）

エヴァデル　ヴィドモヴェルさん、帰りましょう。

ヴィドモヴェル　いや小生も同感。どうも騒ぎが起こりそうな按配じゃ。

ティポーヴィチ　お待ちなさい！　われわれはすでに夕食に招かれておるんだし、面白そうな状況でもあることだ。

エドガル　（公爵夫人に向かって）誰です、あのならず者は？　失礼ですが——奥様のお連れではあるけれど、要するに……

公爵夫人　（上手方向に歩みながら）この者は、私の人生唯一の慰め。こちらコルボフスキさん——こちらはエドガル・ヴァウポルさん（二人の男性、握手する。従僕たち、新たに三人分の食事を並べる）これは、まったく原始的な人間なのです。彼がいなかったら、私は、エドガーの死を耐えきれなかったことでしょう。私どもは、インドで出会いました。現在、私は彼と二人、世界で最悪のものをすべて見物しようと、回って歩いているのです。この男の、状況を演出する能力ときたら、ご想像もつかぬほど大したものですわ。

コルボフスキ　アリツィヤ、頼むから冗談はやめてくれ。聞いていれば、話がすっかり逆しまだ。

人の前であってもなくても、きちんと人並みに扱ってもらわないとな。いいか。
エドガル　一体彼はどうして、奥様に対して、あんなぞんざいな口がきけるのですか？　どういうことなんです？
コルボフスキ　俺はこの女性の愛人さ。おわかりかな？　俺はあんたの父上に招かれてここにいるんだ。どこかの躾けの悪い一人っ子の出しゃばる場合じゃ……
（公爵夫人は、柄付き眼鏡で二人を眺めている）
エドガル　いい加減にして下さい、いいですか……さもないと、僕は自分の行動に責任はもてませんよ。今日はもうたくさんだ。お願いだ。
（従僕たち、テーブルの後ろに整列）
コルボフスキ　アリツィヤに、そんじょそこらのぞうり虫とここそこそ脇で口を利いて貰っちゃ困ると言ってるんだ。俺は彼女の愛人で、亡きエドガー公爵の同意のもとに、年間四万フランの給金も貰っているんだ。
エドガル　それはつまり、ただのアルフォンス、つまり「ひも」ということじゃないか……
コルボフスキ　（落ち着き払って、怒りをこめ）俺はアルフォンスではなくリシャルトだ。それもただのリシャルトとは少々わけが違う。どうだ、この匂いでも嗅いでみては？（エドガルの鼻先に挙を突きつける）
エドガル　何だと？　こんな臭い手はどけろ！（と、相手の眉間にパンチを浴びせる。小競り合い）

コルボフスキ　この甘ったれ小僧が……

エドガル　この！　この！　目にものを見せてやる！

（ヴィクトシを上手《かみて》に追い出し、自分も後を追う）

公爵夫人　（父に）御子息は大したボクサーですこと！　コルボフスキを打ち負かすなんて！　その上なんてハンサムなんでしょう。写真じゃわからないものね。表情ですわ。それにあの知性！　私は、彼がエドガーに宛てた手紙を知ってますの。

父　（お辞儀をしながら）あれはただの神経の力です。私はあれに運動をやらせようとして成功した試しがありません。神経。神経のなせる業です。狂人が病院の格子を破るようなもんです。そう、神経。私ども、もとはといえば古い士族の出。

公爵夫人　でも、あれほどの神経なら、ボクサーの筋肉と同じ値打ちがあります。上等な一品ですわ、あの人。

父　必ずや奥様のお気に召すと、申し上げておった通りで。

公爵夫人　私を娘と呼んで、ヴァウポルさん。これで話はつきましたわね。

（父、会釈する。エドガル、戻る）

エドガル　（胸飾り[8]は破け、帽子もない）一体、あいつ、逃げながら何て言ったと思います？（公爵夫人を指し）夫人は、自分のする悪しき行ない、つまり悪事なしでは、生きてゆけないと言うんです。あなたは、とことん堕落した女だと、そう言ったんですよ。エドガーも僕にそう書いて寄越したけど。

公爵夫人　（媚態《しな》をつくって）自分で試してみないこと？　明日から私はあなたの妻になります。お父さまもご承知よ。

エドガル　いや、そんな藪から棒に……今日は本当にわけがわからない。僕は何者なんだ？　せめて二、三日待って下さい。

父　この馬鹿が。据え膳はいただくものだ、何も聞かずに。第一級の女性だぞ。それを逡巡しおる。

公爵夫人　（父に向かって）きっと気後れからですわ。（エドガルに）私とならきっとうまくゆきます。エドガーの話や手紙を通じて、私たち知らない仲ではないし、彼が、とうの昔に私たちを結び付けてくれていたんですわ。もっとも彼が愛したのは私だけですけど。お信じになって。

エドガル　いや、信じますよ。信じないわけにゆかない。（彼女の手を取る）それでは本当ですか？　僕は別の人生を始められるんですね？

公爵夫人　私とね。私と一緒なら、不可能なことは何もないわ。

エドガル　ただ、あのコルボフスキが、何かしでかしそうで怖い……

公爵夫人　怖がらないで、私は、あなたとなら何も怖くないわ（彼の頭を両手で抱え、接吻する）

タジョ　おじいちゃん、それじゃ、本当にこんなきれいなお母さんが来るの？

父　そうだぞ、ぼんぼん。大当たりの籤を引いたんだ。正真正銘の英国の公爵夫人だぞ。（他の者に向かって）さて皆さん、夕食のお席に。どうぞどうぞ。（食卓を指す。タジョ、公爵夫人のところへ行き、抱いてもらう）

公爵夫人　坊や、今日から私をママと呼んでいいわよ。（子供を食卓に連れて行く）

（三人の老人、上手からテーブルへ近づいてくる）

エドガル　（思案顔。舞台前方で、半ば独り言のように）親友の妻――愛人の息子。ついに僕も自分の家庭を築いた。しかし、はたして我慢しおおせるだろうか、この僕に？（父に）ねえ、父さん。こんなことが僕に許されるんだろうか？　何か、罪償いをしなくていいんだろうか？

父　余計なことは言わんで、席に着け。

エドガル　（全員に向かって、弁明するかのように）いつだって、何だって、他人と事件が、僕のかわりにやってくれるんです。僕はマネキン、マリオネットです。何かを作り上げようとすると、その前に、僕の手によらずひとりでに、まさにそれが出来上がってしまう。これは何かの呪いじゃないだろうか？

公爵夫人　その話はあとで私がゆっくり聞いてあげるわ。今は食べること。すごくお腹がすいたわ。

（一同着席）

第二幕

ネヴァモア邸のサロン。舞台下手に丸テーブル。肘掛椅子〔複数〕。窓はない。扉は下手上手両側にある。壁には絵〔複数〕が掛かっている。部屋は全体にピンクの色調だが、暖かみ、くつろぎのある青をこれに配している。舞台正面奥は、幅広い階段〔三段〕、その最上段にピンクがかった橙色の大理石でできた四本の細い柱。柱の後ろは蘇芳色の緞帳。下手、肘掛椅子には、四分の三ほど客席に体を向けた公爵夫人がこしかけ、編み物をしている。タジョは絨毯の上でかなり大きな機械を組み立てて遊んでいる。子供の髪は短かく揃えられ、濃い臙脂色のビロードの服を着ている。公爵夫人は明るい、冷めたい感じの鼠色のドレス。夕闇がしだいに濃く、沈黙がしばらくつづく。

タジョ　〔機械をいじりながら〕ママ、どうして「あの人」が僕のパパなのか、忘れちゃった。

公爵夫人　それは忘れたって全然構わないことです。どうしてこうなっていて、ああではないのかとか、すべてについて知ることはできないでしょ。どんどんどんどん、きりなく質問していって、答も永久に見つからないこともあるのよ。

タジョ　知ってる——《無限》でしょ。このことがわかった時のことは絶対忘れられないんだ。あの時から、何でもうまくゆくようになったの。すべては無限で、すべてはあるようにあるんだ。ただ一つだけ不思議なのは——なんで「あの人」がお父さんで、他の人じゃないんだろう。

公爵夫人　コルボフスキさんがパパだった方がよかったの、哲学者さん？

タジョ　ママ、僕のことそんな風に言わないで。もっと言うとね、ママが入ってきた時より前のことは、みんな忘れちゃったんだ。みんな、思い出そうとしても思い出せない夢みたいなんだ。覚えてるのは自分の名前だけ、あとは何もわからない。

公爵夫人　それだけでも大したものだわ。きっと何もかも忘れなければならない運命だったたんでしょう。

タジョ　僕は自分の始まりのことが知りたいんだ。僕はどこから来たのか、そしてすべてはどこへ行くのか。ひとりでに動いてゆくんだけれど、まるで何かに向かってる感じがするでしょ。すべてのものがこんなに急いで向かって行く先は何なんだろ。

公爵夫人　（やや当惑気味で）お父さんにお聞きなさい。私にはよくわからないから。

タジョ　ママ、僕に何か隠してることがあるよね。口では言わないけど、僕の眼はよく見えるんだ。ママの眼は二重底になってるね。下にもうひとつ抽き出しのある、こういう箱みたいに。

公爵夫人　今度は私の番――そんな風に言わないで。ママはあなたのことがとても好きだから、あんまり叱りたくないのよ。

タジョ　僕は悪い子？　でも、何かみんな変だ。まるで夢の中のことみたい。（急に勢いづいて）ねえ知ってる？　僕は一度も、何か怖いと思ったことがないんだよ。怖かったのは、夢の中だけ。でも今は、これ全部が夢みたいで、怖い。もうすぐ何か大変なことが起きそうな気がする。もうすぐ、今までの夢にもなかったくらいに恐ろしくなるような気がする。時々とっても恐ろしい。怖くなりそうで、怖いの。

（ヤン・パルブリヘンコ登場、天井の電気式シャンデリアを点ける）

公爵夫人　ヤン、主人はまだ帰らないの？

ヤン　まだです、Your Grace[9]。

公爵夫人　あの小壜〔複数〕のこと、忘れないでちょうだい。ディナーに殿方たちが見えますから。

ヤン　かしこまりました、Your Grace。

タジョ　また、パパをいじめるあのいやな連中か。

（ヤン、下手に出て行く）

公爵夫人　（やや意地悪く）コルボフスキさんも来るわよ。

タジョ　あの人は悪夢に出てくる人だ。でも好きだよ。あの人を見ているのが好きなんだ。小鳥を呑み込む蛇みたいな人だね。

公爵夫人　（皮肉っぽく）で、あなたは小鳥？　でしょ？

タジョ　ママ、どうして僕と、大人相手みたいに話すの？　そんな風に言わないでって、言ったじゃない。

公爵夫人　私は一度も子供を持ったことがないから、話し方を知らないのね。行きたければアフロスヤの所へ行っていいのよ。

タジョ　アフロスヤの眼は二重底じゃないけど、一緒にいても退屈だよ。善い人は、僕は嫌いだ。悪い人はいじめるけど。

公爵夫人　（ほほえみながら）私は、悪い？

タジョ　わからない。でもママは僕のことをいじめるね。いじめるから、ママといるのが好きなんだ。

公爵夫人　（ほほえみながら）何という倒錯！

タジョ　それは大人の言葉でしょ。知ってるんだ。でもどうして僕、目が醒めないいんだろう?!

何かみんな変だ。

（ヤン、上手より登場）

ヤン　コルボフスキさん、お見えです、Your Grace。
公爵夫人　お通しして。
（ヤン退出。タジョ、上手の扉を黙って見つめる。燕尾服のコルボフスキ登場）
コルボフスキ　今晩は。遅れたかな？
公爵夫人　いいえ、ディナーが遅れているのよ。エドガルはまだだわ。
コルボフスキ　（アリツィヤの手に接吻し、彼女の隣、客席に向かって腰かける）アリツィヤ、よくもいけしゃあしゃあと、あの腰抜けを亡き公爵殿と同じ名前で呼んだりできるな。とくに神経の細い俺じゃないが、多少は精神的に苦痛だ。
（タジョ、コルボフスキに飛びかかりそうなそぶりを見せるが、自制する）
公爵夫人　（笑って）そう――肉体的な苦痛じゃないなら、まだ我慢できるでしょ。
コルボフスキ　笑うな。わが心は今、吊り包帯に下げた傷ついた腕《かいな》の如く、敵に賃貸しした自らの畑から盗んだ果実のようだ。お前に対しては、アメリカのトルネードほどに強力な貴賎相婚の望みを抱き、器用な作者によって、俺が自らの非力な運命を鞭打つところの自嘲の檄文へと作り変えられたところの、不釣り合いな結婚に対する欲情で俺は満ち満ちている。
公爵夫人　言っていることに全然意味がないじゃないの。
コルボフスキ　わかっているさ。だからこそ言うのだ。昼も夜も読書の生活で、おつむの中がすっかりぐしゃぐしゃだ。（脚を伸ばし、頭をソファーの後ろへのけ反らせる）

公爵夫人　きちんと腰かけなさいな。

コルボフスキ　その元気がないんだ。絞り器に挟まれたシャツのようなもんだ。駆け抜ける羚羊《れいよう》の周りを吹くパンパスの風のように、俺の周りを逃げ去ってゆく時間、これが恐ろしい。疲れたよ。

タジョ　（まじめに）おじさんの今の話、きれいだね。今度夢から醒めたら、絵に描いてあげるよ。

コルボフスキ　おいおい、若き審美家さんよ、もう寝たらどうだい？　おねんねしたら、本当に？

タジョ　（公爵夫人の肘掛椅子によりかかり）やだ。おじさんは立派な流れ者だけど、ここは僕の家だ。

コルボフスキ　お前も、俺と同じ流れ者だ。もう寝た方がいいぞ。

公爵夫人　コルボフスキさんの言う通りよ。あなたたちは二人ともまったく平等に私の家にいる権利があるのよ。

タジョ　嘘だ。もしもなぜ「あの人」が僕のお父さんなのかわかっていたら、おじさんにも違う答えをしたんだけど。それは秘密なんだ。

コルボフスキ　秘密でも何でもないさ。お前さんのパパもどきは、早い話が殺人犯だ。いつ絞首刑になってもおかしくない。公爵夫人のお情けで生きていられるのさ。鎖につないだ犬同然。わかるか。

タジョ　嘘だ。パパは、そうしようと思えば、偉大な人間になれるんだ。ただその気がないだけなんだ。僕はどっかでそう聞いた。

コルボフスキ　（立ち上がり、乱暴にタジョを突き飛ばす）うすのろめが、偉大さを見たいか！　ひっこんでろ！（タジョ、絨毯の上にひっくり返り、機械のところへ這ってゆく。そして何も言わずにうつむいて、また機械いじりを始める。コルボフスキ、公爵夫人の上に屈みこみ）アリツィヤ、もうこれ以上我慢できない。ここはお前のいる場所じゃない。とにかくこれを限りにヴァウポルの奴を放り出せ。こんな生活はごめんだ。自分の中に、何かまたぞっとするような化物が育ってきてるのを感じるんだ。いま俺を挑発する奴はきっとひどい目にあうだろう。わかるか？　俺は目下読書の他は何もしていないが、読んだものが片っ端から、胸糞悪い、毛だらけで、残忍な、灼熱の悪に生まれ変わってゆく。俺がまだ正気でいるうちに、頼むからこんな生活はやめてくれ。今日限り。今日限りでやめると言ってくれ。お前なしの自分にも、もう戻りたくはない。自分が無用の介《すけ》だということはわかっている。一体何のために俺に金を払っているんだ？　俺は何のために生きているんだ？（頭を抱える）

タジョ　（ふりむき、感嘆のまなざしでコルボフスキを見る）破裂してみて、コルボフスキおじさん、ねえ、破裂して！

（公爵夫人、大笑いする）

コルボフスキ　（タジョの方に拳を上げて威嚇する）うるさい！（公爵夫人に向かって）アリツィヤ、俺はつまらん男だ。でもだからこそ言うんだ。俺は世の中で一番幸せな人間だった。欲しいものはなにもかも手にした。しかしお前がいなければ、所詮はゼロだ。頭をぶち抜いて死ぬしかない。ああ、狂いそうだ！

公爵夫人　（冷たく）浮気でもしたの？

コルボフスキ　違う、違う、違う！　そんな、どうでもよさそうな訊き方はよせ。それが嫌なんだ。

公爵夫人　彼も苦しんでいるのよ。

コルボフスキ　知ったこっちゃない。勝手に苦しむだけ苦しめばいい。お前のおかげで、この家はまるで恐るべき拷問屋敷だ。もうたくさんだ。

公爵夫人　（微笑を浮かべ）じゃあ、出て行きなさい。

コルボフスキ　（夫人の方へ身を傾け）無理だ。頼むから、今日限り、今日限りにしてくれ。

（ヤン、入場）

ヤン　ヴィドモヴェル、エヴァデル、ティポーヴィチの皆様が、Your Grace。

公爵夫人　お通し。

（ヤン退出、三人の老人、燕尾服で登場）

コルボフスキ　（公爵夫人の編み物の上に身を屈め）素敵な編み物だ。青と黄色の調和がいい。（歯を剥き出し、小声で）今日限り……

公爵夫人　（立ち上がり、コルボフスキをよけながら、老人たちに挨拶をしに行く）皆さん、申し訳ありません。エドガルは遅刻ですの。

（老人たち、夫人の手に接吻）

ティポーヴィチ　それは構わんが、われわれの事業、セオソフィカル[10]・ジャム・カンパニーの件はどうなりましたかな？

公爵夫人　全資金をもって参加させていただきますわ。不足は不動産を充てますので御心配なく。名前からして素晴らしいですわ。エドガルはユニオン銀行に出かけたのですが、じきに参ることでしょう。

コルボフスキ　アリツィヤ！

公爵夫人　（振り向き、冷たく）コルボフスキさん、お引き取り願うよう、申し上げなければならないのでしょうか？

（コルボフスキ、体を小さく丸め、手で顔を覆いながら、どさっと椅子に腰を下ろす）

ティポーヴィチ　奥様、今日はわれわれの会社にとり、記念すべき日ですな。

エヴァデル　貴族界からは奥様お一人だけ……

ヴィドモヴェル　（さえぎりながら）そう――奥様だけが勇を揮われた。そのお手本は必ずや……

公爵夫人　お食事が始まるまでは、まだ詳しいお話は申し上げられないかと思います。どうぞお掛け下さい（下手に向かう。老人たちはその後につづき、コルボフスキとは挨拶を交わさず、席に着く）私は、アーリア人、セム人の完全なる結合に賛成です。セム人こそ、未来を荷なう人種ですわ。

エヴァデル　そうです、奥様。世界の幸福は、ユダヤ人の復活にかかっております。

ヴィドモヴェル　民族全体としてわれわれに何ができるか、世に示すべき時です。これまでは、個人の天才しかおらなかったが。

（舞台奥の緞帳が少し開き、黒い燕尾服姿のエドガル、素早く階段を駆け下りてくる。タジョ、エドガルの許へ駆け寄る）

タジョ　パパ、もうやだよ！　あの人の言うこと、何が本当か、僕にはわからない。（公爵夫人を指差す）

エドガル　（子供をしりぞけながら）どくんだ。（全員に向かって）どうぞお食事を。

タジョ　パパ、僕はひとりぼっちだ。

（エドガル、タジョに構わず老人たちと会話。コルボフスキ、ミイラのように坐ったまま）

公爵夫人　（ベルを鳴らす。下手から、全身緑色のいでたちでアフロスヤが駆け込んでくる。頭にも緑色のネッカチーフ）アフロスヤ・イヴァノヴナ、子供を連れておゆき。シロップを飲ませて寝かせなさい。

（アフロスヤ、タジョの手を取り、下手に向かう。上手より水鶏現われる。第一幕同様の身なりに絹のストッキング、エナメルのパンプス、肩に羽織ったマントが加わる）

公爵夫人　誰なの？
エドガル　（ふりむき）彼女だ‼　君は、生きていたのか？
水鶏　あなたにはどうでもいいことのはずだわ。
タジョ　（下手の戸口で立ち止まり、叫ぶ）ママ‼（水鶏に駆けよる）
エドガル　（水鶏に）君の息子なのか？　何もかも嘘だったのか。
水鶏　（驚いて）嘘ついたことなんかないわ。こんな男の子知らないわよ。（と、すがりつくタジョを押しのける）
タジョ　ママ、僕がわからないの？
水鶏　落ち着いて。私があなたの母親だったことなんて一度もないわ。
タジョ　これで僕の味方はもう一人もいなくなった！（泣く）もう夢から醒めることもできない。
エドガル　アフロスヤ・イヴァノヴナ、すぐにタジョを連れ出せ。そしてさっさと寝かしつけなさい。
（アフロスヤ、歩きながら大声で泣き出すタジョを下手へ連れ去る）
公爵夫人　（エドガルをつつき）教えて、こちらの女性はどなた？
エドガル　彼女は「クイナ」――エルジュビエタ・プラヴァツカだ。
公爵夫人　でもあなたに殺されたんでしょう？　どういうことなの？
エドガル　こうして歩き、ここに立っているところを見ると、きっと僕は殺さなかったんだ。な

により も明白な証拠だ。

コルボフスキ　（立ち上がり）じゃあ本当に生きてるのか！　さっぱりわからん。この悪夢から逃れる最後の手段もなくなったか！（エドガルに向かって）ヴァウポルさんよ、安心しな。恐喝は失敗に終った。

エドガル　あなたの恐喝などどうでもいいことだ。僕は自らの意志で、この家の中にあなたが存在すること自体を責め苦として引き受ける。悔悛こそ目下の僕の生活の本質だ。（水鶏に向かって）犯しえなかったことに対しての悔い改めだ。出来なかったことで、僕は苦しまねばならず、悔い改めねばならないのだ。喜ぶんだな――君のせいだ。これ以上惨めなことが一体あるだろうか？

水鶏　まだ苦しみ方が足りないわね。足りないのよ、だからこそ惨めに思えるのよ。

（顎鬚を剃りおとし燕尾服を着た父、上手より登場）

エドガル　よかった！　お父さん、お客さんたちのお相手をお願いします。僕はこの女性とちょっと話をつけなきゃならないんですよ。水鶏は生きていた。しかし、驚きの表情が全く見られないところを見ると、父さんはすべて知り抜いていたんですね。

父　（陽気に）そらな、もちろん。

エドガル　怪物だ。

父　亡きお母さんがお前をスポイルしてしまったんだ。その埋合わせはわしがしなければならんから、こうして自己流でお前を教育しているんだ。さあさあ皆さん、食堂へ。（公爵夫人に）アリツィヤ——ド・コルボヴァ＝コルボフスキ氏もお招きしているのかな？

公爵夫人　もちろんですわ。（水鶏に向かって）夫とのお話が終ったところでお席にどうぞ。食事の後でちょっとお話があります。

水鶏　あなたがどなたなのか、お伺いしていいかしら。

公爵夫人　私はエドガー・ネヴァモアの未亡人、現在のエドガル・ヴァウポルの妻です。亡き夫は、あなた一人を愛していたとか？　それも二千キロも離れた所で。ホホホ！（客らに）さあ皆さんどうぞ。

（コルボフスキ、彼女に手を差し伸べる。アリツィヤそれを払いのけ、ティポーヴィチに腕を預け、階段を登る。ヤン、緞帳を開く。二人の老人、父と続き、最後にすっかりうちのめされたコルボフスキがのろのろとついてゆく。この間エドガルと水鶏は見つめ合ったままじっと立ちつくしている。やがて一同が緞帳の奥に消え、緞帳は閉じる）

水鶏　あなた、あの女を愛しているの？

エドガル　僕の前でその動詞を口にするな。その響きだけでもぞっとする。

水鶏　一度くらい答えなさいよ。

エドガル　違う、違う、そうじゃないんだ。僕は繰り人形なんだ。すべては僕の知らない所で起こっている。僕には自分の姿が、スクリーンの上の影絵みたいに見えている。動きは見える、でもそれは僕の力で動いているんじゃない。

水鶏　私が死んだ結果、何も起こらなかったっていうわけね。

エドガル　起こったさ。僕は以前の千倍も苦しんでいる。別の人生が始まった。——新しい人生じゃない——それはとっくの昔にあきらめた——別の人生だ。今のものの内側、その内部に、僕は新たな骨組みを創造しつつある。というより、僕に代わって親父と彼女が創造しつつある。

水鶏　例の究極的むなしさは？　感情の。

エドガル　相変わらずさ。

水鶏　お父さんはあなたに何を求めてるの？　相変らず同じこと？

エドガル　ああ。僕はきっと藝術家になれるって言ってるね。

水鶏　でもあなたには才能がないじゃない——何の才能も。

エドガル　まさにそれを言っているんだ。才能は今もないし、将来もないだろう。髪の毛が金色に変わる気づかいがないのと同じことだ。黒髪は脱色できるが、腹黒い性質《たち》はどうしようもない。

水鶏　ちょっと質問するけど、気にしないでね。偉大さの問題はどうなったの？

エドガル　偉大さ？　それとも巨大さ？　今言った通り、僕は何か得体の知れない力に繰られるピエロなのさ——マリオネットとしてなら偉大だ。ハッハッハ！

水鶏　笑わないで。実生活の方は？
エドガル　妻の資産を管理しているが、目下そのすべてをセオソフィカル・ジャム・カンパニーにつぎこむところだ。あの三人の紳士たちがその経営者で――僕はマネキンにすぎない。
（沈黙）
水鶏　ひとこと言うけど、怒らないで。あなたは苦しみ方が足りないわ。
エドガル　そんなことが君に言えた義理か！　人生の悲惨さがわからないのか？
水鶏　わかってるわ。でもまだ序の口。あなたから何か引き出せるとすれば、責め苦を通じてね。それしかないのは、確かよ。
エドガル　じゃあ何か？　まだ足りないというのか？　妻はいつもあのコルボフスキを連れ歩いているが、僕は奴を憎悪している。あのおぞましい虫けらには身の毛もよだつ。が、それでも年がら年中あいつの存在を我慢していなければならない。今度の新しい会社にもポストが用意されるだろう。奴は彼女の愛人なのか、そうじゃないのかも知らん。訊いてもみない。知りたくもない。このこと一つとっても充分じゃないか？　毎晩毎晩が、最悪下劣のクライマックスだ。
水鶏　だけどあの女を愛してないんでしょう？
エドガル　だからねえ、君は女なんだよ。永遠に理解できないだろう。君たちにはこれしかない――愛している、愛していない、愛してない、愛してる。そんな問題の解決なんかより、もそっと複雑なことでの苦悩が存在することが、君ら女には理解不能なのさ。

水鶏　それから？　まだ何で悩んでいるの？

エドガル　僕がどれだけ実生活というものを憎んでいるかは知ってるはずだ。朝っぱらから商売だ――銀行の会議、株取引、卸元との協議、帳簿。今日がこの僕の本当の初日だ。この僕が実業家だぞ。これ以上の苦しみはないさ。

水鶏　大したことじゃないわね。ところでタジョというのは？

エドガル　君の忘れ形見……

水鶏　誓って言うけど、私は今まで一度もあの子を見たことがありません。

エドガル　事実の物語るところ、君には不利だな。しかし、昔話を蒸し返したくはない。そもそも僕には事実なんかどうでもいい。要するに君は彼の母親じゃないんだね？

水鶏　私が母親にはなり得ないってこと、わかってるじゃない！

エドガル　奇蹟ということもある。君は、僕が君を殺そうとして殺しおおせなかった、あの場所にでかい兵舎が立っていることを知ってたか？　まあどうでもいいことだけれど。

水鶏　あなた方の関係は？

エドガル　僕とタジョか？　一言で言えば、狂おしいほどに愛着を感じている。将来あいつはならず者になると思う。比べたらコルボフスキなんか小羊位にしか見えないような、とんでもない男になる気がする。狂おしいほどの愛着ゆえにこそ、僕は、あいつに我慢ならぬ肉体的な嫌悪を感じる。あいつはあいつで、僕のことは愛していないし、これっぽっちも僕に父親を期待していない。あいつはコルボフスキを尊敬している――奴こそあいつの藝術的理想なんだ。主な苦痛はみんな数えあげた。もうこれ位でいいだろう。

水鶏　大したことないわね。

ヤン　（緞帳の陰から現れ）公爵夫人様が、お二人にもお席に着かれるようにと。

エドガル　すぐ行く。（ヤン、消える）大したことない？　これ以上何が要ると言うんだ？

水鶏　知らないわ……あるいは監獄か、もしかしたら肉体的苦痛が治してくれるかもね。そういうので回心した例だって……

エドガル　何に？　神智学にか？

水鶏　いいえ――人生に積極的に価値を見出す態度に。

エドガル　待てよ！　肉体的苦痛。それは新しい考えだ！（テーブルに駆け寄り、ベルを鳴らす。それを興味深げに観察する水鶏。下手から四人の従僕が駆けつける）諸君に頼みがある。今すぐ公爵夫人の博物館へ行って、スペイン製の拷問道具をここへ持ってきてくれ給え。いいな。あの黄色と緑の縞模様の入ったやつだ。さあ、早く。

（従僕ら、慌ただしく下手に消える。エドガル、落ち着かぬ様子で歩き回る。水鶏は下手に行き、肘掛椅子に腰かけ、エドガルの様子を目で追う）

エドガル　さあ、今度こそ見てろ……

水鶏　ただ、自分自身に嘘をつくことだけはしないように。
エドガル　うるさい。今や僕は自分自身の主人だ。自分が何をやろうとしているか、分かっているし、それも誰の助けも借りずに一人でやる。（足で床を踏み鳴らす）黙ってろよ！　いいか……。（従僕たち、器械を運び込む。長さ二メートル半の長い箱。箱の側面は透明で、黄と緑の細長い板をはすかいに交差させて打ち付けてある。箱の四隅には、内側にハンドルの付いた黄色い円板があり、円板からは太い紐が垂れ下っている。箱の中央にはスツール状の物が置かれている。箱は古びている）真ん中に置いてくれ！（従僕たち、箱を据え、各々その四隅で直立不動の姿勢を取る）さあこれから、諸君はこの器械で僕をいたぶるんだ。僕がどんな叫び声を上げようと、勘弁してくれと言おうとも、諸君は僕が叫ぶのをやめるまで、僕の体を四方にひっぱり続ける。いいかな？　では手足を結わえて、ハンドルを回すんだ。
従僕たち　アイ、アイ、サー。
エドガル　ほら――さっさとしろ！（燕尾服を脱いで床に投げつけ、青っぽいシャツ姿になる。すばやく箱の中に入り、スツールの上に、頭を下手方向にして仰向けに寝る）早く！
（従僕たち、めざましい速度で紐を縛り、円板を回し始める。初め速く、やがてゆっくりと大変そうに。エドガル、恐ろしい声で、周期的に呻きだす。椅子の水鶏、笑い転げる。エドガルが呻く合間合間に、その笑い声がはっきりと聞き取れる）
エドガル　やめてくれ――アアア！　もう我慢できない！　アアア！　アアア！　お願いだ!!!

もういい！　アアア！

（最後の「アアア」をひどい金切り声で発した後、ぷっつりと静まる。緞帳が少し開き、公爵夫人の覗きこむのが見える。その後ろに客人たちが群がる。従僕たちは動きを止め、箱を見つめているが、従前の姿勢のまま、ハンドルから手を離さない）

水鶏　何をぼんやり見ているの？　回し続けるのよ。

（食堂から、公爵夫人を先頭に一同ゆっくりサロンの方へ下りてくる。その後ろにヤン。水鶏、笑うのを止め、気が触れたように宙を見つめ、じっとしている）

従僕I　気を失いました。

従僕II　もう充分だ、かわいそうに。

父　（箱に駆け寄り、覗き込む）一体気でも狂ったか？（従僕たちに向かって）すぐに解放するんだ！（従僕ら、猛烈な速さでエドガルの紐を解き、ぐにゃぐにゃになった体を箱の外へ出す）長椅子の上に！（水鶏に向かって）エルジュビエタ、このおぞましい騒ぎを仕組んだのはお前か？

（その瞬間、シャツと長靴下のいでたちでタジョが叫びながら、アフロスヤを従えて飛び込んでくる。公爵夫人と取り巻きは舞台中央よりやや上手寄りに立ちつくしている。従僕たちはエドガルを上手の赤い長椅子に運ぶと、そこで直立不動の姿勢をとる。ヤン、彼らに近寄り、ひそひそ声で話し合う）

タジョ　パパ、パパ！　もう二度と叫ばないで。（舞台奥側から長椅子の傍に跪く。エドガルの眼が開き、表情が明るくなる）パパ、大好きだよ、僕も夢から目が醒めた。（エドガル、タジョの頭を撫でる）パパ、あの人が、僕のママになろうとしなかった、あのよその女の人が、パパを苦しめるんだね。僕はあの人にいてもらいたくない。どっかへ追い出して。（と、エドガルの胸に額をうずめ、エドガルこれを抱く）

コルボフスキ　（沈黙の中、大きな声で）これは、四次元世界の不毛な形而上的責め苦だ。

父　静かにしたまえ。（従僕らに向かって）この忌まわしい箱を運び出せ。早く。

（従僕たち箱に飛びつき、下手に運び出す。アフロスヤは下手で黙って立っている。黒い燕尾服は、幕が下りるまでそのまま中央の床にある）

水鶏　（公爵夫人に向かって情熱的な声で）エドガー・ネヴァモアはあなただけを愛していたと思ってらっしゃるの？　彼が愛したのは、この私だけよ。ここに彼の手紙があるわ。これですべてがわかるわ。いつも持ち歩いていたけど、もう私には必要がなくなったわ。（と、公爵夫人の足元に手紙の束を投げる。束はほどけてばらばらになる。コルボフスキ、それを熱心に集める）

公爵夫人　すべてわかっています。私の今の主人に対しては、すでに一度あなたの理論の誤りを証明しました。あなたは、ある種の男性が手放したがらない、いわゆる母親の幻だった。遠距離でこそその実験は一番成功しやすい。けれどエドガーが愛したのは私だけです。コルボフスキもこのことについては多少知っています

水鶏　そりゃコルボフスキさんが何でも知っているということはあり得るけれど、私とエドガー公爵とを結びつけていたような種類の感情というような問題においては、適格ではない

わね。

公爵夫人　あなたは幻です。妄想された価値です。私はあなたのことなど羨ましくはありません。あなた方の四次元世界での精神的誘惑ごっこなどより、私は現実の方を選びます。エドガーは、自分はあなたに宛てて無意味な手紙を書いていたが、あなたはそれを真に受けていたと言っていました。すべては滑稽で、しかも取るに足らぬことです。

水鶏　嘘よ。

コルボフスキ　死の直前、公爵は言っていた。もう死にかけながら、あの記号だらけの厚い本を読みながら。

公爵夫人　そう。虎に内臓を引き裂かれた体で、ラッセルとホワイトヘッドの『数学原理』を読んでいました。彼は英雄だった。はっきりとした意識の裡で、形而上的変愛遊戯のためにあなたを騙したと言いました。精神病患者の形而上的変愛遊戯と呼んでいたのです。けれど、彼自身は狂人ではありませんでした。

水鶏　（突如笑い出し）ハッハッハ！　騙したのは私の方よ。私の言うことはみんな嘘。私なんていないの。私は嘘の中だけに生きている存在。嘘それ自体に勝る何があるかしら？　手紙を読んだら？　エドガーは私を信じていたけど、時に猜疑心に苛まれることがあったのね。だから、嘘をついているのは自分だと自分に言い聞かせたってわけ。そこにこそ彼の人生のドラマがあったし、だからこそあんなに勇敢だったのよ。彼に会おうとしなかったのは、この私の方。

公爵夫人　そう、会えば彼を失望させかねなかったから。彼はあなたの写真すら持っていなかった。あなたは何か神話のようなものでありたがっていた。だからこそあなたは自分というものを永久に脱ぐことが出来ない。よくある話です。

（水鶏、何か言いかける）

タジョ　（飛び起きて）あの女の人を連れてって。ここにいてほしくない！　あの人は嘘つきだ！

（床を踏み鳴らす）

エドガル　（弱々しい声で）タジョ、そんなことを言うものじゃない。

公爵夫人　ヤン、すぐにこの方をお連れして（エドガルの頭近くで直立していたヤン、水鶏に向かって歩き始める）

父　この私がお連れしよう。エルジュビェタ、手を。お前は、お前なりに偉大だ。（二人、腕を組んで戸口に向かう。タジョ、エドガルの足元に坐り込む）

エドガル　（横たわったまま）父さんでさえ僕に反対なのか。

父　（戸口で振り向きながら）お前に反対なのではなく、人生というものに対して、お前と一緒に反対しているんだ。お前が藝術家になれる日を心待ちにしておる。

エドガル　（横たわったまま）アリツィヤ、父や君の手から僕を助け出してくれ。（手紙を手にして、どっちつかずの様子で立っているコルボフスキに気がつくと）出て行け、悪党！　今すぐに失せるんだ！

コルボフスキ　（恭しく身を屈め、公爵夫人に向かって）この手紙は？

公爵夫人　持っていって構わないわ、コルボフスキさん。それを読めば、ますますもって精神が複雑化することでしょう。どうぞ。（上手の戸口を指す。アフロスヤ、下手の肘掛椅子に腰を下ろす。コルボフスキは躊躇している）ヤン！

（ヤン、軽くコルボフスキの体を扉の方向に押す。コルボフスキはほとんど逆らわない）

ヤン　ほらマチェイ、駄々こねるなよ。

（二人、上手に出てゆく）

ティポーヴィチ　（脇ポケットから何やら紙片を取り出し、エドガルに近づく）ヴァウポルさん、奥方の資産の管理者として、これに署名をして下さい。セオソフィカル・ジャム・カンパニーの定款の最終案文ができました。

（エドガル、万年筆を渡され、寝たまま署名する）

エドガル　それでは皆さん、お許し下さい。私はもう限界です。（三人の老人会釈し、アリツィヤの手に接吻して出てゆく）アリツィヤ、頼むから新しくやり直そう。

公爵夫人　（微笑）今度は「別の」ではなく、「新しい」人生？

エドガル　（今初めてタジョに気づいたかのように）タジョ、今すぐ部屋へ行って寝なさい！

タジョ　（起き上がりながら）じゃあこれからは僕のこと信じてくれる？　僕は、僕のたった一人の大好きなパパのことは信じるよ。あの人が僕のお母さんになってくれないとわかった時、僕は目が醒めたんだ。僕はいい人間になりたい。

公爵夫人　私もいい人間になりたいわ。

エドガル　（彼女の言葉は意に介さず、タジョに向かって）なりたいと言ったって、自分の中に、底の方に悪がひそんでいたら、どうしようもないじゃないか。もっとも、実は今日僕はそんな範疇を超越してしまったけどね。倫理とは、所詮一種族の個体が複数いることの帰結にすぎない。無人島に一人でいる人間は、そんな観念は持ち合わせないんだ。タジョ、もう寝なさい。

タジョ　じゃあ僕のこと信じてくれるね、パパ？　ママについては、僕は何も言わない。ママの眼は二重底だから。何でパパが僕の父親なのか、もうわかった。

エドガル　お前がいい人間になりたいのと同じくらい、僕もお前を信じたいさ。（タジョの額に接吻する）

（タジョ、うなだれて、公爵夫人に挨拶せずにゆっくり歩いてゆく。アフロスヤ立ち上がり、その後を追う）

公爵夫人　（長椅子に腰かけ）本当に、無人島にいるような気がしているの？

エドガル　助けてくれ、アリツィヤ。偉大な人間たちはもうたくさんだ。僕は、悔悛という誘惑に負けたんだ。親父はあいつと、エルジュビェタと組んで僕をいじめる。二人一緒になって僕を誘惑するんだ。（うわごとのように）それに、親父が僕に植えつけた、もっとこわい誘惑——藝術家になるという誘惑が待っている。むろん僕は全力で抵抗している。僕には才能がない。僕はまったく中身のない人間という点でのみ偉大だ。今日、人生はあらゆる意味を失ってしまった。

公爵夫人　あの女が嘘を並べながら去っていったから？

エドガル　（うわごとの調子が激しくなる）違う、違う、あの拷問……もういい。もう君には何も言わない。僕を《藝術》から守ってくれ。僕は《藝術》を憎む。こわい。人生は意味を失ったが、《藝術》の誘惑はどんどん大きくなってゆく。もし君が守ってくれなければ、僕は抵抗しきれないだろう。アリツィヤ、とても頼めた義理じゃないが、あの拷問の後では身体中の骨が痛む。キスしてくれ、今日は本気で——初めて。

公爵夫人　（彼の方へ身を傾け）今日は本当にあなたのことを愛しているような気がするわ。

（長い口づけ）

エドガル　（アリツィヤを押しのけながら）でも何もかもちっぽけだ、ちっぽけだ……

公爵夫人　（起き上がり、伸びをする）偉大さは嘘の中だけにあるのよ。

エドガル　（少し体を起こし）ああ、君もまた僕をいじめるのか？　これからも恐しい生活なのか。

公爵夫人　（ゆっくり、きっぱりと）私はあなたを離しません。あなたも、タジョも。

エドガル　まるで死刑囚みたいに最後までとぼとぼと行くのか。

第三幕

第二幕と同じ部屋。晩。シャンデリアが灯っている。第二幕より十年が経過した。上手に一揃いの家具。下手に緑色の布をかぶせた長椅子。上手の戸口近くにトランプ用のテーブルが畳んである。二十歳の青年タジョは、下手の肘掛椅子に腰かけ、思いに耽っている。灰色の背広。突然苛々と右足で床を鳴らし始める。

タジョ　このひどい悪夢は、一体いつになったら終わるんだ！　まったく終身刑そのものだ。親父は僕に何を求めているのかさっぱりわからないし、大体自分自身が出来損ないじゃないか。結構なお手本だ。（立ち上がる）しばらくはおとなしくしているが、これでいったん破裂でもしようものなら、誰がどうなろうと知ったことじゃない。コルボフスキー――あの男こそ人物だった。もし奴が父親だったら、どれだけましだったことか！（歩き回る）まったく、世の中に女がいることさえ忘れてしまっているぞ！　今日も数学、明日も数学。とんでもない話だ。

（上手の戸口でノックの音。ヤン、入室）

ヤン　旦那様、十年ほど前に見えた、あの女の方がまたいらして、お目にかかりたいと。

タジョ　何だって？（思い出す）ああ！　通してくれ。早く。あの時はずいぶん失敬なことをしてしまった。

（戸口に向かう。水鶏入ってくる。服装は第二幕と同様だが、黒いケープに、ナポレオンが戦場で被っていたような黒い帽子、それに橙色のセーターを着ている。全く歳を取っていないかわりに非常に蠱惑的である。心持ち眼が細くつりあがり、唇は赤みを増しているようである。一幕、二幕ではその影もなかったような官能性が顔全体を輝かせている。髪は短く、きちんと美容師の手が入っている）

水鶏　あなたがタデウシュ・ヴァウポルさん？

タデウシュ　（どぎまぎする）そうですが。昔はあなたと同じ苗字でした。

水鶏　知っています。全くの偶然ですわ。それでみんなして私があなたの母親じゃないかと疑ったんだけど。あなたまでが藪から棒に私に母親になってくれといって、私が断ったら怒ったでしょう。ハハハ！　なんて変な話！　違います？

（ヤン、にこにこして出て行く）

タデウシュ　（ますます当惑して）あの頃はまだ子供でした。まあともかく――どうぞお掛け下さい。（タデウシュが腰かけていた肘掛椅子に、水鶏腰かける。タデウシュもその傍ら、客席に体の左側を見せて坐る）それにしても、僕の記憶が正しいかどうかはわからないが、何だか若返られたようで……

水鶏　（もじもじして）ええ、いえ……これはインドのヨガのおかげ、あ、それにアメリカ流のマッサージも。でもとてもおかしいわね、アハハハハ！（戸惑いを笑いでごまかす。腹を抱え、際限なく笑う。一方タデウシュは、これも当惑気味だが顔を顰めている。水鶏の性的魅力が彼を圧倒しているのがわかる）

タデウシュ　（きまじめに）何がそんなにおかしいんです、本当は？

水鶏　（気を取り直し）本当は、本当も何もなくて笑っているの。あなたは一体今何をなさっているの？（最後の言葉に皮肉をこめて）

タデウシュ　僕ですか？　何も。勉強してます。数学です。僕にはそんな才能は全くないのに、数学、数学と苦しめられています。

水鶏　それはお宅の遺伝的なものね。あなたのお爺さまも、あなたのお父さまを是が非でも藝術家にしたかった。でも私の知る限りでは、全然成功しなかったようね。

タデウシュ　今までのところはね。もっともこの問題については意見が全く食い違うんですよ。（話を戻し）あの、もしかしたら変に聞こえるかもしれないんですが――僕は今、あまりにも他のことに時間がなくて、たとえば女性というものが存在するということを時として忘れてしまうんですよ。昨日、数学の先生の所へ行く時、とってもきれいに着飾った女の人を見たんですが、しばらくの間、それがどういう生き物なのか、わからなかったんです。本当なんですよ。それから女性というものがそもそもいたんだと思い出して、そう思ったらひどく幸福な気がしたんです（黙り、もじもじする。水鶏の表情、暗くなる）馬鹿なことを言っているのはわかってるんです。きっとあなたから見ればひどく子供っぽいでしょうが……

水鶏　（帽子を取り、テーブルの上に置き、ケープも脱いで、椅子の肘掛にかける。顔が輝きだす）ええ、それで？

タデウシュ　別に。うちには何か遺伝的なものがあるとおっしゃいましたね。でも、僕は養子なんですよ？

水鶏　（困惑）ええ、そうだったわね。

タデウシュ　もっとも、あなた自身が最初に彼のことを僕の父だと言ったんですよ――誓ってもいい。間違いない――あの時僕はひどく具合が悪かった。

水鶏　（突如タデウシュの方に少し体を動かし、今までにない厚顔さで訊く）わたしのこと気に入って？

タデウシュ　（しばらくはいわゆる「雷に打たれた」状態。やがて突然体を弛緩させ、声を詰まらせながら）ええ、とっても、素敵です、もちろん。愛してます。（水鶏に飛びつく。水鶏は笑いながら払いのける）

水鶏　出しぬけに「愛してます」と言われてもね。その通りすがりの女性は？　世の中に女というものがいると思い出した時の。

タデウシュ　あれはどうでもいい。あなただけを愛しています。どうかキスして……（無理矢理接吻する。水鶏身を任せる）

水鶏　（押しのけながら）もうよして……誰か来るわ。

タデウシュ　（無我夢中で）僕のことを愛していると言って下さい。あなたに口づけしたのは初めてだ。何てことだ。ねえ、一言言って下さい。

水鶏　（突然タデウシュに口づけする）愛してるわ——坊や。もう私のものよ……

（父とエドガル、登場。びっくりして戸口で立ち止まる。タデウシュ、水鶏から跳びのく。父はひげをきれいに剃ってはいるが、大分老いている。エドガルもひどく歳を取り、五十代の雰囲気。二人とも、タデウシュとまったく同様の服装）

父　お、これは一大事じゃ。（女が水鶏だとわかる。エドガル、戸口に立ちつくす。タデウシュ、弱り顔で下手に移動）今晩は、エルジュビェタ。（水鶏、立ち上がる）久しく見なかったな！　しかしまあ、きれいになって、艶っぽい女に変身したもんだ。（タデウシュに向かって）それでお前さんも、早速色恋沙汰に及んでいるというわけか。うむ？

タデウシュ　僕はこの人を愛しているし、是が非でもこの人と結婚したい。またもや夢から醒めたんだ。もうわかった。今までの生活が何であったか。あなた方が一体何を僕に望んでいたのか。すべては無駄です。そんな人間に僕はならない。新しい数学体系[11]だか何だか知らないが、僕には関係ない。

水鶏　（タデウシュと腕を組み）彼は私のものよ。この人は、あなた方の中にいると窒息しそう。いい男よ。きれいな心の持ち主。私といれば、きっと偉大な人間になるわ。

エドガル　（近づく。怒っている）のっけから、きれいな心だ、偉大な人間だ？　要は気に入ったんだな。タジョの何を知ってるんだ？　せいぜい僕をそうしようとしたのと同じで、彼も偉大にしてやることだ。すべて下らんことだ。反吐が出るほど下らんことだ。

父　イダイ、イダイとお前たちも頭がおかしくなったな。わしの時代には、少なくとも偉大な藝術家ぐらいにはなることもできた。が、今ではそれすら無理ときて……

水鶏　（父には取り合わず）あなた方は彼の人生を歪めようとしているのよ。ちょうど私があなたの人生を歪めたように。（と、自分とエドガルとを、一種野卑な仕草で指差してみせる）

父　エルジュビエタ、お前さんは、わしの猫の人生も歪めたぞ。レモンなんぞを餌にやってな。しかし、猫は死んだが、こちらは生きてゆかねばならん。さもなければさっさと頭に鉄砲玉を打ち込んだ方がよいか。

エドガル　そのことだが、僕はタデウシュをいかなる自殺的実験にも、いかなる偽装犯罪にも提供しない。彼は学者になる。今となっては世の中で唯一まだ堕落していない職業だ。

タデウシュ　僕は学者なんかになりたくない。僕はエルジュビェタさんを愛している。

エドガル　お前まで、そんなことで自分が満足できると思っているのか？　それで人生が充たされるようなら、お前は女だ。どうだ、新しい職業を見つけたつもりか——愛し合うこと！　三流ドン・ファアン、いやいや、要するにただのファアンだ！

水鶏　彼は、自分が何者であるか、正《ただ》しく直観したのよ。あなた方は何もかも歪めるのがお得意だけど、犯罪者を、自由に犯罪者にならせてはいけないのよ。そうすれば、もっと悪いものに——嘘で固めた人間になってしまうわ。お父さん、あなたが自分の目論見でみんなを感染させてしまったのよ。

エドガル　いつから君はそんなに嘘というものをお認め遊ばさぬようになったんだ？　以前からか、それとも、こういう状況のために特に発明した新手の嘘なのか？

水鶏　言葉の中にも、つくりものの行為や職業の中にも、真実はないわ。真実は、おのずから生起してゆくことの中にこそあるのよ。

エドガル　これはどうだ。何たる人生のダダイズム。勝手に猿にでもなって、樹の上で生活したまえ！　だが、もう一度君に思い出させたい過去がある。（父に向かって）お父さん、彼らと喋っていて下さい。すぐに戻りますから。（小走りに下手へ出て行く）

父　さあ、どうじゃ、若者諸君の考えは？

タデウシュ　この人と結婚させてくれるか、でなければ家を出る。それだけです。

父　わしには、君たちに言うべきことは何もない。これからどうなることか、脇にいて見物させてもらうことにしよう。

(下手より公爵夫人登場。水玉模様の真青なガウン。少々化粧をしてはいるが、充分若さを保っている)

公爵夫人　ああ、あなたでしたの。何か、亡き主人のことで新しい発見でも?

水鶏　もうその件と私は無関係。過去は完全に破壊したわ。

公爵夫人　(近づきながら、毒のある口調で)でも、ついでに自分自身を破壊はなさらなかったのね。とてもおきれいよ。エドガルが、気が違ったようになって飛び込んできて、大慌てで例の一八世紀風衣裳に着替えだしたから、何かが起きたとすぐわかったわ。どうやら過去を持ち出してあなたの歓心を買うつもりね。

水鶏　無駄な試みね。私が愛しているのはタデウシュ。彼は私と結婚するの。

公爵夫人　それはまた突拍子もない。(タデウシュに)タジョ、本当なの?

タデウシュ　(きっぱりと)そうです。やっと夢から醒めて、あなた方のすべての嘘を理解した。つくりものの人間、つくりものの犯罪、つくりものの罪滅ぼし、何もかもつくりもの。もうたくさん、たくさんだ。

公爵夫人　いつでも何だか夢から醒めてすべてを理解しだす子ね。一体もう何十回すべてを理解したの?　その「すべて」というのは何個あるの?

タデウシュ　理解したのは二度です。すべては無限だから、すべてというものの複数性について語ることはまったく無意味だ。今度三回目に理解すれば、たぶんそれでおしまいです。

（水鶏、黙ってタデウシュに身をすり寄せる）

公爵夫人　何とまあお利口さんだこと。気をつけなさい。その三回目が悪い逆夢にならないように、気をおつけ！（人差し指でおどかす。上手からヤン入室）

ヤン　マチェイ・ヴィクトシが、Your Grace。

公爵夫人　誰？　ヴィクトシ？

ヤン　別名ド・コルボヴァ＝コルボフスキです、Your Grace。

公爵夫人　（驚いて）本当はそんな名前だとは知らなかったわ。ヴィクトシさんをここへお通しして。

（ヤン退出）

父　またこんがらがってきおった。やつはきっと何でも知っとったに違いない。わしはもう、人生の話はやめにしておこう。

（コルボフスキ登場。すりきれたスポーツ服にスポーツ帽。手には太いステッキ。老けて、皺と傷はあるものの、立派な顔。以前より品がよくなっている）

公爵夫人　コルボフスキさん、本名ヴィクトシ、腰かけて。そうして無言の証人でいなさい。

（コルボフスキ、会釈し、上手の肘掛椅子に腰かける。と同時に、第一幕と同じ服装で帽子をかぶったエドガル、飛び込んでくる）

水鶏　何の仮装行列？　道化役者が昔の衣裳に着替えて、雰囲気出そうってわけね。メキシコの将軍か、さもなきゃジュリアス・シーザーか何かの仮装じゃないのが残念！
タデウシュ　パパ、本当に、やりすぎだよ、しごくまじめな状況なのに、それじゃ茶番だ。
エドガル　黙ってろ。お前とこの人物との結婚は禁ずる。
コルボフスキ　（立ち上がる）ヴァウポルさん、お待ちを。お邪魔して失礼しているが、公爵夫人のお許しもあるので――。私はずっと夫人を愛し続けてきた。五年前からあなた方の生活を観察している。五年間はアルゼンチンにいた。
エドガル　それが僕に何の関係があるんだ？
コルボフスキ　（水鶏を指す）この鬼女《おにおんな》がここに来たからには、今日が決定的な日であることはわかった。私は警察に追われる身だが、昔の証人としてあなた方の助けになろうと思い、危険を冒してここへ入ってきた。いずれにせよ、革命は進行中だ、私も潜伏をやめるつもりでいる。もし今日状況が最終段階にいたれば、もう怖いものはない。
エドガル　（苛々しながら聞いていたが）もういい、後にして下さい。タジョ、お前は今日、人生の転回点に立っている。もしこの女を選ぶなら、それは身の破滅だぞ。
タデウシュ　そう言うのも、お父さん自身が彼女に気があるからさ。その仮装がいい証拠だ。何もかも大袈裟すぎる。
エドガル　タジョ、これを言うのは最後だ。私はお前を愛している。だが私の忍耐も……
タデウシュ　（乱暴にさえぎり）父さんは相も変らぬピエロだ。しかも本当は僕の父親なんかじゃない。いいですか、僕は夢の中じゃなくて、現実の中でこう言っているのだということを忘れないで下さい。

エドガル　（立ちすくみ、喚く）この不良が！

タデウシュ　ええ、僕は不良です……

エドガル　黙れ！　黙れ！（飛びかかり、タジョを水鶏から引き離す）これと結婚はできんぞ。私が許さん。

タデウシュ　それなら、僕はたった今この家から出て行く。もう二度とお目にはかからない。いいですね、父さん？　話はおしまいだ。

コルボフスキ　（エドガルに）ヴァウポルさん、気を鎮めて。まず何よりもこのあばずれを殺さねば。（公爵夫人に向かって意味ありげに）アリツィヤ、わかるだろう、私のゲームが？（エドガルに）ヴァウポルさん、さもないと切りぬけられんぞ。

エドガル　そうだ、その通りだ、コルボフスキさん。あんたが来てくれてよかった。ありがとう。（叫ぶ）ヤン！　ヤン！（ヤン、上手の戸口に現れる）私の二連発銃を、弾丸を二個とも詰めて。（ヤン、消える）

水鶏　もうこんなドタバタはたくさん。タデウシュ、家を出ましょう。小さい嘘は大嫌いよ。

エドガル　嘘なんかじゃない。冗談でもないぞ。（街灯を点す男、現れる）

男　街灯はついた。
エドガル　何が街灯だ？　君は誰なんだ？
（蘇芳色の緞帳がなくなり、列柱の間に第一幕と同じ風景が現われる。柱とその上に明かりの灯ったランプ。土饅頭は階段に隠れて見えない）
男　とぼけちゃって！　あんた宇宙人？　あっち見てみなよ！
（男が風景を指さすと、全員そちらを見る）
エドガル　ああ、あれか。忘れていた。いやいや、ありがとう、おじさん。もう結構だ。（と、チップを渡す。男、何かわけのわからぬことを呟きながら出て行き、銃を持ってきたヤンと戸口ですれ違う）
ヤン　ご用意いたしました。どうぞ。
（全員ふり向く。エドガル、銃を受け取る）
水鶏　（タデウシュに向かって）行くの、行かないの？
タデウシュ　（夢から醒めたようにぶるっと身を震わせ、うわごとのように言う）行くよ。
エドガル　動くな！（水鶏に向かって）あそこに立て！（階段を示す）
水鶏　とんでもないわ。
エドガル　ヤン、この人を連れて行って押さえてろ。これから撃つ。
ヤン　そんな、恐ろしい、旦那様は私まで撃ちそうです。

エドガル　いいから、この女をとり押さえろ。
（水鶏、出口に向かって踏み出す）
ヤン　旦那様、もうご冗談はおよし下さい。
エドガル　馬鹿が、私の腕前は知ってるだろう。クレー射撃――一等賞だ。お前さんも犬ころのように頭をぶち抜かれたくなければ、さっさと女を捕まえて、階段の上に立たせるんだ。
（最後の言葉が恐ろしい声で発せられるや、ヤンは水鶏を捉えて、階段の方に向かう）
水鶏　馬鹿な冗談はもうやめて。放してよ、失礼な。エドガル、あんた本当に気でも狂ったの？
（ヤン、水鶏を引きずりながら段を登る。二人、風景を背にして立つ。タデウシュ、頭を抱え、一歩も動けぬまま、慄きながらこれを見ている。公爵夫人と父、両側から、首を伸ばし、強烈な好奇心もあらわにエドガルと段上の二人をかわるがわる見ている）
エドガル　（ヤンに向かって）じっと押さえてろ。（銃を構える）
水鶏　（叫ぶ）エドガル、愛してるわ、愛してるのはあなただけ。あなたにやきもちを焼かせようと思ったのよ。
エドガル　（冷たく）もう遅い。
水鶏　あいつは気違いよ。前に一度この私を撃ったのよ。みんな助けて！
（エドガル、狙いを定める。逃れようとする水鶏の動きに合わせて、銃口もふらふら動く。二発、短い間隔で銃声。ヤン、水鶏を放す。水鶏、列柱の間に倒れる）

ヤン　（女の上に屈みこみ）頭が完全に割れちまってる！（段を下りながら）旦那も偉い気違いだ！とんでもないこった！（驚嘆して頭を掻く）

エドガル　（冷静に）若干の違いはあるが、すべては一度あったことだ。（ヤンに向かって）これをしまってくれ。

（ヤン、銃を持ち、退出。扉のところで、三人の「サツの犬」とすれちがうが、誰もまだ彼らに気づかない）

タデウシュ　僕はこれでようやく三番目の夢から醒めた。これで何もかもわかった。僕は最低のろくでなしだ。

エドガル　お前はそれでいい。私はお前を憎悪する。もはや私には養子の一人もいない。自分一人だ。（思い出し）アリツィヤ——君はどうなんだ？

公爵夫人　（戸口を指さし）あそこを見て、あそこを見て。

（「サツの犬」の二人がコルボフスキに飛びかかり、両手を背中に回して押さえ込む。緞帳閉じる）

スモルゴン　皆さん、失礼しました。凶悪犯の一人、マチェイ・ヴィクトシがこちらへ逃げ込んだという通報があったものですから。

公爵夫人　リシャルト、あなたは私のせいで捕まってしまったのね。このうすのろのために、私はあなたを失ってしまった。（エドガルを指す）

コルボフスキ　（「サツの犬」たちに押さえられたまま）大したことじゃない。革命は進行中だ。いずれまた会える。長くはかからぬ。あるいは今日にも、皆自由の身になるかもしれん。アリツィヤ、この非ユークリッド四次元空間のえげつない、卑劣な犯罪のただ中で、ただ君一人を愛してきた。

（公爵夫人、コルボフスキに近寄ろうとする）

スモルゴン　（水鶏の死体に気づいて）皆、その場を動かぬように。あれは誰ですか？

（階段を指す。エドガル、何か言いたそうな身ぶり）

公爵夫人　（口早に）あれは、この人に横恋慕した女で、私が殺しました。

（と、コルボフスキを指す。コルボフスキ、嬉しげに微笑。この騒ぎにまぎれ、タデウシュ、素早く出口に向かう。エドガル、不動。父、呆然として黙っている）

スモルゴン　結構なアジトを見つけたもんだ。奥さん――何と――ネヴァモア公爵夫人、現ヴァウポル夫人が、こういうことを取り仕切っているわけですかな？

（タデウシュ、上手戸口から脱兎の如く走り去る。スモルゴン、これを追うが、逃げられる）

コルボフスキ　（タデウシュに背後から）恐れるな、また会おう！（公爵夫人に）わかったか、アリツィヤ、奴もこれで本当に悪党になった。時代が時代だから重要な役割をはたさんとも限らん。

（ヤン、緞帳の下、向こう側から水鶏の死体を引きずり出す）

スモルゴン　お喋りはもういい。二人とも刑務所へ連行しろ。

（外の通りから、多くの足音、混乱した歌声、叫びのようなものが聞こえてくる）

「サツの犬」Ⅰ　無事たどりつけますかどうか。もう何か騒動が始まってるようですね。

スモルゴン　よし急ごう。

（二発の銃声。続いて機関銃の一斉射撃が聞こえる）

コルボフスキ　いい調子だ。表へ出よう。動乱の雰囲気というのはいいもんだ。荒れ狂う暴徒の黒い海の中を泳いでゆくほど気持のいいものはない。

（舞台背後の騒音やまず）

公爵夫人　リシャルト、あなたを尊敬し、あなたを愛するわ。愛する男性を軽蔑しなくていいことほど幸せなことがあるかしら？

（二人の「サツの犬」、コルボフスキを連れ出す。後ろからアリツィヤ、そしてスモルゴン）

公爵夫人　（歩きながら）お父さま、さようなら。この家とお金はあなた方に置いてゆきます。（エドガルには目もくれず、出て行く）

父　さて、どうする、倅よ。われらは破産してしまった。それにしてもタジョがコルボフスキの息子だったというのは、あまりにも出来すぎておる。事の真偽は永久にわからんがな。お前は、今こそ藝術家になれるのではないか。役者でもいい。「純粋形式《チスタ・フォルマ》」[12]理論がはびこりだしてからというもの、今じゃ役者もまた藝術家だ。（エドガルは黙ったまま立ち尽くしている。舞台外の音、ますます大きく。機関銃の連射音）さ、決心の時だ。もはや、お前を人生に繋ぎとめるものなど何もなかろう？　今こそ藝術家にならねばな。

エドガル　まだ、死というものによって僕は人生に結びつけられている。これが最後の解決すべき問題です。

父　どういう意味じゃ？

エドガル　（ポケットからピストルを取り出す）これです。（父親に見せる）

父　素晴らしい役者になれるぞ、特に今どきの、意味のわからぬ芝居にうってつけのな。しかし、ピストルを持っているのに、なぜ連発銃で撃った。後でわかりにくくするためか？　違うか？

エドガル　前の時と同じにしたかったんだ。

父　わしは、いつだってお前は藝術家だと言っておった。お前のやることは、すべて実によく仕組まれている。戯曲だって書けそうじゃないか。こっちへ来てくれ、よくやった。〔息子を抱擁しようと両手を広げる〕

エドガル　後で。今はひまがない。さようなら、父さん。（ピストルで右こめかみを撃ち抜き、床に倒れる。父、眼を剥いたきり、しばらく動けない）

父　（わざとらしく）「おお、何という藝術家が死にゆくことか！」しかも、自らの価値をいささかも知ることなく。あの道化役者とは大違いじゃ。（叫ぶ）ヤン！　ヤン！（ヤン、駆け込む）若旦那が自害した。白っ子たちを呼んで、運び出させろ。

ヤン　こうなるだろうと、思っとったわ。（死体の上に屈みこむ）針穴みてえにちっこい穴だ。（通りの騒ぎ、頂点に達する）畜生うまく撃ったもんだ。けど今日はえらい怖い思いをした。

父　ヤン、ドアを開けてみろ、誰か入りたがっておる。この上まだここへ群衆が押し寄せようというのかもしれん。（ヤン退場）船乗りの仕事とこの歳とで、すべての人間的感覚が鈍らされてしまったようだが、奇妙なもんだ。善も、悪も、文字どおり何も感じん。ちっ、人間は船のようにはいかんというわけか。（ティポーヴィチ、エヴァデル、ヴィドモーヴィチ登場）ようやくお出ましだ。（老人たちに向かって）息子が自殺しましてな。神経の限界じゃった。仕方ない。皆さんの方は、いかがですか?

ティポーヴィチ　（蒼ざめた顔。他の二人もひどくびくついた様子）ヴァウポルさん、喜びなさい。何もかもメチャクチャじゃ。セム人はいつでも生き残るだろうがな。[13] 表は死人の山じゃ。運転手は逃げるわ、自動車は没収されるわで、われわれは歩いてここまで来た。途中、妙な光景を見ましたぞ。ガウン姿の公爵夫人がコルボフスキと、誰か知らんが大男たちに捕まったまま歩いていたのだが、何しろわれわれもそこまで近づくこともできんし。（白っこたちが入ってきて、エドガルの死骸を片付ける）コルボフスキは何か喚いとった。すると、彼らを連行していた男たちを、今度は暴徒たちがよってたかって叩きのめしてしまった。二人は群衆と一緒にバリケードの方、「不誠実な少年たち」通りの方角へ行きました。しかし、こう言いながらも、すべては夢のようです。われわれの会社はもう存在しない。新しい政府は、すべての私営企業を廃止したからです。今や外国の銀行に預けたものだけが、われらの全財産。

（この間、白っこらがエドガルの死体を下手に運びだす）

これらの家屋敷がどうなるかといえば……

エヴァデル　やはり社会の共有財産。何もかもおしまいじゃ。

父　はたして、わしの育ての孫もぶじ頭角を現わすかどうか。（突如として）さあ、皆さん、最後の夜だ、今日にもならず者たちがわれらを殺しに来るやも知れんが、最後にひとつ楽しくやりましょう。（怒鳴る）ヤン!!（ヤン、戸口に現われる）トランプ台を広げなさい。

（ヤン、目にもとまらぬ速さでゲーム用のテーブルを部屋の中央に準備する）

エヴァデル　気でも狂われたか。この危急存亡の時にトランプ遊びじゃと？

父　わしゃ皆さんの年齢では、これが、社会動乱の時をやりすごす唯一の方法じゃ。他に一体何が出来ますか？　ホイストにするか、オークション・ブリッジにするか。That is the question.

ティポーヴィチ　それならホイストで結構。

（機関銃の一斉射撃音）

父　お、聞こえましたか？　トランプ遊びでもしなければ、われらに一体何ができますか？　どのみち、すべてはお流れじゃ。

ヴィドモヴェル　どうも、おっしゃる通りのようですな。

父　そうですそうです。ヤン、とびきり上等の夕食にありったけのワインだ。うわばみのように飲むぞ。この不毛のわが三世代を、酒で飲み下そう。わしはまだこれから革命的海軍大将にでもならんとは限らんが、あの二人は――いやはや、何たる凋落！

（三人の老人、客席の方を向いた席を父に残し、ゲームの卓につく。ティポーヴィチ、客席に背を向け、エヴァデル下手側、ヴィドモヴェル上手側。機関銃一斉射撃の音、大分弱まり、遠くに大砲の轟き）

父　（戸口に立っているヤンに向かって）ヤン、もう一つ頼む。夕食に例のお嬢さんたちを連れてきてくれ、わかるな――例の、わしと息子がいつも通っておったろう。

ヤン　けれど、こんな恐ろしい時に来てくれるでしょうか？

父　きっと来る。何か適当に考えて、いいものをやると約束してやれ。（ヤン退出。父、テーブルに歩み寄り、カードを見る）心配無用、諸君、今度の政府に何かポストがあるかもしれんじゃないか。

ティポーヴィチ　スペード。

エヴァデル　スペード二枚。

父　（着席）ダイヤ二枚。（赤い光が舞台をおおい、近くで爆発した手榴弾の凄まじい爆音が聞こえる）派手にやっとるのう。ええ？　どうです、ヴィドモヴェルさん。

ヴィドモヴェル　（泣き声に近い、震える声で）ハート二枚。世の破滅だ。

（前より弱い赤い閃光がきらめき、直後に遠方の弾丸の破裂音二発）

ティポーヴィチ　パス。

1　この個所、及び台詞を述べる者の指定には一貫して英語のLadyという表記が用いられているが、台詞の中には一度もこの表現は使われないので、この訳では「公爵夫人」とした。
2　原文ではAlicja of Nevermoreと、ポーランド語のファーストネームと英語の混淆した表記になっている。死んだ夫をエドガーと訳したので、アリツィヤもアリスという英語風の名前にしても構わないと思われる。
3　貴族的な名前を連想させるdeで、ポーランド語では「デ」と発音するが、ここでは仏語式に表記した。
4　ペチコート。
5　ポーランド語の女性の名エルジュビェタは普通エラと略して愛称とするが、ここは英語風にした。
6　戯曲冒頭の登場人物紹介ではdeが入っているが、ここにはない。
7　アリツィヤより「父」はかなり年上なので、男女差、身分差を考慮しても、必ずしも非常に恭しくへりくだった接吻をする必要はないにも拘らずそうしているという意味の指示だと考えられる。
8　ジャボ。
9　「公爵夫人様」の意味。
10　「神智学（的）」の意。

11　原文には「システム」としか記されていないが、このように補った。
12　本書巻末の解説を参照。
13　「三人の老人」という資本家たちの中で、ティポーヴィチだけがポーランド人であるという設定は明示はされてはいないものの、士族の苗字に多い「〜ヴィチ」という名前やこの台詞で暗示されている。

狂人と尼僧　三幕四場の短い芝居

あるいは「悪いことで、さらに悪くならないことはない」という話

（わが太陽系の他の惑星、銀河系の
他の太陽や他の星座の惑星も含めた）
世界のすべての狂人と
ヤン・ミェチスワフスキ[1]に献ず

登場人物

ミェチスワフ・ヴァルプルク——二十八歳。黒い長髪。大変な美男子。体格もいい。顎鬚、口髭ともに手入れがされていない。病院で用いる、いわゆる拘束衣を着ている。狂人。詩人。
シスター・アンナ——二十二歳。きわめて明るい色の金髪で、大変きれいだが、「比較的」霊性が高い。ファンタスティックな修道服。胸に大きな十字架のペンダントを下げている。
シスター・バルバラ——修道院長。服装はシスター・アンナに同じ。六十歳。マテイコ[2]の絵に見るような、刀自《とじ》然とした女性。
ヤン・ブルディギェル博士——三十五歳。一般的な精神科医。暗い色の金髪。控えめな口髭。白衣。
エフライム・グリン博士——三十二歳。フロイト派の精神分析医。天使ケルビムのように丸々として愛らしい、セム系の顔立ち。白衣。
エルネスト・ヴァルドルフ教授——五十五～六十歳の好々爺。豊かな白髪。ひげはよく剃ってある。金色の鼻眼鏡。英国風の背広姿。
二人の作業員——顎鬚をもじゃもじゃと生やした猛獣のような男たち。アルフレット——黒い顎鬚、禿げ頭。パフヌーツィ——赤い顎鬚、頭髪あり。二人とも病院のお仕着せ服。

（事は精神病院《死兎館》の患者用独房で起こる）

第一幕

舞台は精神病患者の独房を再現している。下手の隅に木製の箱型寝台。[3] 寝台の上には「早発性痴呆・二〇号」の札がぶら下がっている。正面には金属格子で二四面に細かく分割されたぶ厚いガラスの窓。窓の下にテーブル。背もたれ付き椅子一脚。上手にはぎしぎしと軋む閂《かんぬき》〔複数〕の付いたドア。寝台には拘束衣姿のミェチスワフ・ヴァルプルクが眠っている。天井のランプは灯っているが、暗い。
ブルディギェル博士がシスター・アンナを連れて入ってくる。

ブルディギェル　これがわれわれの患者だ。かなりの量のクロラールとモルヒネを投与したので、今は眠っている。治る見込みのない患者にはゆっくりと毒を与えるのがわれわれの秘密の原則だ。とはいえ、グリンの主張が正しい可能性もある。僕は、新しいことは何一つ受け入れられない石頭の精神科医連中とは違う。実験は認める。僕だけでなく、ヴァルドルフ教授でさえもう万策尽きた以上、なおさらだ。早発性痴呆症。[4]もしシスターが――まあ大いに疑問ではあるが――彼の――精神分析医の言う――「コンプレックス」を解決できたとしたら、もしもシスターが、女性の直観力を駆使して、彼の魂の暗部に、忘却された、いわゆる「心的外傷」の場所に到達できたとしたら、僕もグリンの勝利を祝うだけだ。精神分析については、その調査方法は認めるけれども、治療上の価値は信じない。一生を治療に費やしても構わないという人間には結構なものだ。はい、椅子。（アンナに椅子を差し出す）

シスター・アンナ　わかりました、ドクター。でも一体私は何をすればいいんでしょうか？　どのようにとりかかれば？　この一番大事なことを伺うのを忘れていました。

ブルディギェル　努めて特別なことは何もしないようにして下さい。自分の直観に基づいて、良心の命ずるがまま、まったく自由にふるまって下さい。ただし、どんな訳があっても、彼の願いを聞き入れてはならない。おわかりかな？

シスター・アンナ　ドクター、お言葉ですが、先生が今相手にしていらっしゃるのは聖職者だということをお忘れなく。

ブルディギェル　気を悪くしないで。ただの事務的なお願いです。ではよろしく、シスター。そうだ、もう一つだけ。一番重要なのは、ここまでの荒廃をもたらした、忘れられた事件の「コンプレックス」を彼から引き出すことです。

（アンナ、うなづく。ブルディギェル、部屋を出て、ドアを施錠する。アンナ、腰かけ、祈る。沈黙。
ヴァルプルク、目を醒まし、起き上がる。アンナ、身ぶるいする。立ち上がったなり、動かない）
ヴァルプルク　（寝台に腰かけたまま）何だ、幻覚か？　こんなことは初めてだ。何だ、一体？　何とか言え。
シスター・アンナ　私は魔物ではありません。あなたの介護に遣わされた者です。
ヴァルプルク　ははあ。わが清く正しき死刑執行人たちの新しいアイデアか。
　地獄のアイデア
　五官に触るわ
　どっかに潜んだ魂のことは
　誰も尋ねはせぬわ
あんたの名前は？　女を見るのは二年ぶりだ。
シスター・アンナ　（身ぶるい）私の修道名はアンナです。
ヴァルプルク　（突如欲情に駆られ）じゃ、シスター、僕に妹らしいキスをしてくれ。キスして。自分じゃできない。可愛い子じゃないか。ああ！　拷問だ！（アンナに近寄る）
シスター・アンナ　（後じさりしながら、冷淡で距離を感じさせる声で）あなたの疲れはてた心を鎮めるために、私はここにいるのです。私自身、この世のものではありません。この衣が目に入りませんか？

ヴァルプルク　（自分を抑え）ああ——無理な相談ってわけ？　我慢しよう。（口調が変わり）シスター・アンナ、僕は生ける屍《しかばね》だ。介護は不要だ、要るのは死だ。
シスター・アンナ　私はあなたよりもっと死んでいます。あなたは元気になります。まだまだ長い人生が待っています。
（ヴァルプルク、探るような目つきでアンナに見入る）
ヴァルプルク　シスターはなんで尼さんに？　そんなに若くて、そんなに可愛いのに。
シスター・アンナ　その話はやめましょう。
ヴァルプルク　僕はやめられない。あんたは、昔僕の命だった女に似ている。ま、そんな気がするだけかもしれないが。もう死んだけど。
シスター・アンナ　（身ぶるい）死んだ？
ヴァルプルク　あんたにも同じようなことがあったな。僕には初めからぴんときた。彼氏も死んだ。だろう？
シスター・アンナ　お願いですから、その話はやめましょう。私はもう別の世界の住人です。
ヴァルプルク　だが僕はそうじゃない。自分から選んで住処にしたという、あんたのその別世界が羨ましい。僕はここで、この恐るべき牢獄で、処刑人の奴らに押し込められた、憎むべき世界で生きるしかない。本当の僕の世界は、この頭の中で四六時中——寝ている間も休まず動いている時計だ。生きているより死んだ方が何万倍もましだ。だが僕は死ねない。

われわれ頭のおかしくなった、罪もないのに苦しむ人間たちに対する法律のせいだ。われわれに対する拷問は極悪犯罪人の場合と何ら変わりない。ところが死ぬことは許されない。なぜなら社会が善良だから、善良すぎるからだ。われわれの苦しみがあまり早く終わらぬよう、気を遣ってくれているわけだ。ハアッ!! この忌々しい拘束衣を脱がせてくれ! 息が詰まるんだ! 腕が関節から抜けそうなんだ!

シスター・アンナ　できません。ドクターの許可がありません。

ヴァルプルク　(冷静に) つまりあんたは僕の処刑人の手下というわけだな? わかった。どうぞおかけ下さい。話し合おうじゃないですか。時間はある。おお、時間ならいくらでもある! ただその時間をどうしていいかわからない。自分の考えにはもはや耐えられない――耐えられない……(むせび泣きそうになるのを我慢) それでも機械のように考えつづけるしかない。頭の中で恐ろしい機械が動いている。何月何日何時に合わせてあるのか、僕は知らない。それがいつぶっ壊れるのか、僕は知らない。ただ待つだけ、果てしなく待つだけだ。時々、こんな苦しみはこれ以上つづくわけがないと思うこともある。ところがどっこい――朝が来て、夜が来て、また朝が来て、クロラール、モルヒネ、悪夢の連続の睡眠、そしてまた何もかも同じことがもう一度始まるという感覚とともにやってくる不快な目覚め。来る日も来る日も同じことの繰り返し……

シスター・アンナ　そんな風におっしゃらないで。どうか、お願いですから、気を鎮めて下さい。

私ではお役に立てないようでしたら、このお仕事から外していただくよう、先生にお願いします。

ヴァルプルク　（激昂して）そりゃ、だめだ！　あなたはここから出られない！（落ち着こうとする。アンナ、恐怖を覚えて後ずさる）シスター、すまない。僕はまったく正気だ。話をつづけよう。僕もじきに落ち着く。二年間女性を見なかったということを、あんた[5]にもちょっとはわかってもらいたい……何の話だった？　そうだ——あんたは誰かを失った。僕もだ。ぜひ話してもらいたい。まず自己紹介だ。（会釈する）ヴァルプルク。ミェチスワフ・ヴァルプルクだ。

シスター・アンナ　（よろめく）ヴァルプルク？　それじゃ、私が婚約者と一緒に読んでいたのは、あなたの詩？　ああ、何と恐ろしい！　あなたには感謝しています。あなたのおかげでどれだけ素晴らしい瞬間を経験したことか！　それが、こうしてすべてがひどい結末に。

ヴァルプルク　あんたたちも僕の詩を読んだから、そうなったのかもしれない。それに、まだすべてが終わったわけじゃない。世界は、まるで何事もなかったかのように、存在しつづけている。しかし三冊目は悪くない。自分でもわかっている。僕は三冊目を出した後でここへ来て住んでいるんだ。アルコール、モルヒネ、コカイン——そして一巻の終わり。そこへ入院という不幸の追い討ちだ。

シスター・アンナ　そんな才能がありながら、何でまたそんなことを！　あなたのような藝術家になれること自体が幸せじゃないですか。

ヴァルプルク　幸せ！　責め苦だ！　空っぽになるまで書き切って死のうと思っていた。でも無理だった。社会が善良だから。きちんと拷問の中で人生を終えられるようにと、死ぬ一歩手前で救出された。ああ、あの忌々しい医師の倫理！　できるものなら、奴ら処刑人の種族を皆殺しにしてくれる。（違う口調で）学校時代、ハインリヒ・フォン・クライスト[6]の伝記を勉強したことがあった。"Er führte ein Leben voll Irrtum..."〔彼は誤りにみちた人生を送った……〕。昔はこれが理解できなかった。今では実によくわかる。

シスター・アンナ　どうして麻薬なんかで自分の人生を台無しにしたんです？　答えて下さい。私にはどうしてもわかりません。これほどの藝術家が。

ヴァルプルク　どうしてか？　わからない？　"Meine Körperschale konnte nicht meine Geistesglut aushalten."〔私の肉体の殻は私の精神の熱を堪えきれなかった〕誰の言葉かな？　私の精神の熾《おき》火《び》は私が地上でまとっている殻を焼き尽くした。こう言えば、もうわかる？　書くことを僕に命じつづけたあの呪われた何かに、僕の神経はもう応じられなくなっていた。薬に頼るしかなかった。そうやって力を獲得するしかなかった。そう望んだのではなく、そうせざるを得なかった。古い、力のない機械でも、一度猛烈な運転を始めたが最後、創作になっているのかいないのかに関りなく、運転をやめない。頭脳は枯渇しているのに、機械は運転をやめない。だから藝術家は狂ったことをしはじめる。もはや誰にも制御できない、無自覚に暴走するモーターを相手に、一体何ができるか？　大きな工場の、しかし管理し制御する者のいない機械室を想像してみてもらいたい。そこのメーター類の針は全部、とうの昔に赤い線を超えてしまっているが、あいかわらず狂ったように動きつづける機械室を。

シスター・アンナ　（ずっと掌を組み合わせて聞いている）でもどうして今、現代では、何もかもがそんな風な終わり方をするのですか？　昔は違ったのでは。

ヴァルプルク　昔は「表現形式の飽くなき探求」だとか、藝術における倒錯だとかというようなことは言わなかった。人間の生は、魂のない自動機械の無目的な運動じゃなかった。社会は機械じゃなかった。あったのは苦悩する家畜たちが犇めき合いながら固まった群れと、その上に咲いた欲情、権力、創作、そして残虐のみごとな花だ。でもそんな話はどうでもいい。人生について――僕らの人生について話そう。僕はあなたに対して、あなたが僕に対して懐くと同じだけの憐憫の情を懐いている。

シスター・アンナ　神様、神様、神様……

ヴァルプルク　もう、いいだろう。一つだけ確かなことがあるとすれば、それは、今日、藝術における偉大さは倒錯と狂気の中にしかないということだ――もちろん僕が言っているのは表現形式のこと。しかし創り手にとっては――（批評家のような）ハイエナどもにとってじゃない――彼らの表現形式は彼らの人生と結びついている。さあ、自分のことを話して下さい。彼は何者だったのかな？

シスター・アンナ　（身ぶるいし、機械的に答える）彼はエンジニアでした。

ヴァルプルク　ハッハッハッハ！　ほう、それでどうなった？

シスター・アンナ　（怒って）どうして笑うんですか？

ヴァルプルク　笑ってなんかいない。その彼が羨ましいだけだ。彼氏は機械の歯車の一つであって、鋼《はがね》の歯車の隙間に紛れ込んだ小石ではなかったわけだ。それで？

シスター・アンナ　彼が本当に愛していたのは私だけでしたが、ある一人の……女と手を切れずにいたんです。そして最終的には自身で自身に決着をつけようとして、こめかみをピストルで撃ちました。そして私は修道院に……

ヴァルプルク　幸せな男だ！　彼を気の毒に思う必要はない。つまり、今日では、エンジニアでさえそういう問題をかかえ込むことがあるということか。それであなたは……ああ、何とひどいことだ。あなたはどうしてもっと早く僕と出会わなかったのか！

シスター・アンナ　そしたら、どうなっていました？　きっとあの女性と同じように、あなたは私を苦しめたのでは……

ヴァルプルク　なぜそれを知っているんですか？　早く言え、なんで知ってる？[7]　誰も知らないはずだ。あなたは誰からそれを聞いたのか？

シスター・アンナ　「あなた」、「あなた」と、俗世の人呼ばわりをされますが、私はシスターです。

ヴァルプルク　（いたって冷たく）シスターはどうしてそのことを知っているのか――不思議だ。僕は別に慌ててはいないが。

シスター・アンナ　（乱暴に）今話をしている相手はあなただし、あなたの書いた詩は知っているわけでしょ。今あなたが何者なのかもわかっているし。

ヴァルプルク　そりゃそうだ。僕は拘束衣を着せられた狂人だ。単純なことだ。だが、僕が彼女にしたように、人をあんな風に苦しめるというのは単純なことじゃない。誰が誰を殺したのか、僕は知らない。最終的には僕には罪はない。彼女は脳の炎症[8]で死んだ。僕が彼女を殺したのか、それとも彼女が僕を今、毎日、システマティックな拷問にかけて殺しつつあるのか――僕にはわからない。彼女の死んだ後、彼女の日記を読んで初めて、自分がどれほどひどい、恐ろしい仕方で彼女を苦しめていたか、理解した。でもそれは彼女が自分で望んだことだった。そうやって、彼女は自分で自分を殺したのだ。そして今は僕を殺しつつある。ああ!!!（拘束衣の中でもがく）

シスター・アンナ　ヴァルプルクさんはなぜここに入れられたのですか。

ヴァルプルク　神経の弱さ。コカイン。頭の中の時計。誰が誰を殺したのかという永遠の問い。百分の一秒の間に僕を襲う、神と悪魔のように正反対の二つの考え。それに――少々のポエム。詩集はきっともう出ているだろう。印税は妹のものだ。僕には妹がいる。僕の憎悪する妹が。憤怒の発作、少々。で——ここに来た。だがここでは人は健康体に戻れない。あなたも見ての通りだ。本当のところ、僕はまったく正気だ。ただ、頭の中の小さな機械が少々悪さをするだけだ。一旦ここに入ったら、おしまいだ。奴らのいう治療は狂気を増幅するだけ。奴らを騙してやろうというどんな努力も結構な犠牲を伴い、結局何か間抜けなことをしでかしたり、ちょっとした悪事を働くことにつながって、永遠に退院できないことになる。

シスター・アンナ　こうしてみると、自分の経験すべてが、ずいぶん小さなことに思える。これまで私は、自分に起こったことが崇高で、特別なことだと信じていた。でももう何もなくなった。あるのは恐ろしい、希望のない空しさだけ。あの人の霊は私から去ってもう戻らない。

ヴァルプルク　（満足気に）恥ずかしさのあまり、去ったのだ。どこかのあばずれ、どこかの鬼婆、どこかの性悪女を、あなたのために棄てることもできないとは!!　そうでしょう？　間違いない。そこに崇高さなんてものはこれっぽっちもない。奴の死は、唾棄すべき弱さだったのさ。あなたのためにそれができないなんて!!!　では僕は？　（アンナの前に跪く）僕の頭に触れて。ほんの一瞬でもこの時計が止まってくれるかもしれない。僕は今でも頭の中で詩を書いている。でも以前より出来は悪いと思う。書こうと思っても書けない。鉛筆があれば自殺することもできる。書き直すこともできないのに、新しいことはどんどん出てくる。シスター、僕の頭を両手でおさえて。ああ、この頭を外して箪笥にしまい、ちょっと休ませてやれたら。そしたら僕も休めるのに。

シスター・アンナ　お休みなさい。少しでも。ええ、そう。どうぞ。（ヴァルプルクの頭を手でかかえたまま、ふらふらと崩れるように椅子に腰かける。相手はアンナの膝の上に頭をのせる）

ヴァルプルク　僕の手を自由にして。僕はまったく正気だ。

シスター・アンナ　できません。どうかそんなことは言わないで……ドクターが……

ヴァルプルク　（跪いたまま、首だけをもたげて、アンナを睨みつける）ドクターが？　僕に怒りの発作を起こさせたい？　いつもそうだ。あなたは奴らと共謀している。僕に発作を起こさせて、拘束衣で自由を奪う。その繰り返しだ、はてしない。（最後のセンテンスをひどく絶望した調子で発音する）

シスター・アンナ　（立ち上がり）待って……わかりました……大したことじゃないわ。あなたのためなら何でもして差し上げます。

（アンナ、ヴァルプルクを立たせ、後ろ向きにさせ、背中で縛ってあった拘束衣の袖をほどく。ヴァルプルク、アンナの方へ向き直り、背伸びをしながら服の袖を肘までたくしあげる。試合を始めるボクサーのように見える）

ヴァルプルク　ああ――ようやくこれで自由だ。

シスター・アンナ　（恐怖を感じて）でも、ヴァルプルクさん、これ以上のことはできませんから、約束して下さい。
ヴァルプルク　しない。ただ、僕らがほんのしばらくの間幸せになれればいいんだ。あなたは世界でただ一人の女性だ。二年のブランクの後でたまたま会った最初の女性という意味ではなく、本当に。あなたといると、何も存在しなくなる。すべての過去も、この牢獄も、拷問も——何もかも消えてしまった。まだ何か書ける、そんな気がする。まだすべてはこれからだ、と。（アンナに身を寄せる）
シスター・アンナ　（逃げずに）怖いわ。何て恐ろしい。近づかないで下さい。
ヴァルプルク　［ここから先は敬語を使わない］僕が何か悪いことをすると思う？　力づくでキスしようなんて、そこまで自分を貶めると思う？　愛してる。信じてくれていい。僕はまったく正気だ。（アンナの手を取る。アンナ、灼熱の鏝《こて》ででも触れられたかのように身ぶるいする）君は他の誰とも違う。この瞬間も二度とない時間だ。すべて、二度と戻らぬことばかりだ。人は一度しか存在しない。この地上で成就されるべきことはすべて、成就されるべきだ。そうでなければ、これは世代から世代へと無限に害毒を垂れ流しつづける凶悪犯罪[9]だろう。キスして。本当の名前は？
シスター・アンナ　（無抵抗で）アリーナ。
ヴァルプルク　（顔を相手の顔に近づけながら）アリーナ、君も僕を愛している。僕が初めからこんな醜男《ぶおとこ》だったなんて思わないでほしい。昔は口髭も顎鬚もなかった。でも一度、髭を剃られている最中に、剃刀に向かって体を倒したんだ。それ以来、ひげも剃ってもらえない。

シスター・アンナ　ああ――そんなことを言わないで。愛しています。この世にあなたの他にはもう何もない。永遠の罰でさえ……

ヴァルプルク　（アンナの頭を両手でかかえ、眼を覗き込み）永遠の罰なんてない。あるのはこの世の罰とご褒美だけだ。キスして。僕からはできな……

シスター・アンナ　（ヴァルプルクの手を逃れる）それだけはだめ、それだけは！　怖いわ……

ヴァルプルク　（アンナの頭巾を取りさり、荒々しく抱き締める）できるさ。できるさ。この瞬間はもう二度と……（のけ反るアンナの体を腰の辺りで支えながら、口にキスをする。アンナ、力なく身をゆだねる）

第二幕

同じ舞台セット。あくる日の夜明け。徐々に明るくなるが、天気は曇り。嵐が近い。雷鳴と稲妻がしだいに強まる。

シスター・アンナ　（頭巾を整え、被りながら）さ、またあなたを縛らないと。本当にひどい話！はい、これ。お守りに。（胸に下げていたペンダントの鎖から鉄の十字架をはずし、ヴァルプルクに渡す）私にはもうそれを着ける資格がないから。院長のシスターから特別な許可を貰って着けてたんだけどね。母から貰った十字架。

ヴァルプルク　ありがとう、アリーナ。すべて、恩に着るよ。（十字架を受け取り、寝台の板の隙間に差し込む）ここには鉛筆と紙を入れるつもりでいたけれど、一度も貰ったことがないんでね。（アンナの傍に戻り、手にキスする）ようやく今になって、君が僕を愛してくれる今になって、僕の不幸がどれほど巨大なものだったか理解した。きのうは君の髪の毛にキスできるというだけでこの世ならぬ幸せに思われたのに、君が僕のものになった今日になると、何もかもが取るに足らないことに思える。ここを出たい、書きたい、仕事をしたい、顎鬚も口髭も剃りたい、昔のようにお洒落もしたい。欲しいのは生活、ごく普通の生活だ。僕はここを出なければならない。見ててくれ。あらゆる障碍を乗り越える力を、君は与えてくれた。二人揃ってここから出てゆこう。

シスター・アンナ　（ヴァルプルクにキスしながら）私が感じていることもまったく同じ。私ももう修道女じゃない。ありふれた、静かな生活がしたい。あれほど苦しんだのだから。

ヴァルプルク　（陰鬱に）そうとも——君は必ず出られるさ。君は牢獄に繋がれているわけじゃない。（突如不安を覚え）アリーナ、僕を裏切らないでくれ。あのブルディギェル博士は僕の最悪の敵だ。たとえ同じように反吐の出そうな屑でも、グリンの方がまだましだ。裏切らないな？　僕は君の性欲に火をつけてしまった。二、三日僕の顔を見ないと、誰か別の男がよく思えてくるんじゃないか、と心配になる。

シスター・アンナ　（ヴァルプルクの首に両手を巻きつけ）愛してる。死ぬまであなた一人だけ。あなたがここから出られるのなら、私一人でここに残ってもいい。私はあなたのためにあなたを愛するのよ。あなたは自分の使命を果たさなくちゃ。

ヴァルプルク　（アンナにキスしながら）かわいそうに。僕は君のことが心配だ。僕の内部には、自分でもコントロールできない、よくわからない力がある。すべてはなるようになる——必然的にそうならざるをえない。普通の意味での意志というものを僕は持たない。僕の上に、あるいは中に、僕を超えた強い力があって、好きなように僕を操るんだ。

シスター・アンナ　それが創作でしょ。神様かもしれない。神様が赦してくれるわ。私の母親は聖女だったけれど、やっぱり私を赦してくれると思う。

ヴァルプルク　ちょっと待て、僕は君にまだ全部を話してはいないんだ。僕は彼女を殺したような気がする。でも君は知らない……

シスター・アンナ　（相手から身を離し）何も言わないで、何も。早くこれを着て。（拘束衣をヴァルプルクにかぶせる）先生たち、じきに来るわ。

（ヴァルプルク、アンナに背を向け、両袖を縛ってもらう）

ヴァルプルク　しかし、何も変わらなかったのか？　何だか妙な口の利き方だな。まるで急に僕を愛することをやめたみたいだ。

シスター・アンナ　（縛り終えながら）何でもない。ただ怖いだけ。私たちの幸せが怖い。（ヴァルプルクを向き直らせ、すばやくキスする）さ、横になって、寝てるふりをして。はやく。（ヴァルプルクを寝台に押しやる）

ヴァルプルク　（横になりながら）いいかい、僕を裏切るなよ。世の中には洒落た格好の男がいっぱいいるし——悪党だってうようよしている。

シスター・アンナ　馬鹿なこと言って。しーっ！　来たみたい。

（ヴァルプルク、横になって寝たふりをする。アンナは椅子に腰かけ、祈る。沈黙。ドアの閂が解かれ、ブルディギェル博士が入ってくる。その後ろからシスターのバルバラとグリンがつづく）

グリン　（戸口で、廊下にいる誰かに向かって）そこにいてくれ。

ブルディギェル　（アンナに近づき、小声で尋ねる）どうだ？　様子は？

（バルバラ、アンナの額にキスをし、アンナはバルバラの手にキスをする）

シスター・アンナ　別に何も。順調です。

ブルディギェル　ずっと眠っていたか？

（グリン、聞き耳を立てている）

シスター・アンナ　いいえ。一度だけ目を醒ましました。喋っている時はまったく正常でした。自分の人生について話してくれました。あの有名なヴァルプルクだとは知りませんでした。それから寝つきました。その後はずっと寝たきりです。

グリン　どうだ、言った通りだろ！　コンプレックスの解決が始まろうとしている。一人で、クロラールなしで入眠したのはこれで二度目だ。君の時にそんなことが起こったことあるか？

ブルディギェル　僕の場合は一度もない。クロラールは一度も使ったことがない。しかし事実なら不思議だ――それも発作の期間中だからなおさらだ。ではこうしよう、グリン、僕はいかなる偏見も持っていない。もし君がこのまま自分の方法を試したいのなら――どうぞご自由に。同意しよう。正直に言って、だんだん――精神分析を信用してもいいような気になってきた。この患者を君に任せよう。君たちの理論には少々エロチシズムが多すぎるけどね。それが僕の気に入らない唯一の点だ。

グリン　しかしドクター、エロチシズムこそ最重要の問題だ。あらゆるコンプレックスはこの領域から発する。さて、患者を起こしてもいいかな？

ブルディギェル　お好きなように。（アンナに近づき、一緒に上手へ移動する。バルバラ、寝台のヴァルプルクを見ている）

グリン　（ヴァルプルクを起こしにかかる）もしもし！　ヴァルプルク！　起きたまえ、私だ――グリンだ。

（ヴァルプルク、目ざめるふり。寝台の上で体を伸ばし、起き上がり、寝台の横に腰かける。沈黙）

ヴァルプルク　ああ、先生か。お久しぶりです。先生と話をするのは好きだ。どうして最近来てくれないんです？　きっとブルディギェルが許可しないんだな。

グリン　そんなことはない。おたくを私に完全に任せるということだ。必ず治しますよ。シスター・アンナとの会話はどうでしたか？　あれは私のアイデアだ。

ヴァルプルク　素晴らしい。彼女は聖女だね。こんなに気分が良かったことは一度もない。一番調子が良かった時代に比べても。創作意欲が湧いてきた。

グリン　それは結構。今日、鉛筆と紙を渡そう。本も。何がいいかな？

ヴァルプルク　タデウシュ・ミチンスキ[10]の全作品とフッサールの『論理学研究』。モレアスがあってもいい。それと、三冊目の僕の詩集。素晴らしく気分がいい。修道服をお召しのそちらの立派な貴婦人をご紹介願えるかな。僕の間違いでなければ、ザヴラティンスカ公妃とお見受けするが。（立ち上がる）

シスター・バルバラ　ヴァルプルクさん、わたくしはシスター・バルバラ、「自発的女性殉教者修道会」の院長です。そのことをお忘れなく。

グリン　お二人が知り合い同士なら、紹介する必要もないな……

ヴァルプルク　グリン、どうだろう、この拘束衣を脱がせてもらうというのは？　すっかり体が硬直してしまったし、僕は完全に正気だ。発作はありえない。誓ってもいい。四トンの泥のように[11]ぐっすり眠ったし。

ブルディギェル　（アンナとの会話を途中でやめて）おっと何だって、それはだめだ！　狂人が立てる誓い？　そんなものは誰も聞いたことがない。抑え込まれた発作は時として倍の力で爆発する。僕は認めない。

ヴァルプルク　（憎悪の爆発をこらえる）しかしドクター、グリンが命がけで責任を取ると言ってるけれど。そうだろ、グリン？

グリン　そうだ。ブルディギェル、聞いてくれ、どっちかだ、彼は僕の患者なのか、そうじゃないのか。中途半端な方法じゃ、何の結果も得られないぞ。しかしプロフェッサーが何と言うかな?

ブルディギェル　まあ、いい。好きなようにしてくれ。プロフェッサー、拘束衣を脱がせる。

グリン　こういう結果に対してなら、プロフェッサーも責任を取るさ。ヴァルプルク、向こうを向いて。今日からおたくは回復期患者だ。

（ヴァルプルク、背を向ける。グリン、縛ってあった袖をほどく）

シスター・バルバラ　グリンさん、もしかして早すぎはしませんか?

グリン　シスター・バルバラ、他人の仕事に口出しはご無用。もし私が分析すれば、シスターはすぐにでも修道院を出るだろう。夫に対する罪を悔悛せねばというコンプレックスがシスターにはある。夫の存命中は、まるで最悪の処刑人のように彼を責め苛んだ。すべてはお見通しだ。

シスター・バルバラ　グリンさん、少しはわきまえて下さい。下々の口端《くちは》に上った巷の噂など、二度とわたくしの前でなさらぬように。

グリン　噂じゃない。私が自ら発見した事実です。ヴァルプルク、自由の身だ。半年もすれば、みんな一緒にここを出て、町にくり出せる。ただし、いいかな、あまり抵抗しないように。一度でいいから、私を信じて。

ヴァルプルク　（グリンに手を差し出し）サンキュー。（バルバラに向かって）僕を狂人と認めてくれる人間がようやく現れた。詩人としては結構認められていたんですが。（バルバラに手を差し出す。バルバラは嫌々握手に応じる）グリン、鉛筆一本と紙を一枚頼む。新しい詩の最初の連を書き留めたいんだ。目が醒めた時、頭の中にあった。こいつから何とかして素晴らしい作品を絞り出すぞ。（グリンからノートと鉛筆を手渡され、立ったまま何か書き始める）

グリン　（バルバラに向かって）どうです、シスター、患者はこのように扱われるべきです。わが国の病院は中世の牢獄よりまだひどい。瘋癲病院という恐るべき悪夢から人類を解放できるのは精神分析だけです。と言うより、牢獄は空っぽになる――もしもすべての人間が、子供時代から、コンプレックスの解消治療を義務として受けるようになれば――の話。これは（ヴァルプルクを指差しながら）まだ胎児だった頃からの異性双生児に対するシスター・コンプレックスがあるに違いないと断言できる。だから本物の恋愛ができない。通常の意識では自分の妹を心底憎んでいると思っているにも拘らず、意識下では妹を愛している。ヴァルプルク、「妹」と聞いて最初に連想するのは？

ヴァルプルク　（ゆっくり上手に移動しながら）人あたりがきつい――洞窟――無人島にいる二人の男女のみなし児――スタクプールの小説『ブルー・ラグーン』[12]。

グリン　どうです、シスター？　洞窟は母の胎内。無人島――これも同じ。コンプレックスを解決しました。小説は――シスター、ご存知？――第二の階層で――すでに形成されていた心理的胎盤に入り込んだもの。ヴァルプルク、おたくは二週間もすれば種牛のように元気になってるぞ。

ヴァルプルク　（グリンを無視し、ブルディギェルに向かって言う）ドクター、そんなに長いこと修道女といちゃつくべきではないと思うが。

シスター・アンナ　（慌てて）ただヴァルプルクさんの話をしていただけです。

ヴァルプルク　僕の告白はあなたのためだけのものだ、シスター・アンナ。

グリン　（バルバラに向かって）見て下さい、シスター、あの語り口の何と正常なことか。彼の内部で、健康な生命本能が目ざめた。嫉妬している——恋愛できるかもしれない。

ブルディギェル　だめだ、我慢できない——この与太郎の精神分析夢物語、聞いているとどうしても笑わずにはいられなくなる時がある。ハッハッハッハ！

（ヴァルプルク、ブルディギェルの髪の毛を摑み、左のこめかみに思い切り鉛筆を突き立てる。ブルディギェル、呻きもせずにどうと床に倒れる）

ヴァルプルク　（平然と）聖職者といちゃいちゃした報いだ！（ブルディギェルの体を蹴る）くたばれ、殺し屋！　いたぶってやる暇もなかったのが残念だ。これこそ健康な生命本能。グリン、アーミー・ナイフを頼む。鉛筆が折れちまった。あの馬鹿、石頭もいいところだ。でもこれであんたも競争相手がいなくなったな。

シスター・アンナ　（恐ろしさのあまり凍りついたように立っている）何ということを。もうすべておしまいです。（気を失い、床に倒れる）

グリン　（駆け寄りながら）ヴァルプルク、気でも狂ったか？　私は心臓が弱いんだ。ああ、何ということだ！　かわいそうなブルディギェル。（ブルディギェルの体をまさぐり、脈を診る）死んだ――こめかみのど真ん中に命中している。

ヴァルプルク　これで僕は完全な健康体だ。奴を妹と同一視して、二人を同時に一撃で殺した。妹もたった今死んだに違いない。ハッハ！　コンプレックス解消だ。もしも精神分析に何ほどかの価値があるとすれば、僕はただちにここから解放されるべきだ。今こそ僕は完全に安全な人間だ。

グリン　おい、ヴァルプルク、ひょっとして私を虚仮にしているのか？

ヴァルプルク　いや――真面目に言っている、僕は健康だ。あの頭蓋骨への一撃で僕は完治した。だからこの殺人に対して僕の責任はないが、これから起こることのすべてに対しては僕も責任を持つ。修道院長さん、茫然自失ももうそれくらいでいいだろう。医者の白衣をまとったドン・ファンの襲撃から僕が守ったのは、聖職者の名誉だ。そうでしょう、違うかな？　この精神鑑定人〔＝ブルディギェル〕、女性病棟で相当回数、色恋沙汰に及んでいるに違いない。

シスター・バルバラ　不謹慎な冗談を。あなたは最低の狂人です。そうでなければ、単なる凶悪犯です。（アンナの傍に行って、正気に返らせようとする）

グリン　前代未聞だ！　それでは、本当に回復したのか？

ヴァルプルク　（いらだって）もう言っただろう。今後僕を狂人呼ばわりする者がいたら、誰であれ、それは僕の個人的な敵だ。朝食をお願いしたい――腹がすいた。そして、シスター・アンナをよろしく頼む。彼女の具合が悪いのは明らかだろう。ザヴラティンスカ公妃でも手に負えないらしい。

グリン　信じられない。いとも簡単に自分でコンプレックスを解消した！　あり得ないことだ！（戸口へ向かう）

シスター・アンナ　（意識が戻り）ああ！　これからどうなるんでしょう？

シスター・バルバラ　（腹を立て）今までと同じです。神のみぞ知る、です。あなたの十字架はどこ？

シスター・アンナ　（立ち上がりながら）こんなことが起きてしまったのも、私が今日十字架を独房に置いていったからです。母のお守りはあらゆることから私を守ってくれたのに。

グリン　（戸口で外に向かって叫ぶ）アルフレット！　パフヌーツィ！　患者二〇号に朝食だ。

（作業員二人が現れる）

シスター・バルバラ　（アンナに向かって）そんな迷信を信じるのは恥ずべきことです。今すぐに懺悔に行きなさい。

（作業員の二人が入ってくる。ブルディギェルの死体を見て呆然とする）

シスター・アンナ　明日にでも。こんなことがあってすぐでは、とてもまだ心の整理がつきません。悔悛の秘蹟に与るにはまず良心の糾明[13]を致しませんと。

シスター・バルバラ　（アンナを戸口に押しやりながら）今すぐ行きなさい！　聞こえましたか？
ヴァルプルク　（アンナに向かって）シスター、ぐっすり寝て、今晩来て下さい。告白するのは実に気分がいい。グリンのような阿呆と話しても、自分のことを喋る気にはなれない。
シスター・バルバラ　（ふりむいて）いいえ――それはもうおしまいです。人殺しのいけにえに捧げるようなシスターはうちにはいません。
ヴァルプルク　グリン、ナイフだ。
グリン　（ナイフを機械的に渡す）しかし、シスター・バルバラ、彼には拘束衣を着せます。万が一にも安全を考えて。二度とこんな犯罪は起こさせないと、約束します。（作業員の二人に向かって）何を突っ立って見ている？　早く朝食を。（作業員の二人、出てゆく）彼はほとんど全快している。ユングも似たようなケースについて書いている。彼の男性患者の許に伯母が訪ねてくる。患者はその伯母を殺《ばら》す。患者はその後、模範的な夫、優れた建築家として生きた。伯母に対するコンプレックスがあったのを、自分で解消したわけだ。そんなことができるのは精神分析をおいて他になかった。
シスター・アンナ　（不自然な口調で）かりに命を捧げなければならないとしても、私の覚悟はできています。シスター・バルバラ、お願いです、自らの大いなる罪を悔い改めること、どうぞお認めを。
シスター・バルバラ　わかりました――そうしなさい。それも神のご意志かもしれません。これには、わたくしたち霊的に貧しい者には測り知れない、何か深い意味が潜んでいるのかもしれません。行って休みなさい、アンナ、今日は懺悔に行かずとも構いません。そして夜の一〇時には宿直にいらっしゃい。

（二人の尼僧出てゆく。朝食を運ぶ作業員の二人とすれちがう。ヴァルプルクは鉛筆を削り、何ごとか書いている）

グリン　食べたまえ、ヴァルプルク。あれだけのことがあったんだ。しっかり食べないとな。精神分析医として、私はすべてを理解し、赦す。コンプレックスのない犯罪はなく――コンプレックスとは――病《やまい》だ。

ヴァルプルク　待て――邪魔するな。最後の行だ……ここは所有格単数形にしないと……（書きつづける）

グリン　（作業員の二人に向かって）何を突っ立ってる、唐変木らが！　ドクターの遺体を七号棟に運べ。

（作業員の二人、ブルディギェルの死体を持ち上げ、出てゆく）

ヴァルプルク　書けた。これで狂気の最後の痕跡も僕の脳からは消し去った。時計は止まった。もはや僕にはいかなる良心の呵責もない。

（ヴァルプルク、朝食にかかる。嵐は次第に激しさをます。褐色味を帯びたかなり深い闇を緑色の稲妻が切り裂く。雨が窓に打ちつける）

グリン　古典的な精神分析学派にとって見事なケーススタディだ。君のことを研究論文として書けば、私の名は世界中に知れわたる。

ヴァルプルク　（がつがつ食べながら）精神分析にとって最良のレッスンは、ブルディギェル先生自身にあったたな。あの阿呆《あほ》たれ自体も、女に対する奴のふるまいも、初めから気に入らなかった。長いつき合いだった。奴はもう五年前から僕の中に獲物を嗅ぎつけていた。しかし、シスターとつるんだとあっては、もう我慢ならなかった。ハッハッハ！

グリン　（ヴァルプルクに飛びつき、抱きしめる）ヴァルプルク！　君は世界一の天才だ！　愛している。一緒に何か素晴らしいことをやり遂げよう！

ヴァルプルク　（突然立ち上がってグリンを突き放す。グリン、よろめく）なれなれしい口を利くのも大概にしろ！　僕の邪魔をするな！　たわけ！　そんじょそこいらの精神分析標本と一緒にしやがって、図々しい。身の程わきまえろ！　わかったか?!

グリン　（飛びのいて）ナイフを返せ！　ナイフを返せ！

ヴァルプルク　（アーミー・ナイフをグリンの足下に放る。グリン、それを拾う）返したぞ、臆病者が！　一日一回人を殺せば充分だ。ゴキブリどもを踏み潰して楽しむ習慣は僕にはない。失せろ！

グリン　（戸口の方に後ずさりしながら、ナイフを開く）パフヌーツィ！　アルフレット!!!（作業員の二人、飛び込んでくる）二〇号に拘束衣を！　早くしろ!!

（作業員の二人、ものすごい勢いでヴァルプルクに飛びかかり、拘束衣をかぶせ、両袖を後ろで縛る。ヴァルプルクはまったく抵抗しない）

ヴァルプルク　ハッハッハッハッハッハ!!　擬態ごっこだ。人類で一番利口なのは狂人たちだ。素晴らしい本能に恵まれた動物たちでさえ、彼らより愚かだ。

グリン　（ナイフを閉じながら）笑え、ヴァルプルク。笑え。どうでもいい。じきに回復するからな。私にとってはお前のこともお前の下らぬ詩もどうでもいいんだ。唯一大事なのは、「早発性痴呆症」がコンプレックスの解消によって治療可能であるということだ。行くぞ。（戸口に向かう。作業員の二人、後に従う）

第三幕

第一場

同じ舞台セット。夜。天井のランプが灯っている。アンナ、ヴァルプルクの拘束衣の袖をほどいている。

シスター・アンナ　ダーリン、ずいぶん疲れたでしょう？　かわいそうに。

ヴァルプルク　全然。一日中死んだように寝た。一五年間の不眠を取り返した。気分は上々だ。（アンナに拘束衣を脱がせてもらったヴァルプルク、アンナの方に向き直る）それどころか、実を言うと、一連の出来事があってから、この独房こそ、僕が住むに唯一ふさわしい場所だという気がしてきた。ここを出てゆきたいという気持ちもなくなってしまった。詩を書いたから、読んでもらいたい。きまり悪くて、自分じゃ読めない。
シスター・アンナ　（読む）ああ——素敵だわ。
私は木陰で聖書を読んでいる、時は逃げ失せ、
日光に朝露に花ちりばめた繁みに紛れ、
朝のそよ風戦ぐ中、麻薬が待ち伏せ。
私にミルクをくれたまえ——絞りたてのミルクを、
そして玉子を——生みたての玉子を。
私は健康になりたい、強い益荒男《ますらお》になり、
顔を上げて生きてゆきたい。
すると「何のため？　意味ある？」と囁く声——
私は口をあんぐり開けて、
一時《いっとき》にすべての毒を呑み込んだ。
そしてスカーフのように、紙のように、シーツのように白い顔して、
私は未知の敵と未知の戦《いくさ》の渦に飛び込んだ——
敵はサタンかもしれず、神かもしれず。
それは戦などではない。
それはただ「手綱を引け！　武器構え！　前進!!」と叫ぶ剛の者。

それはただ、他人の頭骸骨に放り込まれたわが脳髄の詰め物。素晴らしいわ。でも私と一緒になれば、なにもかもが変わる。そうでしょう？　一切の毒はなくなる。私が一切の代わりをしてあげる。

ヴァルプルク　そうかもしれない。でもまず第一に、何はともあれ、できるだけ早くここから逃げ出さないと。僕の詩に必要以上に感心してみせなくていいから。それはまったく新しいものの始まりだけど、そのままでは何の価値もない。

シスター・アンナ　（ヴァルプルクの隣に腰かけ）ねえ――自分があまりに幸せすぎて気が咎めるの。ああ――少しでも苦しむことができたら。私にしても、この独房の外での生活はどうでもいい。もしも永久にここで一緒にいていいというのなら、それ以上の望みは何もないわ。あなたといると本当に幸せ。すべてのことに意味が与えられた。考えてもみて、これまでどれほどの時間をまったく無意味に生きてきたことか。今だから打ち明けるけれど、あなたがブルディギェルを殺したことで、私の官能は狂おしいまでに亢奮させられたの。あなたはものすごく素敵！　恐ろしいくらい。

ヴァルプルク　（急に欲情に駆られてアンナを抱きしめる）悪い娘だ、本当に！（口調が変わり）一人になった時、まだ詩が書けるだろうか？　しっかり自分を抑えないと、あの阿呆たれにまた拘束衣を着ろと言われないように。昨日は我慢ができず、あのけだものを殺さずにはいられなかった。

シスター・アンナ　もうその話はよして、ミェチョ。[14] 休んで。私にもたれて。何もかも忘れましょう。二年間のあなたの苦しみに今報いてあげたい。これから何が私たちを待ち受けているか、本当はまったくわからないし。

ヴァルプルク　すべてうまくゆくさ。どこか遠くへ旅に出よう、熱帯まで行ってもいい。昔彼女とセイロンに行った。しかし彼女の亡霊ももう僕らの邪魔をすることはない。あれは、君のその阿呆野郎に対する愛とまったく同じで、狂気の沙汰だった。僕らは互いに宿命づけられた人間だ。宇宙でただ一組の、出会うべくして出会った理想のカップルだ。ああ——どうしてもっと早くこうならなかったのか！

シスター・アンナ　もしかしたらこれで良かったのかも？　こうならなければ、お互いの価値がわからなかったかも知れない。

ヴァルプルク　口を（口づけできる近さにアンナを引き寄せる）。愛してるよ。僕の内部にある、僕が書かねばならないすべてのことと関係のある存在、それは君だけだ。君の愛なしでは永久に表現されなかったかもしれないことを、僕は君のために書くことができる。

シスター・アンナ　ダーリン……

（長時間、しだいに情熱的になる口づけ。やがて突然、閂が抜かれ、ドアの開く音がしてグリン、二人の作業員、バルバラが入ってくる。アンナとヴァルプルク、飛び上がる）

ヴァルプルク　遅すぎたな！（胸の上で両手を組んで仁王立ち。アンナは腰を下ろし、恐怖と羞恥で身

を固くする）

グリン　ハッハ！　むしろ「早すぎた」だろう。そういうことか、シスター！　私の患者に対して驚異的な効果を発揮した方法というのはそういうことだったか。（グリンは二人に近く、その横、上手側にバルバラ、さらに二人の作業員が上手側に立ち、全員で舞台框と平行な一直線上に並ぶ）今は亡きブルディギエルは正しかったのだ。（アンナ、グリンに飛びつこうとするが気絶し、倒れる）しかし精神分析なら、こんな問題でも片を付けることができる。

シスター・バルバラ　何と恐ろしい！　修道服に身を包んだふしだら女に凶悪犯！　わたくしはもう堪えられない！（両手で眼を蔽う）

グリン（作業員の二人に向かって）拘束衣を着せろ！　目にものを見せてやる！　私に隠した未知のコンプレックスがあったが、シスター・コンプレックスのふりをしていた。しかし、嘘の中にも真実は潜んでいる。それがフロイトの基本的な定理だ。

（作業員たち、ヴァルプルクに飛びかかる）

ヴァルプルク（強烈な声で）全員そのまま!!　一歩も動くな!!!（全員、ヴァルプルクの怒鳴り声に驚き、それぞれの姿勢のままで動きを止め、「フリーズ」状態になる。ヴァルプルク、猛烈な速さで寝台の板の隙間から十字架を取り出し、叫ぶ）心理的殺し屋ども、今度は僕が目にものを見せてやる!!（一同、催眠術がかかったかのように、誰かを待ち伏せるかのような態勢のまま動かない）屑どもが!!!（テーブルに飛び乗り、十字架で小窓のガラスを二枚破り、二つの小窓の境の格子に拘束衣の一方の袖を結わえつける。もう片方の袖で自分の首をくくり、テーブルの上に立つ。客席に向かって〔磔刑のイエスのように〕両手を水平に上げ、前方へ飛びこもうとするかのように体を傾ける）さあ、見てろ、どうなるか。この犯罪はお前たちの上に降りかかるのだ！（飛びこむ動作をはじめる）

第二場（幕間なし）

幕が下りている間（できる限り短時間で）ヴァルプルク役の役者は首に巻いた袖をほどき、すばやく舞台袖に出る。同時に道具方はヴァルプルクのマネキン（首は優れた彫刻家が制作したものでなければならない）を持ち出し、拘束衣の袖で首を縛り、〔床に足の着かない〕首吊り状態にして素早く引っ込む。幕が上がった時点で、人物は全員、一場と同じ姿勢であること。その状態が短時間つづく（一〜二秒）。

グリン（ヴァルプルクの死体の方に駆け寄りながら）奴を下ろせ!!!
（作業員たち、テーブルに飛び乗り、ヴァルプルクの死体から拘束衣の袖を取り去る。グリン、死体を調べる。アンナ、駆け寄る）

シスター・アンナ　どうなったの？

シスター・バルバラ　あなたの恋人が首を吊ったのですよ、この破廉恥女！　起きてしまった。神様、お赦しを……もう耐えられない。あんたを一生閉じ込めます。地下牢で朽ち果てるがいい……あんたは……（憤怒のあまり、呼吸ができない）

シスター・アンナ　（死体を見て）ああ！　ああ！　ああ!!（突然憤って）あんたたちが殺したんだわ――人殺し!!!（死体にすがりつく）

グリン　死んでいる。脊椎が折れている。第二頸椎が延髄に食い込んでいる。標本は消滅した。問題は――奴が病人として死んだのか、それとも、あれがまさに病気を完治した最後の行為だったのか、ということだ。ひょっとして、すでに健康な人間として首をくくったのか？　だとすればいかにも恐ろしい！

シスター・アンナ　（死体の傍で）馬鹿なこと言ってないで、彼を助けて！　彼はまだ温かい。

グリン　言っただろう、死んだと。シスターは解剖学をまったく知らないようだ。呼吸中枢が完全にやられている。これではさすがの精神分析でもどうしようもない。おや、奴が手に握っているのは何だ？　どうやって厚ガラスを破ったんだ？　この問題のことをすっかり忘れていた。（死体に近寄る）

シスター・アンナ　（死体の手が握り締めている十字架をもぎ取る）これは私のものです！　誰にも渡さない！　お守りとして彼に渡しただけ。

グリン　渡しなさい、シスター、すぐに。（十字架を奪う）十字架。いつも胸に掛けていたあれだな。（バルバラの方を見る）

シスター・バルバラ　二重の冒瀆です。Quelque chose d'énorme!〔途方もないことです！〕それはアンナの母親の十字架。普段の着用を、神のみ恵みとして許してあったもの。非の打ちどころない素行のご褒美として。

シスター・アンナ　神のみ恵み！　お赦し！　私は絶望して死にます。もう私には何もない。悔悛することもできない。（バルバラの前で膝をつく）

シスター・バルバラ　あんたの居場所は街角！　この自堕落娘が！　おお、quelle salope!〔けがらわしい雌犬！〕わたくしに近寄らないで！

（アンナ、跪いたまま、うなだれ、その状態で身動きしなくなる。両手は皺くちゃになった頭巾の中に突っ込んで、頭にしがみつくようにしている。バルバラ、床に跪いて祈る）

グリン　さてと――アルフレット！　パフヌーツィ！　二〇号の死体を解剖室に運んで。あの大ボケ教授ヴァルドルフ、脳の解剖をすると言うに決まっている、解剖学的変化はないかと探しながらね。ハッハ！　探せばいい！（この間、作業員の二人はヴァルプルクの死体を戸口へ運びはじめる。グリン、アンナに向かって）なあ――シスター・アンナ、もうその麻痺状態から抜け出して、ここから出よう。

（とその時、ドアが開き、ヴァルプルクが入ってくる。顎鬚も口髭もきれいに剃られ、髪の毛は理容師の手が入っている。完璧な仕立てのモーニングを着込み、ボタンホールには黄色い花を挿している。その後ろから丈の長い黒のフロックコートを着たブルディギェルがつづく。黒、青、紫の色の組み合わされた婦人用ドレスと婦人用帽子を手にしている。その後ろからヴァルドルフ教授が現れる）

ヴァルプルク　アリーナ！　立て！　僕だ、ミェチョだ。

（一同、唖然とする。バルバラ、急いで起き上がる。グリンは息がつげず、口を大きく開けたままヴァルプルクを見つめる。作業員たちがヴァルプルクの死体を手放すと、静寂の中、死体は大きな音を立てて床に転がる。アンナ、起き上がり、口も利けずにヴァルプルクの顔を凝視する）

シスター・アンナ　（ヴァルプルクに飛びつく）ミェチョ！　本当にあなたなの？　じゃ、これは？（死体を指す）ああ――どうでもいい、私はきっと幸せすぎて頭がおかしくなるわ！　あなた、何て素敵なの！　マイ・ダーリン！（ヴァルプルクの腕の中に飛び込む。二人、キスする）

ブルディギェル　町にくり出すぞ。ほら――ここにあなたのドレス、アリーナさん、それにお帽子。ミェチスワフと二人で急いで選んだんだ。大体の見当でね。着がえてみて。たぶん当座はこれで間に合うだろう。

ヴァルプルク　行こう。今度こそ本当に、僕は完全に回復した。健康かつ幸福だ。素敵な詩も書けそうだ。（アリーナを連れて出てゆく。その後からブルディギェル）

ブルディギェル　元気で、グリン。後で徹底的に自分を分析するんだな。（部屋を出てゆく。ヴァルドルフ、戸口から首を突っ込む）

ヴァルドルフ　さて、どうじゃな、皆さん？　ヒッヒッヒ!!

グリン　（血の気の失せた唇で）プロ・フェッ・サー……私には……私にはわからない……（急にものすごい声で叫ぶ）私にはわからない、一体どうなってるんだ、こん畜生!!!（頭をかかえながら、おもむろに戸口に向かって歩いてゆく。バルバラ、虚ろな、かつ凄まじい形相で宙を睨み、作業員たちは死体とヴァルプルクをかわるがわる見つめる）

ヴァルドルフ　どうってことない。精神分析は卒業だ。脳外科に戻るとしよう。昔わしが有名になったのも脳の手術のおかげだった。ブルディギェルを助手にしてな……

グリン　（教授に飛びかかろうとする）あああああ!!!　それは脅迫だ!!!

ヴァルドルフ　とんでもない！（グリンを突き放して）すたこらさっさだ！

（教授、ドアを閉め、外から施錠する。グリン、力なく立ちつくし、残った一同を睨みつける）

グリン　たった今——そう——この瞬間に——新しいコンプレックスが私の中に生まれた。しかし何のコンプレックスだ？（叫ぶ）私にはわからない、一体全体、何がどうなっているんだ！

（作業員の二人は突然ヴァルプルクの死体から跳びのくと、恐怖に駆られた野蛮な吠え声をあげながらドアのところへ飛んでゆき、死に物狂いで開けようとする）

シスター・バルバラ　（凄まじい絶望感に苛まれ）あなた方の精神分析とはこういうものですか!!こんな歳になって、一体誰が狂人なのか、わたくしにはわからなくなった——わたくしか、あなたか、あの者たちか。おお、神よ、神よ！　わたくしにお慈悲を。きっとわたくしはもう狂ってしまったのですね。（膝を突き、グリンに向かって両手を差し伸べる）

アルフレット　今度は俺らが狂人様や。もう二度と出られんように閉じ込められた。二〇号、ひげのない奴は出て行ったが、同じのがここに寝そべっとる。

パフヌーツィ　（グリンを指し）あいつや——あいつが一番の狂人やろ。やっつけんか！　フレット！　ほうれ！　力のある限り！

グリン　待て！　私がきちんと説明しよう。ついでに自分にも説明するか。

パフヌーツィ　勝手に説明してろ、頭がいいんだろ。こっちはこれだ！

（グリンをなぐる。アルフレットもつづき、二人がかりでグリンを痛めつける。バルバラ、グリンを助けようとして、三人の男の殴り合いにまきこまれる。いわゆる「暴徒私刑」を想起させる「ロシア風、総がかりのくんづほぐれつ、下へ上への取っ組み合い」が舞台上に出現する。四人とも互いに手あたり次第、つかみ合い、叩き合いながら、床を転げ回る。争い合う男女のその塊の中に、ヴァルプルクの死体も巻き込まれ、ひっくり返ったり転がったりする。その光景を、強力で眩しいほどの青い光が天井から照らし出す。やがて天井の照明が消え、くっきりとした〔スポットライトの？〕光の楕円の中に、もつれ合う五つの体の塊だけが浮かび上がる。その状態でゆっくり幕が下りる）

一九二三年一月七日

（原注）画家のイヴォ・ガル[16]は、この戯曲のために文字通り凄まじい舞台美術を考案してくれた。もしこれを上演するようなことがあれば、彼に相談してもらいたい。そうしなければ話は始まらない、というのが作者の求める公式な要件である。

1　Jan Mieczysławski, 1884～1927 ――ワルシャワ生まれのポーランドの詩人。パリ生活が長く、詩人ジャン・モレアスに親炙した。一九一八年の帰国後はザコパネに住み、ヴィトカツィ、カロル・シマノフスキ、ヤロスワフ・イヴァシュキェーヴィチ、アウグスト・ザモイスキ、アントニ・スウォニムスキらと親交があった。自ら新古典主義的な詩を書くと同時にロンサール、モレアス、ポール・ヴァレリー等の作品の翻訳も手がけた。

2　ヤン・マテイコ Jan Matejko, 1838～1893 ――ポーランド美術史上最も高名な画家。写実的で巨大な歴史画を多く描いた。ここではどの絵を指しているかわからないが、聖キンガ、妻テオドラ、カタジナ・ポトツカ、王妃ボナといった堂々たる女性たちの肖像画から受けるイメージか。

3　布団などが収納できるものが普通。

4　現在では「統合失調症」の語を用いる。

5　ポーランド語では、通常女性の相手に用いる敬称「あなた」である pani を修道女に対して使わず、「シスター」を意味する siostra を使うが、ヴァルプルクは pani を使っている。訳文でも一応区別したが、うまく表現はできない。従ってヴァルプルクが「あなた」あるいは「あんた」と言っている台詞は、ポーランド語ではすべて作法に反したものだということをここに注記しておきたい。なお、ここでは原文自体に隔字組みで強調が施してある。

6　Heinrich von Kleist, 1777～1811――ドイツの劇作家。

7　前後の文は「あなた」の敬称を使っているが、このセンテンスだけ突然ぞんざいな口調で、焦りを表している。

8　第一次世界大戦から戦後しばらくにかけて欧州と北米で、傾眠・眼筋麻痺・譫妄・多動などの症状を呈する嗜眠性脳炎（別称エコノモ脳炎）が大流行したことを想起させる。

9　人類の存在そのものの批判か。

10　Tadeusz Miciński, 1873～1918――ポーランドの詩人、作家、劇作家。ヴィトカツィが最も尊敬した作家と言えるかもしれない。カロル・シマノフスキとも交友があった。

11　原文を直訳すると「四〇匹の畑栗鼠のように」となる。「ハタリスのように眠る」は熟睡を表す成句。

12　ヘンリー・ドヴィア・スタクプール（Henry de Vere Stacpoole, 1863～1951／アイルランドの医師、作家）が一九〇八年に出版した *The Blue Lagoon*。何回か映画化され、日本では『青い珊瑚礁』として知られる。

13　前回の告解以降に懐いた良くない思いや言葉、あるいは十戒、教会の掟、身分に応じた義務に反して犯した罪のすべてを注意深く思いだし、数え上げ、吟味すること。

14　ミェチスワフの愛称。

15　アルフレットとパフヌーツィは肉体労働者の粗野な言葉で、それも方言で喋っている（傍線部）。

16　Iwo Gall, 1890～1959――ポーランドの舞台美術家、演出家。

母

エピローグ付き二幕物悪趣味劇

ミェチスワフ・シュパキェーヴィチ[1]に献ず

登場人物

ヤニーナ・ヴェンゴジェフスカ――五十四歳の刀自《とじ》。長身痩躯。白髪。話し方に二つの系統がある。一つはより通俗的ではあるが本質をついた口調、もう一つはより威厳に満ちてはいるが表面的な口調。前者をA、後者をBと記す。[2]

レオン・ヴェンゴジェフスキ――ヤニーナの息子。ハンサムな黒髪の三十歳。ひげはきれいに剃ってある。

ゾフィア〔愛称ゾシャ〕・プレイトゥス――二十四歳の独身女性。たいへんな器量よし。黒髪。

ユゼファ・オブロック男爵令嬢――ヤニーナの姉。六十五歳の痩せた老嬢。

ヨアヒム・チェレンチェーヴィチ――劇場支配人。白髪。肥満体で赤ら顔。顎鬚、口髭ともあり。六十歳。

アポリナーリ・プレイトゥス――ゾフィアの父。白髪。鯰髭《なまず》。七十五歳。

アントニ・ムルデル＝ベンスキ――正体不明の怪しい人物。ひかえめな口髭。顎鬚なし。黒髪。三十五歳。

ルツィーナ・ベエル――たいへん大柄でたいへん美しい貴婦人。四十がらみ。セム系の容姿。

見知らぬ若い女性――二十三歳。たいへん美形で、はっとするほどヤニーナに似る。

見知らぬ若い男性――黒髪でたいへんハンサム、黒い口髭。声もたいへん美しいバリトン。

舞台裏の声――「見知らぬ若い男性」の声に似た声。

アルフレット・ド・ラ・トレフイユ伯爵――貴族的お坊ちゃん。三十歳。

ヴォイチェフ・ド・ポコリヤ＝ペンヘジェーヴィチ――裕福な荘園領主で遊び人の典型。三十二歳。

六人の労働者――ギラギラとした表情。顎鬚ある者もいればない者もいる。

ドロータ――女中。四十歳。


（第一幕では、全員が死体のように青白く、一切の色味なし。唇も黒く、頬の紅潮も黒ずんでいる。服や舞台装置も徹底して白黒の色調。唯一色彩があるのは母がいそしむ編み物――青、ピンク、黄、蜜柑色であれば可。これ以外に色彩が現れる際はその都度個別に説明される）

第一幕

舞台上には食堂とつながった居間が再現されている。かなりみすぼらしい調度品。正面の壁際にオイル・クロスのソファー。ソファーの傍には、模様のある、これもオイル・クロスのかかった食卓。テーブルの向こうに母が一人で腰かけ、青、ピンク、黄、蜜柑色の毛糸で編み物をしている。下手に窓、上手にドア。

母　（一瞬編み物を置き、前方を見つめながら。おもむろに、毒々しく。A）けちなヴァンパイア。父親生き写し。でももしかすると、あの二人に対する私がフェアじゃない？　あの子がああなのも、もしかして私のせい？　今とは違う生活が送れるような、何か立派なことでも私はしただろうか？　何か特別なことを私は成し遂げた？　いいや、なんにもしていない……　私はごくありふれた過保護のママ。それ以外の何物でもない。でもだからといって、なんでこんなにひどく苦しまなけりゃいけないの？　ああもう厭！　私のもう一つの本当の存在は死んでしまい、その脇を走馬灯のように駆けぬける悪夢のような私の人生。すべてをはっきり自覚しなきゃ。そうすれば、待ち受けるもっと悪いことも耐え抜いていけるかもしれない。（突然野太い声で吠えるように歌いだす）

私も昔は綺麗で若かった。
魂があった、体だってあった。
私にもすべてが少しはあった。
それが今じゃスッカラカン！
残念無念！
残念無念！

（計算する）本屋の借金――一五〇、図書館の本代――五〇、家賃――二〇〇。すべてはお勉強のため。こんな私の内職で、一体いつになったら全部払えるの？　阿呆たれ！　馬鹿息子！　敗残者！　せめて、何か実《じつ》のある仕事ができないものかしら？　何一つまともなものは書けないに決まってるのに。私？　私は絵も描いたし、人並み以上に楽才だってあったし、書いた小説だってそんなに悪くはなかった……　こうしてあれこれ言ってるけど、別に精神的露出症なんかじゃない――ここには誰もいないし――多分。ああ――この永遠の孤独。慰めの言葉をかけてくれる人もなし。

声　ハ、ハ、ハ、ハ！

（母は「声」の出どころを気にするようすがない）

母　なんであの人の笑い声を思い出したのかしら。レオンの笑い声も似ているけれども、もっと悪い声だわ。あの人の時はれっきとした重大犯罪だったものが、あの子のはほんの些細な脱線。ぴかぴかに磨いた靴で踏んづけた何やら気持ち悪いもの、せいぜいそんなもの——見えるのはその尻尾だけだけれど、私にはそれで充分…… ああ、何と情けない、わが倅！ あの子をどうして子供の頃から酒で育てなかったのかしら？ そうすれば少なくとも、仔犬の頃からぐびぐび酒を飲む日本の犬のように小さく育ったのに——あんな忌々しい、ろくでなしの大人にならずに済んだのに。小人として、発育不全の子としてなら私も愛せたのに。わたくし、フォン・オブロック男爵令嬢ともあろうものが、すっかり下卑てしまった。もっともユゼファも卑しくなった。ひょっとして綴りにcの入ったオブロック家なんていうのはインチキ？ もしかしたら私たちは綴りにcの入らない、単なるオブロク、つまりは馬の濃厚飼料？[3] 本当に血筋がよければ、どんな苦境に陥っても人品卑しくなることはないと言うし。

（再び吠えるように歌う）

わが頭上にはこよなく美しき仮面の浮かび、
肉体なき悪魔はわれを罪に誘《いざな》い、

秘めやかな欲望ゆえにすべては音立て砕ける。
われ間男《まおとこ》持ちたり、三人《みたり》も持ちたり。
あの子に打ち明けるべきか、それとも？（ドローダ登場）（B）ああ、ドローダ、スパゲッティを水から茹でてちょうだい、若旦那お好みのイタリア式にね。母であること、そして息子の好きなように世話をしてやれるというのは幸せね。そうでしょ？

ドローダ　はい、奥様。私も母親でした。でも私の方が幸福です——息子は戦争で死んだのですから。

母（B）はいはい！　わかったから、スパゲッティを作って！　私は息子を戦争から救ったのよ。息子には全人類を救う使命があるからです。彼は偉大な思想家だけど、病弱。そういう人間を戦場には送れない——特別な委員会が……

ドローダ（母をさえぎり）奥様、また飲みすぎましたね、それも朝っぱらから何も召し上がらずに。せめて夕飯までお待ちになれなかったんですか？

母（A）ああ……（嫌そうに片手をふる）

ドローダ　若旦那様を悪く言うつもりはありません。でも、そうあって欲しいと思うような姿ではなしに、息子が元気で生きているより、いい思い出だけ残っている方が、いいかもしれませんよ。私のフレデックがもし生きていたら今頃どうなっていたことやら——この生きにくいご時世に。手に負えない悪がきだったけれど、少なくとも英霊、つまりは英雄です。それで充分。

母（B）（懇願するように）ねえドロータ、私がどれだけ悩んでいるか、どれだけひどく悩んでいるか、わからないの、感じないの？　私はもう働けないのに、あの子は――あの子はいつまでたっても忙しくて、遠くにいて、雲の上の人だから訴えることもできない、私にはもう無理だって……この内職――ああもう厭！　この家《うち》も……ああ、この眼も……もうじき見えなくなる、編み物なんか一生してはいけないとお医者に言われたのに……　ああ、ドロータ、ドロータ……

ドロータ　若いうちに鍛えておかねば。今のこの大変なご時世、いったん嘘をつきはじめた者は何もかも嘘で塗り固め、自分にも生みの親にも嘘をつき、自分の嘘は誰にも、どんな力にも剥がされはしないと自分にも他人にも信じ込ませる。最後まで嘘をつき通すしかなくなる。中にはてんから嘘じゃないとうそぶく者もいます。

声　まるで俺のことのようだな。だが俺は首尾一貫していた――絞首台など怖くはなかった。

（歌う）

かくて重罪犯仲間の神聖な伝説となりしヴェンゴジェフスキ、

かくて未成年犯罪者の誰もが夢見るヴェンゴジェフスキ。

母（B）　また主人のことがよみがえる。あまりに身分の違う不釣合いな結婚だった。そして神様は私を罰せられた。神様は身分違いの結婚をお好みじゃないのです。私の夫はブラジルで、カステル・デル・アスカルの絞首台で、河川専門の盗賊として処刑されたことを、ドロータは知っているかしら。危険すぎる遠征を何度もしては……でもそれはどうでもいいこと。一つだけ認めてやらなければならないのは、素晴らしいバリトンで、凛々しく、勇敢で、想像力があったこと。何よりも、良心の呵責というものをまったく持ち合わせなかったこと。本当の運命の騎士だった——un vrai chevalier de fortune。[4]

ドロータ じゃ、私はもう台所に行きますから、でないと、奥様があんまりたくさん告白してしまったと後からまた恥かしく思われますので。ただ奥様、もうお飲みになるのはやめられた方がいいのでは？

母（B） いいえ——やめません——私に残された唯一の楽しみですから。あの子は何も知らないけれどね。モルヒネもやるけれど、そうしょっちゅうではありません。すべては、私が自分で注文を取って稼いだお金のいわば利息。このことは、ドロータ、絶対内密にね。実を言うと、どこか心の底で、このまったく無意味な生活に——自分が限りなく愛する底なしの通俗性の中での果てしなき献身に、私は魅入られているのです。この部屋の隅々まで、どんなわずかな埃でも、糸くずでも何でも、私は愛している。この中にいる自分というものを私は愛しているのです、ドロータ。レセダやヘリオトロープの花壇の間を走り回る小さな姪っ子を追い回すように、私は私自身を追い立てる——これは世界に対する正常な愛ではありません——これは恐るべき、裏返されたエゴイズムです。あの子にもエゴイズムはあるけれども、あの子はそれを裏返さない。あの子は心の奥底ですべてのものを憎悪している、私のことも憎悪している。空腹のあまり死にたいと言っていたあの子を育て上げたのはこの私です。七歳になるまで――ひょろひょろに痩せていた。そう――こんな首だった（親指と人差し指で輪を作る）。私はあの子の中の自分を愛しているし、もしかするとあの子があんなちっぽけなろくでなしだからこそ、なおさら愛おしいのかもしれないし――胸がはり裂けんばかりに、あの子が不憫でならない。これはもはや手に負えない、人間の力ではどうしようもない、さまざまな感情の矛盾。あの子も同じことを感じている――私にはわかります。感情の矛盾以上に悪いものがあるとすれば、それは感情の重さ――もし誰かが誰かに対して自分の感情によって重しとなって、のしかかれば、結局相手を押し潰してしまう。それが苦しみです――私の息子の。それもこれもすべて、私にはわかっているけれども、あの子の重荷を軽くする力は私にはない――それどころか逆に、わが意に反して、あの子の重荷がますます重くなるよう、全力を尽くしているのです。私が死んだら、あの子は生きてゆけないということも知っています。それとも私がそう思い込んでいるだけ？　もしかするとあの堕落した息子は何も感じていないのに、私だけがいたずらに苦しんでいるのかしら？　だとしても、それも誰にとっても何の意味もない。あの子の学問なんて全部はったり、ドロータの言うまっかかな「はりぼて」。そのことは誰も、あの子自身もおそらくわかっていない。あの子はほんのちょっぴり利口なだけのゼロ……それとも私にはあの子が理解できないだけ？　もしかするとあの子は大賢人なの？　ああ、神様！　最低の人生でさえ、何と美しくしつらえられていること、自らの栄誉を気にするあなたの苦心の、何といたるところに見えること！（泣く）

ドロータ　やれやれ——今日は奥様、とてつもない酔っ払い方だ。（玄関のベルが鳴り、ドロータが開けにゆく。レオン登場）

レオン　どうしたんです？　母さん、泣いているんですか？　また神経症の発作ですか？（母の隣に腰かけ、抱きかかえる）母さん、今日だけでも落ち着いた、普段通りの、神経過敏の症状も全然出ていない母さんでいて欲しかったのに。

母　（しゃくりあげているが、しだいに気を取り直す）わかった、わかったよ、レオン。すぐに落ち着くよ。わかっているだろうが、私は何もかもお前のために、何もかも……お前がいなかったら、一瞬だって私は生きていられない……もう私は力尽きたよ……

レオン　はいはい。しかし何でそうやってすぐにその途方もなく重たい献身ぶりでもって僕を押し潰そうとするのかな？　考えてもみて、もし母さんが僕の母親でなかったら、四六時中内職をしなくてよかったら、好きなことを一日中していていいと言われたら、どうする？　そうなってもまったく同じことを、しかも同じ熱心さでやっているんじゃないかな？　ただ、そんな編物を売るかわりに、ミサ服を縫うとか、恵まれない人々のためのストッキングを繕うとか、何だか知らないけれども、物が変わるだけではないのかな？　どう、違う？

母　違わない、違わないよ、レオン。でもどうして今日、私に落ち着いていてもらいたいと思ったの？　何か悪い知らせを覚悟しなけりゃならないかい？

レオン　多分そうじゃないと思う。いわゆる「俺の女」というのがみんな、僕の精神にとってはひどく気の散る要因として作用するというのは、母さんも知っているでしょう。そこで、妙な風にこんがらがってしまった今の恋愛五件をすべてご破算にして、まったく別の精神領域に属する女性と結婚することに決めたんだ。僕だって、功成り名を遂げずに終わった指物師にして歌手の息子、不肖レオン・ヴェンゴジェフスキだ。一種の——たとえそれが精神上のことであれ——身分違いの結婚くらいしたっていいでしょう。そもそも他の種類の身分違いの結婚など僕には無理だけれど。たとえどうにかこうにか——父方だけでなく母方の血統を見て、『ゴータ年鑑』に依拠すれば——それも可能だとしても……

母　レオン！

レオン　冗談だよ。果たして綴りにcの入ったオブロック一族が貴族名鑑に載っているかどうか知らないし、僕にはどうでもいいことだ……

母　載っているはずです。残念ながら、お前がまだ幼い頃に、あの立派な本も売り払ってしまったけど。祖先に対する崇敬……

レオン　（皮肉をこめ）そう、わが家ではとりわけ父が崇敬を集めているね。まあ、それもどうでもいい。とにかく母さんが無用の干渉をすることはないでしょう。真鍮と金との合金が真鍮とくっついても構わないでしょう。彼女は今そこの、左手のケーキ屋で待っているんです。いいでしょ、母さん?

母　（しばらく間《ま》があって）お前も趣味が悪いね。で……で、お金持かい?

レオン　（ためらいながら）まず第一、僕らはみんな悪趣味。母さんもね。いや、金持ちじゃない――実際問題、無一文。しつけもひどく悪くて、礼儀作法はなってないし、何かをやろうという気持ちがまるでない。僕の好みのタイプでもない。覚えている?――「自分の好みのタイプの女とは絶対結婚するもんじゃない――街で出会う同じタイプの女の子はみんな自分の女房よりよく見えるようになるぞ」という、死んだ伯父さんの言葉。でもゾシャは美人で――そうなってはいけないにも拘らず――すごく気に入っている。こういう組み合わせが一番大事らしい。

母　そして一番危険……

レオン　いやいや――今はその種の危険について話している訳ではないんです――もっと大きな危険はこれからでしょう。それに、彼女は生きることに対する完全な無気力という病に罹っている――あれほど原始的な人間にしては妙なことなんだけど。そういう色々な特性を僕は見事に組み合わせたと思っている――違う?　別の領域にゆけば、それで帳尻が合うはずだ。彼女は、僕の知的疲労には完璧な解毒剤なんだ。母さんは、僕が何もしていないと思っている？　僕は働き過ぎだ――自分の仕事の最終的な結論に僕は到達しつつある。僕の婚約者の一つの長所は、僕が何を言っても、何を読んでやっても、すべて理解できるということ。知り合ってまだ数日――彼女にはまだ僕の根本思想は開陳していないけれどね。

母　そう、それ。根本的なのは――私にはお前が理解できないということ――それはわかる。結局またもう一つ重荷が私の上にのしかかってくるのね。お前の目には見えないのかい、私が最後の力をふり絞って……

レオン　一年でいい。長くて二年。金銭に関しては僕にはある種異常なこだわりがあることは知っているでしょ、母さん。僕にできないことが一つあるとすれば、それは玉の輿に乗ること。そんなことをすれば、ほんの些細なことで妻と縁を切ることが可能になってしまう。

母　そうよ――そのこだわりも、私に対してだけはないわね。些細なことで私と縁を切るなんてことはありえないでしょ。

レオン　だって母さんは僕の母親でしょう？

母　時々本当にわからなくなるわ、自分が何者なのか。炊飯、内職、掃除に下着の繕い、でも……

レオン　ああ！　一度でいいから、この不愉快な会話から逃れたかったのに――一晩でいいから……腹を立てないようにするには天使になる他ない！

母　お前にとっては単なる不愉快な会話だろうが、私にとってはこれが全人生、その重荷に……

レオン　（母の言葉をかき消すように）ああ、もうたくさんだ、勘弁勘弁！　一晩だけでいい、平穏無事に!!　一年後、あるいは九ヶ月後にも、僕は自分が創設する予定の学校の教授になっているはずなんだ……

母　そんな簡単に、博士号も教授資格もなしで、そして何より、コネもなくて？　夜郎自大でなければいいけど。

レオン　母さんはまたそうやって僕のやる気をくじく。以前、数学の基礎のみならず、あらゆる知識を論理化する原理を発見した時もそうだった。今や何と同じことをX人の学者が書いて、僕の方法を応用しようとしているというのに。同じようなことが子供時代にもどれだけあったことか。

母　わかっています――すべて私が台無しにしてしまうというのでしょう。そうやってあらゆることに対してやる気をなくさせるのとひきかえに、私がお前にしてやっているのは辛うじて糊口を凌《しの》ぐことだけ。でもそれすらお前にとってどんな価値があることやら。

レオン　ひょっとして母さんは、僕が今すぐにでも娼婦のヒモかスパイにでもなった方がいいと思ってる？

母　お前は必要もないのにわざわざ不愉快なことを言うね。私はお前が眼を開けて現実を直視してもらいたいだけだということが、わからないのかい？　もし突然私がいなくなったら自分がどうなるか、一度でも考えたことがある？

レオン　考えたさ。そうなった場合に僕の自殺を止められる唯一の人間、それが他でもないゾシャなんだ。僕が母さんを本当に愛していること、母さんなしの人生というものがあり得ると思ったことなど一度もないということが、母さんにはどうしてもわかってもらえない。僕のさまざまな理論も……

母　お前のその理論はしばらく措いといて。お前は自分には感情があると思っているだろうけど——お前は感傷的なだけなんだよ。私が死ぬ可能性を口にすると、お前の脳裡には自分の自殺という考えしか浮かばないが、所詮それも決して実現しやしない。なぜならお前は臆病者だから。

レオン　だとしたら、それは僕をそういう人間に育て上げた母さんの責任でしょう。

母　お前は本当に病弱だった……おや、私はまた何を言いはじめたんだろう。そもそも私たちはなんでこんな話をしているんだい——情けないね。

レオン　そうそう、僕らは堂々めぐりをしているんです。もうこんな会話はやめにして、人生をありのままに受け入れる方がよくはないかな？

母　そうね——つまりはこの哀れな母親を、疲労困憊した家畜のように、死ぬ日まで、骨の髄までしゃぶりつくすということね。わかった、わかった——それがお前の言う論理化《ロギザツィヤ》だ。

論理化《ロギザツィヤ》――悲劇化《トラギザツィヤ》。お前は人類の未来に関する知識を論理化し、私は自分とお前に関する知識を悲劇化しているのです。

レオン　こんな話をした後に、一体何が残るのか？　唯一引き出せる結論は――僕が重要な仕事を棄て、まったく頭を使う必要のない仕事で稼がねばならないということ。

母　ああ、レオン、私は本当にこうして今お前と話している通りの私だと思っているのかい？

レオン　（母を抱きかかえ）わかってる、何もかもわかってる――僕だって母さんが思っているようなろくでなしじゃない。やがてすべてうまくゆくって！

母　私の望みはただ一つ、お前が自分について誤った幻想を抱かないようにということ。確かに私はお前の仕事の内容を理解していないかもしれないけれど、私はそれを信じていないんだよ。お前は生活というもの、人生というものがまるで理解できていない。お前の楯となり、生活からお前を護っているのはこの私です。そして心配なのは、お前の人生は実はこの私そのものであって、他の誰でも他の何物でもないという真実を知る瞬間までお前が生きていられるかどうか、ということ。

レオン　僕がわかっていないと本当に思ってるの？　わかっているから自殺という言葉を口にしたんだよ。

母　もしわかっていたら、自殺なんて私の前で言わないどころか、そもそもそんなことは考えもしなかったでしょうよ。

レオン　そう――そして、僕が臆病者だという恐るべき言葉を母さんの口から聞くこともなかっただろう――そもそもそれが真実だとしてね。

母　いいえ――お前だってどこか高い山の頂点をきわめようとするかもしれないし、決闘だってするかもしれない――ただそれは、あくまで私の不安を増そうとしてそうするのよ――でもそれは違う、それは本当の勇気じゃ……

レオン　わかってる。肉体労働者や郵便局員になる勇気が僕にはない――ということでしょ。これが僕らの会話だ――あけすけで、悲劇的ですらない会話。ゾシャを呼んだ方がよくないかな？

母　とても心配、私がその人を憎まざるを得なくなるんじゃないかと、それがひどく心配。

レオン　僕は別のことが心配だ――彼女と知り合ったら、母さんが僕のことを完全に認めなくなる、それどころか愛してくれなくなるんじゃないかということ。その怠惰で容赦ない性格を除けば、彼女は素晴らしい人間です。じゃあ連れてくるから。（部屋を出てゆく）

母　（独言）神様！　また同じことの繰り返し。あの子には二度とああいうことを言わないと、何度も自分の胸に誓ったのも――結局無駄だった。言わずには、言わずにはいられなかった……おお、この家畜の仮面舞踏会よろしき社会生活において、われわれのこの間抜けな似非《えせ》人間的外面《そとづら》を、みすぼらしい仮面を、フランス大革命この方、恐怖のあまりすっかり歪ませつづける、内面から強いられた数々の行為の凄まじき苦悩。やっぱり、あの子の言う通りね、あのならず者の。

（ドロータが入ってきて、テーブル上の食事の準備を始める）あれだけ身についていた私の社交的洗練はどこへ行ってしまったの、私の貴族もどきのお上品さはどこへ行ったの？　でも兎にも角にも、今は最後の戦いに集中しましょう、もう一度自分自身を取り戻して。（口調が変わり）ねえ、ドロータ、私の黒いモブキャップを持って来て下さいな。

（ドロータ、モブキャップを手渡す。母は上手の鏡に映る自分に向かって媚態《しな》を作る。ドアのベル音。母、ぐったりと腰かける。ドロータがドアを開けるとゾフィア、レオンが入ってくる）

レオン　母さん、こちらが僕の婚約者、ゾフィア・プレイトゥス嬢――僕らの家に内的不協和音なしに迎えることのできるただ一人の女性です。

（ドロータ、食卓を準備しつづける）

母　私の家に――ね。（立ち上がり）ようこそ、今晩は。（ゾフィア、母の掌に接吻しようとする）あら、その必要はありません。私たちの間柄は、無理せずとも自然と落ち着くところに落ち着くことでしょう。

レオン　僕の母は、時として、実際より自分を悪く見せかけるのが好きなんです。気にしないで下さい、ゾフィアさん。今日からあなたはあなたの父上と一緒にわが家で食事をすることになる。（母に向かって）彼女の父上も、父さん同様昔は指物師だったんです。

母　レオン、あなたのお父さんは歌手でした。（ゾフィアに向かって）あなたもこれからご家族一同と私たちの家で食事をなさるんですから、初めからしっかり真実を知っておいた方がいいわ。

レオン　しかしのっけから何やらイプセン流のお芝居、つまり職業的専門とその熟練未熟練をめぐる悲劇なんか始めるのはよしにしましょう。どうしてもというのなら、むしろストリンドベリ流の、冷めたスープと肉汁がなくなるまで煮込んでしまった肉の悲劇の方がましだ。[6]

母　そんな風に何だってお前は物事の価値を低めてしまう。私に対すると同じようにイプセンやストリンドベリに対しようとする。アウグスト・ストリンドベリの『幽霊ソナタ』ほど天才的なものがどこにありますか？　でもそんなことはどうでもいいわ。さて、ゾシャー—あなたをこう呼んでもいいわね？

ゾフィア　（おずおずと）レオンさんともまだお互いにさん付けの間柄ですが。婚約したのも三〇分前です。

レオン　（淫らな感じで）おやすい御用だ——僕らには永遠に等しいほどの時間がある。たった今からお互いにキミ、アンタでいこう……[7]

母　悪趣味な喋り方はおよしなさい。問題は形式ではありません。（ゾフィアに向かって）あなた方は愛し合っていますか？（沈黙。ドロータ、そっと部屋を出る）愛し合っていない？——では私に対する関係と同じです。彼は私を愛していない——この人は誰も愛していない。ただ、自分の思想に愛着があるということだけは言うけれども、それすら確かではありません。

ゾフィア　ではお母様は彼を愛してらっしゃる？

（重々しい沈黙）

母　（押し殺した声で）わからないわ。ただわかるのは、もしこの子が死んだら、私はとても……

レオン　何だってそんな壮大な言葉、壮大な問題が必要なんだ？　汚水を入れたバケツの中の嵐だ[8]。

母　下品ね。ご婦人の前で、恥ずかしくないのかい？

レオン　ああ――もう飽き飽きだ。僕らが愛し合っているかどうかよりも百倍大事なことが世の中にはあるというのに。一見重要そうに見えるそんなプチ・ブル的プチ・プロブレムなんか解決せずとも、人生を創造することはできるんだ……

（全員食卓に着く）

母　でも経済的には……

レオン　母さん、純粋に精神的な領域にのみ留まることは僕らにはできないんですか？

母　ええ、それは無理です――すべてのことは絡み合って一つの全体をなしています。冷たいスープに部屋の掃除――今は女中がいるけれども、私の眼は……

レオン　（立ち上がって）やれやれ！　頭がおかしくなりそうだ！

母　「なりそうだ」――実にお前らしい言いぐさだこと。

ゾフィア　（立ち上がってレオンの頭に手をおき）落ち着いて、レオン。

（レオンはへなへなとして腰を下ろす。ゾフィアも腰を下ろす）

レオン　そう――互いに相手の存在なしでは生きてゆけないくせに、愛し合っているかどうかわからない、そんな事態にまで僕らは立ち到っている。まさに最悪だ。僕もみんなに対してはっきり言おう――母は僕がヴァンパイアだと言う――今またもう一人ヴァンパイアが増えた――ゾシャだ。そして三人目――彼女のお父さん。僕というものが存在するために必要なヴァンパイアなら、いくらでも増やしてもらいたい、なぜならあなた方の存在を正当化してあげているのはこの僕なんだから。

ゾフィア　こうなると私にも理解できない。怒らないで、レオン。

母　恐ろしいことを言っているのよ。

レオン　滅相もない。僕ひとり天才的なことを思いついたんだ。知らないね？　僕はなろうと思えば三つの分野で藝術家になれた。音楽、美術、文学だ。この三つの分野で普通の写実主義的職人にもなれた――永遠に人間の手の届くことない自然を模写する、ご苦労極まりない写実画家に、ヒステリー女たちのために絶えず新たな感情的戦慄を探求しつづける流行りの音楽家に、何でもかんでもおよそ文章にできないことはないという文学者先生に、なろうと思えばなれたし、そうすることで金も手にできた。一方で、これらの分野で本物の藝術家にも、つまり、デフォルメをも恐れずに新しいフォルムの理念を創造することのできる者にも、なろうと思えばなれた。世に認められたかもしれないし、認められなかったかもしれないが、それはまた別の問題だ。同時に僕は、藝術一般の没落をあてこんで稼ぐペテン師にも、他人の皿の食べ残しを漁って舐めつくすジャッカルにもなれたし、そうなったらもちろん金は儲かっただろう――しかし、そうはなりたくなかった。僕の志はそうしたすべてのことより遥かに高いところにあるからだ。

母　お前はいつだってディレッタントだった。ディレッタントに本物の志は持てないよ。

レオン　それが違う。〔しだいに演説口調になる〕今日、ディレッタントであるということは、時として――あくまで「時として」だ――目隠しを着けられて馬車馬のように働くスペシャリストであること以上の意味がある。今日では学問だけではなく、藝術においても、スペシャリストというものが存在する――ところがレオナルド・ダ・ヴィンチほどの器の天才はおらず、存在し得ない。その最大の原因はこれら専門領域の数の増大であり、全体を捉えることの不可能性にある。しかしそれ以外にも、そもそも個人の力自体が現実に――単に現代社会の発展のせいでそう見えるのではなく――衰弱してしまっているのだ。そこで皆さん、一体いかなる分野においてまだ良きディレッタントでいられるか、おわかりだろうか？――それは歴史と、歴史から未来のために引き出し得る結論においてなのです。私は私自身の目に自分がよく映るように、人工的に自らの地位を高めるために、そんな主張をしているのではないかと皆さんおっしゃりたい？　その通りです。私の人生は他のあらゆる人生と同じく、一個にして唯一のものであり、私はそれを他人としてではなく、また集団としてでもなく、私として経験しつつあるのです……

ゾフィア　ナンセンスよ、レオン――ほとんど同語反復。

レオン　待ってくれ、そんな気がするだけかもしれないじゃないか。論理学の基礎だって、素人が聞けば、A＝《イコール》Aだなんだと、くどくど反復しているだけのような、何やら馬鹿げたものに思えるだろう。僕は一番抵抗の少ないラインをだらだらと無気力に転がり落ちることをよしとしない――僕は僕の人生を、僕が果たすべき天命によって示された最高の水準で生き抜こうと努力している。僕がしているのと同じことをするために、最終的には誰かが犠牲にならねばならない――ちょうどキリストを売り渡すためにユダが犠牲となったように――もしああしなかったら、〔人類の〕救済そのものがなかったのだ。

ゾフィア　で、あなたの構想は、レオン？　一度詳しく説明してくれない？

母　私はもう何千回と聞いているけれど、さっぱりわかりません。ゾシャ、聞いてあげて。私は夕飯の支度をしますから。（部屋を出てゆく）

レオン　君たちには内緒にしていたけれど、今日僕は、生まれて初めて講演をした。でも、質疑応答の前に逃げ出した。今日は僕の出発点だった。もしうまくゆかなければ、何年も、何年もの間ノックアウトされたも同然で、またしてもいわゆる母親の脛かじりの生活が待ち受けているんだ。

ゾフィア　母親のことはもういいじゃない。あなたが一番翳っているのは自分自身。良心の呵責でもってね。

レオン　（喋りながらしだいに熱を帯びてくる）その通り。僕の構想は針金のようにまっすぐで単純だ。人類が退化の一途をたどっているのは事実だ。藝術も堕落してしまった以上、せめてその末期《まつご》は安らかにとは思うが、人はもはや藝術なしでも充分生きてゆけるようになっているし、哲学は自分のはらわたを喰らいながら、これもまた自殺によって最期を遂げるだろう。社会によって殺された個人の終焉とは、もはや陳腐な言い回しだ。一見すると絶対的に逆行不可能なこの社会化のプロセスをどう逆行させるのか？　あらゆる偉大なるもの、すなわち《無限》や《存在の神秘》と関わりのあるあらゆるものを呑みこんで滅ぼすこのプロセスを？

ゾフィア　後戻りはできないわ。

レオン　それができるんだ！　だがそれは、かのおぞましき知的インポテンツ患者ニーチェの与太話のように――超人とやらを蘇らせることによってでもなければ、あらゆる善良な人間があらゆる事柄にいそしむ時間が持てるという、社会全体の幸福という夢物語によってでもない。確かに時間は持てるようになるかもしれないが、その時点ですでに人間は変質しているということを、機械化された家畜のようになっているのだということを、無邪気なわが夢想家連中は理解しないのだ。それはまた、新たな神話をどんどん生産して宗教を人工的に再建することによってもできない。そんなことはわれわれの時代が生んだ究極の歴史的乳児たち[9]の語るでたらめにすぎない。どれもこれも、われわれが滅亡の途上にあるという事実の恐ろしさに対して自ら眼を蔽うための手段にすぎない。情けない話だ。この知性という厄介極まるものがわれわれにすでに与えられてしまっている以上——シュペングラーによれば知性こそが没落の徴候なのだが——それはただ単にわれわれの没落を自覚するためだけにあるのではなく、何か別の目的に役立つように与えられていると考えるべきなのだ。同じこの知性が何か創造的なものとなって、最終的な破局の回避を可能にするかもしれないのだ。

ゾフィア　裏書のない手形ね。どうやってそれを実現するか、自分でもわかっていないでしょ。

レオン　どのように始めるべきかはわかっている。まずは自分の翼の陰に頭を隠したりしないことだ。真実を直視し、まさに今日軽蔑されている知性をもってして、あらゆることの平均化、機械化、社会的成熟という名のおぞましき泥沼といったかたちでわれわれに降りかかる歴史的現実に抵抗しなければならない。知性が頽廃の徴候だと判明したからといって、ベルクソン流の反知性主義者、人工的白痴、大法螺吹きになればそれで済むのか？　いや、違う。さかさまだ。すべてのことについて極限まで明晰な認識を、自らにも他者にも持たせるべきなのだ。自由で、自然な社会発展にこそ没落の危険があるということを一般大衆に認識させる——これは途方もなく困難な課題だ。この知識を広める特別な機関を設立し、その普及大衆化のために、低次から高次まで多様な教育的ステップを設定する必要がある。作戦は集団的で、思い切って大規模なものでなければならない。そしてもしも十億の人間が没落に対して意識的に抵抗するならば、没落は起こらないだろう。集団的没落というものは——蟻の社会ならいざ知らず——人間界ではあり得ないのだと、すべての階級、すべての社会の意識をそう水路づけることだ。

ゾフィア　その考えが現実ともちうる接点というのが私にはまったく見えないけど。

レオン　待て。僕らを窒息させようとしているのは社会本能だ——だからその本能が自分の首を絞めるよう仕向ければいい——そのためにこそ、われわれには集団的組織というものがあるのだ。個人にとって有害なものに抵抗し、社会から抹殺すればいい。国家社会主義のユートピア思想によって、あるいはサンディカリスムや協同組合の恐るべき現実によって大衆を腑抜けにしてしまうかわりに、社会がこれ以上発展すると危険だということをその成員一人一人に認識させるため、すでに成熟した社会組織をこそ利用するのだ。もしすべての者が僕と同じように考えるようになれば、もはや社会が個性を抑圧することはできない。それを実現するためにこそ教育機関があり、社会的規律があるのだ。それが実現した暁には、人類のそうした集団的状態に、新しい未知の地平が開けてくるかもしれないのだ。いずれにせよ、みすぼらしいわが理想主義的腰抜け連中言うところの社会全体の幸福というような発想に新しい可能性はない。あるのは機械化された平均的状態という闇だけだ。そう——個人というものは終わった。もしかすると、高邁な全人類的理想の仮面に隠れた集団的貧困の奈落に落ち込むのではなしに、前に進むこと、本当に前進するための転回を開始することのできる唯一無二の人間というのは、この僕なのかもしれない。それは大規模な、集団的意識改革行為でなければならない。それによって醸成される、個人が互いに反社会的に反撥しあう状態が、社会的粘着力を凌駕するようになればいいのだ。そしてどうなるか、仕上げはご覧《ろう》じろだ。

ゾフィア　ああ——もしそんな状態を目の当たりにできたら！　もし本当にその構想が実践できたとしたら、本当に偉大なことだわ。

レオン　わかるだろう、この場合一人の人間とかグループなんかじゃ不充分だ。全人類がそう意識改革されてこそ、新種の個人が誕生し得る社会的雰囲気が形成されるんだ。それは世界の誕生以来かつてなかった、新しい雰囲気だ。それはいわゆる「インテリ」たちの従来型の中途半端に民主的な組織じゃない——中途半端な民主主義は欺瞞の権化だ——それは真実の直視を許さない。僕が言うような、新しい集団的状態を形成しうるのは、あくまでさっき言った大量の意識改革でしかない。

ゾフィア　それが成功したら？　どうなる？

レオン　失うものは何もない。フィクションかもしれないが、まだ試してみるに値する唯一のフィクションだ。いずれにしても僕らの行く手には、最終的な機械化と人類総痴呆化に向かって盲目の社会勢力に引っぱられてゆくその先には、僕らが向かってゆくこの先には、何もない。大変な仕事が待ち受けている――予測不能の新しいさまざまな可能性の基盤を、無から叩き上げなければならないのだから。考え得る限りもっとも困難な変革だ。しかしそのためにはまず第一ステップとして、社会主義の脱唯物論化ということが起こらなければならない――一見実現不能のようには思えるけれども、必要不可欠だ。社会を破壊するのでもなく、ニーチェ流のピエロを生み出すのでもなく、ただ社会の力を使って、新しい人類の誕生を個人的にではなく社会的に可能にするのだ。それ以外に、再生のための他のあらゆる物理的手段もさらに強化されることは構わない。しかしわれわれがめざすのは、そのオートメーション能力において昆虫の百倍も悲劇的な、健全なるロボットの生産だ――なぜならかつてわれわれはそれをすべて所有していたにも拘らず失ってしまったからだ。

（力尽きて椅子にへたりこむ）

ゾフィア　そうね――わかるわ。あなたの話を聞いていた私もひどく疲れた。疑いもなく偉大な構想よ。でも一つだけ訊くけど、あなたはそれを人類に対する愛情からするの？

レオン　いや――僕は人類を憎悪している。自分が人間だということが恥ずかしい。でも現代においては、特定の個人の思想と彼の倫理的価値とが乖離してしまっている。今日では、預言者がろくでなしだったということもあり得る――残念だが、事実だ。僕は今日の人間を憎悪する。でも、人類に対するその明白な憎悪にも拘らず、僕は今のところまだろくでなしにはなっていない。しかしわかってもらいたいのは、それでも、果たして自分はエジプトのファラオになりたいかと言われれば、多分そうじゃないということ。僕にとってのファラオは——社会発展の悲劇的な恐ろしさという観点からすれば——そのごく小規模な遺物であるところのパプア人の酋長と同じく、あるいは今日のヴィルヘルム二世[11]やらルーデンドルフ[12]やらのニーチェ的輩《やから》と同じく、単なるピエロにすぎない。同様に僕がおぞましく思うのは、この国の中途半端で欺瞞に満ちた民主主義であり、共産主義やサンディカリスムの根底にある、人間の計画的な家畜化だ。しかしこれらの勢力の末路は目に見えている——それが見えないのは阿呆だけだ——それに対して、僕が言っていることは新しい地平の可能性を含むだけに予見不可能であり、だからこそ実行に値するのだ。《存在の神秘》は測り知れないものであって、いかなる観念体系にもそれを余すところなく収めることはできないということに拠って立っているのが僕の信仰だ。

ゾフィア　じゃあ、その全体の中にあって、あなた自身は何なの?

レオン　全宇宙的な出来事の波が起こる起点にはなり得ると思っている。それで充分さ。それに、もしかすると僕は一人じゃないかもしれない。同じように考える人間が大勢いるかもしれない。しかしこれを大々的に始めることは、そして何よりこういうことをはっきりと語り、表明するには不都合が多い——そう思う人間は自分に嘘をつく方を選ぶだろう。

ゾフィア　でもそのためには、これまで打ち上げられてきたあらゆる理想に対する恐ろしいほどの冷酷さが必要だし、そのためには全員があなたと同じくらい賢く、というより向こう見ずでなければならない――実際問題、そういう組織された向こう見ず集団でなければ。

レオン　その通り――どうやら理解してくれているようだね。アジプロの手伝いをしてくれるかな――こういう冒険には女性はとても役に立つかもしれない。

ゾフィア　目の前に何か新しい内面空間が開けたようだわ。やっぱり私はあなたに恋しているみたい。今話を聞いていてとても素敵だと思った。でもこれも睡眠薬かもしれない。それのおかげであなたはなり損なった藝術家としての人生を、私は私で、出来損ないの三流高級娼婦としての人生を経験できる睡眠薬。一流のヘテラ[13]になれる才能が自分にあるかどうか、自分にもわからないの。

レオン　うん？　わかりきったことじゃないか。

ゾフィア　もしも昨日あなたが私を見つけてくれなかったら、私は今日にも適当な男に自分を売っていたかもしれない。私には普通に働くことなんて無理だし、その気もないわ。これは労働ではなくて、一種の藝術的即興。

レオン　ヴァンパイアさ！　一時《いっとき》ここの居候でいればいい。おふくろが内職で何とかしてくれる――ひどい話ではあるが……。僕には他のことをやっている暇はないんだ。僕が考え出したことは、膨大な準備作業を、孤独を、一見怠惰な生活に見せかける大変な努力を、思考を――このことを徹底してつきつめ、考えることを必要としてきた。そしてようやく爆発する準備が整った。僕は今、高度な爆発性能がありながら野原にじっと横たわっている砲弾のようなものだ。ただ今のところ大砲がなくて、誰も僕を発射してくれない。自分ではできないし――人手が要る。

ゾフィア　私もあなたと一緒に発射されたい。

レオン　まあ実は、君は母の仕事を手伝ってくれるんじゃないかと思ったんだけど。

ゾフィア　あり得ないわ――私にそれをさせるのは無理。そうなったら、あなたを捨てて一人であなたの計画を実現するために街娼として働いてもいい。

レオン　わかった、わかった――何とかなるだろう。

（母とドロータ、入ってきて料理を食卓に並べる）

母　どう、ゾシャ？　現実的基礎のまったくないフィクションでしょう？　違う？　レオンも何か仕事に就いてくれればねえ。その気になれば、二人とも定職に就けるでしょう。

レオン　（ゾフィアに向かって）ほらね。

ゾフィア　いいえ、お母さん――こう呼んでもいいですか？

母　もちろんよ、ゾシャ。私は物質的な母なの。精神的にはレオンは父親に瓜二つ。ただ今のところまだ重罪犯にはなってないけれどね。

ゾフィアとレオン　何ですって！／何だって！

母　なるほど——この秘密の暴露はあなた方にとっても多少は衝撃ね。

レオン　はっきり言って、母さん。

母　お前の父親はブラジルのパラナ州で絞首台の露と消えたのよ。私はそこから逃げてきて、ここでお前を育て上げた——不幸なことにね。男はこれまでに三人いたわね。

レオン　素晴らしい！　そして母さんは、そのことを最後の切り札として僕の婚約の日まで隠していた！　何のために？　これは凄い！　ゾシャはどう思う？　ひょっとして破談にしたい？

ゾフィア　いい？　はっきり言うわ——あなたの思想的告白より前にこのことを知っていたら、確かに破談にしたかもしれない。でも今は——しない。（母に向かって）お母さん、私はレオンを愛しているようなの。でも彼のために働く気はありません——彼とともに働きたいんです。私はヴァンパイアになります。生まれて初めて自分を取り戻します。

母　そう——かわいそうにね。もうレオンにやられたね。私はあなたに何の恨みもありません。そのうち変わるかもしれないけれど。とにかく食事にしましょう。

ゾフィア　ああ——やっぱりこれじゃない——私が思ったのは……

レオン　さ、もう黙って。夕飯にありつくとしよう。あれだけごたごたした後で喉を通ればいいけど。でももう一つ、二人ともわかっていないのかもしれないと今になってふと思ったけど——僕にはまったく疑う余地もないのは、ゾシャ、君が恐るべき女だということだ……

……

母　レオン！　不幸にも狂ってしまった人なのよ……

レオン　聞いてもらいたい。二人には理解できないのだろうか、あらゆる存在に、より高次の意味を賦与しているのはこの僕だということが？——僕だけだということが。母さんには永遠にそれがわからないでしょう。もし僕がいなかったら、二人とも、小市民的で中味のない生活、果てしなく卑小で薄っぺらいという点においてのみ悲劇的な生活のごくありふれた産物にすぎなくなってしまう。それを僕が高い別次元の光でもって照らしてあげている。編み物の内職で疲れた母の手と病んだ眼と冷めたスープの悲劇に、活力ある背景を与えているんだ。この生活に重要な意味を賦与しているのはこの僕なんだ。ああ！　それが母さんには絶対わかってもらえない！　もしかりに僕の思想が茶番だとしても、僕はヴァンパイアとして偉大だ——だが彼女たちはどうか？　確かにゾシャも、脇腹にかじりついたちびっ子ヴァンパイアとして偉大になれるかもしれない。しかし僕がいなければ、この家は、身分違いの結婚の果てに生まれた、重罪犯の息子と男爵令嬢の家庭、何十万と世にある零落した家族の一つに過ぎなくなるんだ（ゾフィアに向かって）——言っておくけど、母さんは普通のオブロクつまり馬の濃厚飼料ではなく、綴りにcの入った方のフォン・オブロック家の出身なんだ——すでに十一世紀にはライン河畔にその一族ありと知られた名家の出なんだ。ハッ、ハッ！　僕もまた少々スノッブだ。と同時にパパが絞首台に吊るされたことも喜ぶ僕は、次元の高いスノッブだ。もちろん僕は今はわざと最悪の表現をしているんだけれど。

ゾフィア　（はにかみながら、満足げに）知らなかった……凄いことだわ……（何を言えばいいのかわからない）

レオン　母さん、見てごらん。ゾシャも喜んでいる。男爵家出身の姑ができて、僕も半分だけだけど生まれがいいことがわかって。

（ドアのベルが鳴る。しばし沈黙。ドロータが見に行き、すぐに戻る）

ドロータ　どなたか男性がお見えになって若旦那様にお話があると。

レオン　夕食にお招きして。ドロータ、お酒の準備を。

（ドロータ、出てゆく）

母　レオン！

レオン　問題ない——全員の分あるさ。端的に言って、僕には母親の脛をかじる義務がある、そんな気がしている——母はそういう者として、すなわち僕に脛をかじられた者として歴史に名を残すだろう。（劇場支配人チェレンチェーヴィチが入ってくる）ああ——支配人さんでしたか。ディレクターのチェレンチェーヴィチさんです。今日の講演会場として僕にホールを提供して下さった「イリュージョン」劇場の支配人さん。そうだ母さん、追加的に資金が要るのだった——客席は半分埋まるか埋まらないかだったので。今日、人生初の講演会をやったということは誰にも言ってなかった。母に、婚約者のプレイトゥス嬢。

チェレンチェーヴィチ　（女性たちと握手しながら）いや、ヴェンゴジェフスキさん、もっとまずい事態ですぞ。講演の後、ディスカッションがあったが、あなたは逃げ出した。大変な騒ぎだ。

レオン　むしろ宣伝になってよかったでしょう。

チェレンチェーヴィチ　いやいや、あなたはもう「アウト」だ。警察があなたを逮捕しようとしている。座席の半分は壊され、あちこち照明が割られ、壊滅状態だ。こうなると高くつく、いいですか――高くつきますよ。

母　（皮肉たっぷりに）ようございますよ、支配人さん。私が内職して支払いますので。そうだわ――ちょうどとても素敵な丸首のセーターが仕上がるところです。どうぞお掛けになって。レオンが自分の分を喜んで分けて差し上げますから。私は食べなくても一向に構わないし、私、本当は夜は食べてはいけないんです。

チェレンチェーヴィチ　これはどうも――しかしすぐお暇しますので。（レオンに向かって）私はあなたの御説にも多少の道理はあると感じてはいるものの、正確に理解している訳ではない。ところが会場には誰一人としてあなたを理解した者はいなかった。この町最高のインテリのお歴々が――彼らは招待券を持っていた。私が無理やり彼らを揃えたのです――誰一人何一つ理解できない。人々はあなたのことを完全ないかさま師ではないかと疑っている。

私自身もわからない、何とも……ともかくあなたに対する怒りは大変なものだ。あなたは従来のあらゆる理想をぶち壊そうとしている、それは腐りきったペシミズムであり、思考のアナーキーそのものだと彼らは言っている——それどころか、堕落したブルジョワのニヒリズムだと。共産主義よりまだ悪いと言う者もいる。もはや私自身も訳がわからない。

レオン　ということは、具体的な議論はなかったのですね?

チェレンチェーヴィチ　あったのは本物の具体的な乱闘です。あなたの信奉者は二人ばかりいたか——いかにも悪そうな——本当に——最悪という言葉でも足りない、極悪非道のタイプだった。その彼らがこてんぱんにやっつけられた。あなたは講演が終わるとすぐに逃げ出してよかった。きっとあなたもやられていたに違いない。

母　そうです——レオンは神経が細いので、そういう危険な目に遭わない方が……

レオン　母さんは黙っていて……つまり誰も彼も白痴か?　この町のインテリゲンツィヤの高名なるムガール人[14]たちも?　どんな思想でもそれが理解できればそれに反対することもできるし、具体的に糾弾することもできる。ところがお歴々にはそれすらできない。

チェレンチェーヴィチ　申し訳ないけれども、私もあなたのことを理解しているとはとても言えない……

レオン　つまり講演の前は、理解しているふりをなさっていた?　そうですか?

チェレンチェーヴィチ　ご立腹のようだし、これ以上あなたとはお話ししたくない。これが請求

書です。どうぞ。二千ターラー。では失敬。（会釈しながら出てゆく。沈黙）

母　仕方ないわ――喜びましょう。どんな偉大な預言者も、初めは認められなかった。最初の成功を祝って乾杯しましょう。認められなければ認められないほど偉大なのよ。ゾシャちゃん、一緒にお酒飲みましょ。

レオン　何だって？　母さんがお酒を？

母　二年前からね、坊や。これなしでやっていけるとでも思ったの？　私は完全なアル中よ。

レオン　はあ――新たな打撃だ。でも持ちこたえないと。向こう二年ばかりは僕は死んだも同然だが、引き下がる気はない。

母　私も――最後まで持ちこたえるから。でももし私が早く、お前が大事業を成し遂げる前に死んだら？

レオン　母さん、今日ぐらいは静かに食事をしよう。（コップにウォッカを注ぎ、一気に呷る）

母　レオン！

レオン　僕だって飲みはじめるさ。その気さえあれば、これを材料に恐ろしい悲劇が書ける。ゾシャ、君も飲みたまえ――婚約の宴は賑やかでなくちゃ。

（女性たちは小ぶりのグラスで飲む。レオンはコップで二杯目を呷る）

ゾフィア　一つだけどうしても解《げ》せないのは、彼があれだけ人類そのものを、人を憎みながら、そして周囲の人間に対してあれほど残酷でありながら――もっともそれは私にも理解できるけれど――そんな大事業を成し遂げたいと考えること。一体彼の心理はどんなメカニズムになっているの？

レオン　（酔っ払って。皮肉に）君はね、偉大な人間というもの自体が理解できないんだよ。でもそれはそのうちわかるって。僕は引き下がらないよ。

母　言うのは簡単。ゾシャ、さあどうぞ、スパゲッティを取って。遠慮しないで。こんなことばかりしているうちに、私はすっかりがさつ者になってしまった。

ゾフィア　ああ、そう言えば、すっかり忘れていた。レオンもだけど――私の父が角のケーキ屋で待っているんだった。行って連れてくる。

レオン　もちろんだ。僕は無理だ。すっかり酔っ払った。チェレンチェーヴィチも一緒に食事する予定だったんだから、席は一人分空いている訳だ。ゾシャ、行ってお父さんにお詫びして、こんなに待たせてすみませんと。（ゾフィア出てゆく）母さん、わかってるでしょ、僕がそんなに恩知らずじゃないことは――もし母さんがいなかったら、僕だって何も成し遂げられなかったんだ。

母　そうね――ずいぶんたくさん成し遂げたこと。二千ターラーの請求書だよ。

レオン　母さん、我慢するのにどれだけ大変な胆力が要ることか、母さんの目には見えないの？

母　もうそういう話はやめましょ。食べた方がいいわ――飲みすぎですよ。

レオン　（母を抱きかかえようとする）母さん、わかってるでしょう、僕が母さんのことを本当に……母さんなしには僕は……

母　（レオンの手から逃れつつ）はい、はい——母さんなしにはね。私の服につかまらないと落ちますよ。救いようがないわね。

レオン　母さん、僕の口から言いにくいけど……僕の願いは……僕の願いは——愛し合うことだよ……（母を抱く）

母　ヴァンパイア！　ヴァンパイア！　離れて！　二度ともう近寄らないで！　挨拶も距離をおいてしなさい。お前の新しい犠牲者、ゾシャもかわいそうに。

（ゾフィア、老いぼれた父を連れて入ってくる。母、静かになる。レオン、麻痺したように立ったまま）

レオン　（意識朦朧と、凝固した状態で）最悪なのは、何が真実で、何が嘘なのか、卑劣な嘘なのか、さっぱりわからないことだ。この世でただ一つ確かなもの、それは苦痛だ……（不動のまま立ちつづける）

母　どうぞようこそ。息子の未来のお嫁さんのお父上にお目にかかれ、嬉しいですわ。大した夕食じゃありませんが、どうぞ席にお着きになって。食事の前にウォッカでもいかが？この人のことは気になさらずに。婚約をしたせいで、飲み過ぎたようですの。

ゾフィア　ハッ！　ハッ！　ハッ！　ハッ！

第二幕

かなり豪華な住宅のサロン。正面と上手にドア。夜。室内照明が灯っている。第一幕同様、色彩は白黒。進行中に指示がある場合を除いて、衣裳や顔の色も第一幕と同じ。これまでと同じ服の母、サロンの中央で、質素な台所用スツールに腰かけ、薄茶色の編み物を一心不乱にしている。その脇のテーブルには大きなソーダ・サイフォンとウォッカの壜が立っている。母はそれらを使ってひっきりなしに「ウィスキー&ソーダ」を作っては飲んでいる。上手に隠れた食堂と思われる隣室からは、食器戸棚の中の食器を並べる音が聞こえてくる。しばらく沈黙。

母　ドロータ！　ドロータ！

(白と黒の服装だが、第一幕に比べて遥かにエレガントないでたちでドロータ登場)

ドロータ　奥様、お呼びですか。

母　ああ、ドロータ、あんたの台所は居心地よかった。わが家に帰ったようだった。ところがこっちに来ると、わざわざこんなスツールに腰かけているのに、何もかもよそよそしくて、この世のものじゃないみたいに殺伐として感じるのよ。

ドロータ　奥様のお気のせいです。何もかも新しくて、綺麗で、ちっとも殺伐としていませんよ。若旦那様、今は本当にお優しくて……

母　あんたの台所にいてはいけないと言うけど、ここは厭、ひどく気分が悪い、何やらぞっとするような、夢魔に首を絞められているような感じがして。こう、何かぬるぬるして、手も足もないものにのしかかられているような。それが手足のない人間の胴体なのか、動物か何かなのか、わからない。自分自身もものすごく大きい、こんなタワーになったような感じ。そんな大きな図体をかかえて別の部屋をあちこち歩き回りながら、もう一人の別の小さな鼠のような私がその同じ部屋を走り回っているのを見下ろしているのよ！　そして「パチン！」——鼠は罠につかまり、私も目が醒める。[15] そんなことが一日に何回かあるの。

ドロータ　寝ている間じゃないんですか？

母　違うの。私は編み物をしているし、すべては普通にあるがままなのに、そういうことが同時に別世界で起きるのよ。でもその別世界はやっぱりここにある。ひょっとしてこれがあの哲学者、若旦那がいつでも読んでいるフフィステク[16]の《現実の多数性》かしら。でもフフィステクと違って若旦那が夢見ているのは、循環現象を回避するために社会変容を論理化すること。

ドロータ　私にはわかりません。

母　ドロータは、この私にはわかると思ってるの？　ちんぷんかんぷんよ。あの子は出張ばっかり。若旦那がなったビジネス・エージェントは――ただのセールスマンじゃない、もっと上の職。何で笑うの、ドロータ？　ドロータは信じていないの？

ドロータ　笑ってなんかいませんてば。それはさっきの鼠と同じで、錯覚です。そんなにお飲みになってはいけませんて。

（母は「ウィスキー＆ソーダ」を作って飲み、ドロータにもすすめる）

いいや、私は生《き》で飲む方がいいです。（グラスに注ぎ、呷る）おっと――これぐらい、ちょっとだけが一番いい。

母　飲まないと何も見えない――何を見ようとしても、動く光の暈《かさ》が追いかけてきて見えなくする。今日の夕方にはもう何も見えなくなっていた。

ドロータ　奥様、どうして編み物をおやめにならないんです？　今では若旦那様がたくさん稼いでくるし、若奥様だってあの夜間看護のお仕事でずいぶんお貰いになってるじゃありませんか。

母　週に三千ターラーね。若旦那の場合は、ビジネスがうまくゆくかどうかによって、まちまちだけど。ああ――こうしてちょっと飲むと見えてくるのよ。お酒がなかったらきっと失明ね。それにしてもドロータは時々子供たちの仕事について妙な言い方をするわね。何かドロータの気に入らないことでもあった――どうお？

ドロータ　いいええ――そんなことはちっとも思いませんでした。そもそも気に入らないいなんて大層なことが言えるはずじゃありませんて。どんな仕事でも仕事です――稼ぎさえあれば。でも奥様、どうしてそんなに内職ばっかりしてご自分を痛めつけられるのか、お答え承っていませんよ。若夫婦のお二人が定職に就かれたんですから、奥様はお休みになれるのに。そのままじゃ本当にすっかり目が見えなくなりますよ。

母　ああ――もういいから、ドロータ。またあの輪っかが眼の前をふらふら飛びはじめた。何も見えないわ。飲まなきゃ。（飲む）内職は何とはなしにしているんです――子供たちの収入に比べればどうってことはないけれども、それでもちょっとした足しにはなる。内職はやめろと、若旦那もいよいよやかましいから、今じゃ隠れてやっているも同然、ただ自分の趣味でと言って。そもそも他に何をしたらいいの？　何もかもよそよそしくて殺伐とした中で――もし何もしちゃいけないとなったら、私は発狂しますよ。私には休息が最悪の苦痛。特に夜が一番こわい。あんなデラックスなベッドに一人で寝ていると――昔私がまだ男爵令嬢だった時のような、小さな女の子に戻ったような気になる――ドロータは知ってるはずよ、私がとてもいい家の……

ドロータ　（我慢しがたいようすで）ええ、ええ――もうずいぶん昔から奥様から伺っています。でも若旦那様は、自分に対しては「旦那様」と言うなとおっしゃるし――若奥様もそうです。

母　仕方ないわね――若旦那の父親は指物師で歌手だったけれども、大きな犯罪で絞首刑になりました。でもあの三年間、本当にたくさん幸せな思いをさせてもらいました。あの時代があっただけでも、その後の人生を生きてきて悔いはない――それはそれは辛い、辛い、拷問で死ぬより悪い人生だけど。ドロータ、私はもう発狂します。ドロータにだけ内緒で話したいことがあるの――でも頭の中で何かが破裂しそうで、それを口にするのも恐ろしい――私はずーっと、発狂しないよう、怯えているの。モルヒネなしでは眠れません。そして日増しにたくさん飲まずにいられれず、体は全身注射の穴だらけ。

ドローータ　ああ――もうおよし下さい、奥様。私まで気持ちが悪くなってきました。断ち切ってわれに返り、飲むのをやめるか、それともお酒の量を減らして、あの毒薬をやめるかしなければ。

母　それもこれも若旦那自身が買ってきてくれるんだからね。私が早くくたばった方がいいと思ってのことか、違う生き方は私にできないと見て、親切でしてくれるんだか、わからない。（泣く）

ドローータ　私はもう失礼します――こんな風にお話しをつづけることはできません。奥様自身がたいへんお辛いのはわかりますが、私にはもう無理です。（出てゆく）

母　（一人きりで）どうしよう、どうしよう？　曇りがどんどんひどくなる。（飲む）私はまだここにいるのか、それとも何か恐ろしい死後の夢を見ているのか、私にはもうわからない。もしかすると自分が死んだこともわからずにいるのかもしれず、一人を犯罪に押しやり、もう一人をあんな風に育ててしまったことに対する罰？　神様——そう望んだ訳ではありません——ほんのちょっといい暮らしがしたかっただけです。私のせいです——そのためにあの人をあんなに責め立てなかったら、高名な歌手にでもなって、絞首台で果てることもなかったでしょう。かわいそうに、私のために盗みをし、私のために人殺しをして、あんなにも私を幸せにしてくれた！（泣く）構うことない——たくさん飲めば、きっとよくなる。

（飲みつづけながら、何とか気を落ちつけようとする。正面のドアから、黒のレディンゴート[17]をいたってエレガントに着こなした老プレイトゥスが、咳をしながら入ってくる）

プレイトゥス　（へつらって）ご機嫌いかがですか？　ほう、お母様はいつだってご内職ですな？

母　ああ、アポリナーリさん——どうぞお掛け下さい。私、ひどく疲れておりまして。

プレイトゥス　してその訳は、お母様？（腰かける）

母　ああ——もうその話はよしましょう、話はすべてよしましょう。あなたは私にとって何やら恐ろしい夢魔のような存在だということ、お感じにならない？

プレイトゥス　いえ、まったくもって、男爵夫人様……

母　私は男爵夫人ではないと、百回ときかず申し上げたはず。

プレイトゥス　確かに、確かに——男爵令嬢でした。男爵令嬢様。

母　ああ、身分、体面、社交——この耐えがたい生活の最も外面的な形式ですら、何とひどく貧しいこと！……

プレイトゥス　いや——わしらはまずもって、貧しいと嘆くことはできますまい。子供たちは馬車馬のように働いている。息子さんは年がら年中出張だ。ただ、ゾシャの例の休む間もない夜勤、造本技術の夜間講習と健康のための夜のプラスチック・ダンス[18]とセットになった、例の看護術夜間研修というのが——どうも気に入りませんな。

母　（非常に威厳にみちた口調で語りはじめる）そこには本当に何事か不適切なものがありますか？二人の愛はどうも奇妙な形に歪められてしまったように思えます。レオンはもはや自分の構想についてまったく語らなくなりました。聞けば会議のようなものがあるということですし、何らかの動きはあるそうですが。確かなことは何一つ知ることができません、アポリナーリさん。今の時代はコントラストに溢れ、思想的に志ある階層の不思議な移動が頻繁過ぎて——私自身、何がどうなっているのか見当もつきません……

プレイトゥス　（居心地が悪くなり、率直さで取り繕おうとする）いえ、その——ただ申し上げたかったのは、もう一年ほど前から自分の娘が気に入らなくなっておったということで。妙な服装をして、熱に浮かされたような——ご子息の何やら思想上・組織上の用件があると言ってはあちこち出かけたり。見知らぬ紳士方と馬車に乗っている娘の姿も二三回見かけましたが……聞くところでは最上流階級の殿方たちとか——つまり、貴族階級の——それも、私など普段は決して足を踏み入れることのない、町の南西の外れにたまたま行った時のことでした……

母　（夢から醒めたかのように）何をおっしゃっているの、プレイトゥスさん？（質問というよりは事実上「よくもそんなことを」という憤り）

プレイトゥス　思ったままを申し上げているのですが、男爵令嬢様——私の娘がまるでそこらにいる、最低の——つまり売春婦のように見えもし、振る舞いもしているように思えるということです。

母　そんなことを、こともあろうに私におっしゃる？

プレイトゥス　ご自身の目にはそう見えませんか？

母　確かに見てわかるのは、ある種の生き生きとした感じ、服装の変化……しかし結婚自体は彼女に対してむしろ好ましい影響を及ぼしました。

プレイトゥス　そうお思いですか？　大層なオプティミストでいらっしゃる、男爵令嬢様は。

母　肩書きはもう結構！　おわかりですか？　私をからかうのはやめて下さい！　大変！　何も見えない！（飲む）ああ——頭の中が完全に濁ってきた。あなたは私が心の奥深くに秘めてきた疑いに触れ、動かしてしまった。

プレイトゥス　さらに言えば、町で耳にしたところでは、ご子息が——もちろん思想的な目的でですが——若き夫には、そしてお母様のような立派なご婦人の子息にはまったく似つかわしくない社会的グループに加わらざるをえなかった由。

母　それは一体どういう意味です？　プレイトゥスさん、後生ですから、私を苦しめないで下さい！

プレイトゥス　そうすることでお母様のご負担を減らせるのであれば、まったく包み隠さず申し上げることもやぶさかではありません。噂では、わが国と決して友好的な関係にある訳ではない列強各国の大使館周辺を非常に接近してうろついている怪しげな輩たちとご子息とがつるんでいるということです。証拠をあげてどうこうすることはできませんが、ある種の連中の影が見え隠れしているのです。そしてその……社会から甚だ疎まれている連中によって経営されている、きわめて非道徳的なクラブのことも聞いています。お母様、糅《か》てて加えてですが、夫を毒殺して何のお咎めもなく、今や最悪の不逞の輩を養いながら若者を頽廃の道に導くのに余念のない、あの億万長者、奸婦ルツィーナ・ベエルとこれみよがしに連れ立って歩くなどということは、若き夫のすることでしょうか？　まさに昨日、二人の姿が「イリュージョン」劇場や「エクセルシオール」とかいう劇場で目撃されているのです。だからわが子供たちの収入は……

母　お黙り、無作法な！　私の家から出ていって!!　残飯なら台所へ！　ここには足を踏み入れないで！……お黙り!!　警察を呼んでやる、このならず者が！……出ておゆき!!!（プレイトゥス、咳き込みながら下手に逃げる。母はソファーに沈みこむ）それじゃあの人たち、そんなやり方で……ああ、おぞましい！　でも変だわ、感覚がまったく正常に戻ったわ。狂気がすっかり治ったわ。

（また思い出し）ああ、怖ろしい!!

声　（突如違う口調で）いいえ――あり得ない、あり得ない。自分だってついさっき考えていたじゃないか。ドロータとそんな話をしていただろう。ハ、ハ、ハ！

母　（「声」は聞こえていない）では私があの人たちをそう仕向けたっていうこと？　ああ――あり得ない……でも私自身も考えたことだった、そしてドロータとそのことを話していた――私自身も。いえいえいえ――絶対あり得ない。あの人たちももうじきここに来るから、打ち消してもらわないと。そんなことはあって欲しくない。私にはこんな贅沢も要らないし、この内職だけで充分。仕事中毒――私にそう言ったのはレオンだった。ああ、情けない！　あの子のために二七年間身を粉にして働いてきたのに！

声　俺には無理強いした――そうだ、贅沢な生活がしたいと言って、無理やり犯罪に追い立てたも同然だ。ハ、ハ――結構なこった！

母　（「声」に応えながら、自分に向かって）いえいえ――誰にも無理強いはしていない――あの人にも、あの二人にも。レオンにはまっとうな仕事で稼いでもらいたかった。そして現にまっとうに稼いでいます——私の息子ですよ！　私はあの子を愛しています。あの子は私の誇りです。あの子の思想は世に受け入れられたし、会議だって開かれています。私がフェアーじゃなかった。謝るわ、レオン、すべてのことを！　そんなのは厭——厭です、厭だ!!

（レオンが入ってくる。母は編み物で眼を蔽う）

レオン　どうしたの？　母さん、また内職？　本当に頭がどうかしたの、母さん？　すぐにやめてもらいたい！　それ以上目が悪くなったらどうする？

母　（落ち着いて）待って、レオン——私は何も見たくないの。少し休まないと。

レオン　じゃあ、なぜ？　アルコール、モルヒネ、そしてこの忌々しい内職は？　いや——これまで僕は優しくしていたが、これはもう行き過ぎだ。やめて、もう二度とこうはならないと誓って。

母　（編み物で眼を隠したまま——次のト書きの指示があるまで）でも私は仕事なしでは生きていけません。二七年間つづけてきたことです。お酒と同じで、もう完全に習慣です。

レオン　もういい！　一瞬だって我慢ならない。僕は近づかないよ。覚えているね、母さん、あのとんでもない婚約式の夕食で母さんが僕に言ったこと——二度と近づかないように、触らないように、キスしないように、と。もう二年目だ。もう即刻やめて下さい。

母　お願いだから、これは私の唯一の慰めなのよ。

レオン　何てこった！　僕は母さんに何でもあげてるでしょ――（口調が変わり、弱々しく、自信なさげに）――よかれと思って、そのために働いているのに――ゾシャと一緒に働いているのに……

声　そう、働いている。だがどのように？

レオン　畜生――幻覚か？（ぶるぶると首をふり）過労か――何か親父が僕に向かって言ったような。だが僕は父に会ったこともない。

母　ああ――あの人も働いていた――そう私に言っていた……

レオン　一体全体、誰が?!!!

母　お前の父親だよ。あらゆる点であんたたちはそっくり――まるでイプセンの『幽霊』みたいに。

レオン　もしかすると変わっていないのは母さんだけで、それゆえ、互いにまったく似てもいない人間たちの同じ反応を常に引き出すのだろうか。もうたくさんだ――その編み物やめるね、それともやめない？

母　お願いだよ。

レオン　こうなったら、この家では僕の意志が貫徹されねばならないということを示す他ない！　この家は、ヴァンパイアたちによって脛をかじられる母親の内職によって維持されている訳じゃないんだ。

（母から編み物を取り上げ、床に投げ、足で蹴り、踏み潰す。母は両手で眼を蔽ったまま坐っている。つまり、編み物は彼女の顔と両手の間からすり抜けるように奪われたので、この間ずっと母は何も見ていない）

母　あああ――ようやっとだ！　もうこんなことはこれで最後だ！

レオン　（眼を隠したまま）お前は何て無慈悲なの！……

母　（急に愛おしさを覚えて）お母さん！　母さんのためにしたんだよ。（母に近寄る）昔みたいに、キスしていい？（違う口調で）いや――そんな権利が僕にまだあるかどうか、わからない。でも本当に愛しているのは母さんただ一人だ！

レオン　（相変らず眼は両手で蔽われている）何を言ってるの？　何の権利？　私だってお前しか愛していないよ。抱いておくれ。これは何か恐ろしい誤解です。人はみんな息子であり、母であり、父であり、兄弟であって、互いの相異に拘らず、愛し合わなければならない――そういうする他ないのです。互いに互いを我慢できるよう、相異を弱めなければならない。でなければ人生は地獄でしょう。もし互いに――義務強制によってではなく、宿命によって――愛し合わなければならない者たちが憎み合うならば。おいで、昔のように私を抱きかかえておくれ。またあの昔の私たちの家に戻ったような気がするよ。あそこにいて、私たちは幸せだったね。

レオン　ああ、そう言わないで、そう言わないで。僕ら二人とも、簡単な方法で幸福を追求してはこなかった。そう――二人とも、すべてを台無しにしようと、一所懸命だった。

母　（眼を蔽ったまま）自分を責めるのはもうやめましょう。すべてはまたよくなるわ。何だか不思議な平穏を心の裡に感じる。酔いが醒めたのか、それともひどく、ひどく酔っているのか。すっかり治った気がする。あの狂気の沙汰も。（恐怖心にみまわれ）もしかして実はすでに発狂してしまったのかしら。

（レオン、狂おしい仕草で母を抱きしめる。沈黙）

母　そう――お前だね！　もうあのよそよそしい、別のお前じゃない。もう私たちはあの厭な場所にはいないんだね。さあ、教えてちょうだい、ひどく気にかかることがあるの。ゾシャのあの父親、度し難い無作法者が色々と、散々恐ろしい話をしていったのだけれど――教えて、イエスかノーか、一言で答えるだけでいいから――そうすれば信じるから。あの男が言うには――お前やゾシャについて、怪しい連中とのつき合いについて、お金について、色々な噂があるって……（不安げに）こんな贅沢、どうしてできるの？　レオン、教えて！

（レオン立ち上がる。母、依然として眼を塞いだ両手を下ろさない。レオン、自身で葛藤のようす）

レオン　（断固として）いや――何もかも卑劣な中傷だ。そんなことはあり得ない、僕にしても、ゾシャにしても……

母　（突如眼から手を下ろし、立ち上がり、レオンのいる方向に走り寄ろうとするが、よろめき、床にへたり込む）どういうこと?!　何も見えない！　赤い輪っかだけ。レオン、完全に眼が見えなくなったわ。お酒をちょうだい――コップ――生《き》で、水なしで。早く！　こんなに幸せなのに――見えなくなるのは嫌。誰が生活費を稼ぐの?!　この内職を仕上げたいわ……レオン！　レオン!!（レオン、まるでロボットのようにウォッカを注ぎ、渡す。母、一息で飲み干す）大したことないわ、じき治まるから――でも、こんなにひどいのは一度もなかった。（沈黙）ああ――治らない！　やっぱり起きてしまった――私は盲目になる。もうどうでもいい。でもわかってます、すべて根も葉もない――単なる噂だと。これからどうなっても、私は幸せ。もうお前の姿は見られないんだね。でももう仕事をしている、ひとかどの人間ね！（レオン、母を抱きしめる）私はひどく酔っています。酔いが醒めたら、発狂するかもしれない、でももう飲めない。ブロムかクロラール[19]か、家《うち》にない？　私は今発狂したくない！

レオン　母さん、母さん！　みんなその下らぬ編み物と麻薬のせいだ、ウォッカとモルヒネのせいだ！　どうしてやめさせられなかったのだろう?!　頼まれても断るだけの勇気がなくて、かえって手助けしてしまったのだ。何ということだ――すべては自業自得の、何と恐るべき人生！

（呼び鈴が鳴る。ドアが開き、何やら揉みあうような気配。ルツィーナ・ベエルがサロンに飛び込んでくる）

ルツィーナ　レオン、レオン！　もうじっとしていられなかった！　一週間も顔を見せないじゃない。あなたの住所、ようやく調べ上げたのよ。ああ――きっとあなたのお母さんね。悪いけどあなたと結婚するってご挨拶しないと。私が愛しているのはあなただけ。お母さん、これは私の最後の、唯一の恋なの。彼なしでは生きてゆけない！　何で地面に坐ってるの？

レオン　出て行って下さい。母は失明した。すべては終わりだ。

母　（地面にへたりこんだまま）どうしたの？　その女の人は？

レオン　（冷たく）こちらは僕に片思いをしているベエルさんだ。

ルツィーナ　片思い？　違うでしょ――あなたも愛してるくせに。ひどいこと言わないで、レオン。

レオン　（説得しようとする）世の中にはより大切な、恋愛よりも大切なことがあるということ、おわかりになりませんか？　どうかお引き取りを。ご覧の通り、家内で不幸が起こったのです。

（母、立ち上がって椅子の背につかまり、背筋を正す）

ルツィーナ　私と一緒になれば不幸もなくなるわ！　二人とも私が救ってあげる。あなたたち、きっと破産の瀬戸際でしょう。レオンは自分の使命をまっとうすべきだし、彼の思想は必ず勝利しなければならない。生憎な時に来てしまったけど、許してちょうだい。一週間会わずにいてわかったの、私の人生の最終ゴールはあなたの中にある、と。不幸も共にしましょう。レオンは自分の住所を絶対教えようとしなかった。どこに行っても突きとめられなかった。あなたはまだ私のことを恥じ入ってるの？（母に向かって）二人で人前に出たのは一度きりです。（レオンに向かって）あなたの居所《いどころ》は警察ですら知らないわ。教えてくれたのはあの男……わかるでしょ？（母に向かって）ファイコシュさん、何かおっしゃって――あなた方のためなら私は何でも……

母　（妙に落ち着き払って）どうか落ち着いて下さい！　私の名前はファイコシュではなく、ヴェンゴジェフスカ、旧姓は綴りにcの入ったフォン・オブロック。私の息子は妻帯者です。

ルツィーナ　それは嘘！　というより、名前はそうかもしれないけれど、彼に妻はいません。

レオン　残念ながら、母さんの言う通りだ。僕の名はヴェンゴジェフスキで――妻もいる。（ルツィーナに目配せする。そして何か思い出したように彼女に耳打ちする）

ルツィーナ　離婚する？　こうなったらもう何も信じられない。妻がいる?!　最低！（客席に向かって、皮肉っぽく）私を失いたくないばかりに私に隠していたのね。（母に向かって）この一年で彼にどれだけ使ったことか、おわかりでしょう。何十万というお金を彼に掠め取られ、幾らなのか、もう勘定もできなくなっている。でも金額の問題じゃない。彼はたえず構想の実現のこと、そして実家の困窮について語り、それしか話さなかった。ところがどう、結構な暮らしぶりじゃない――今初めてわかったわ。（あたりを見まわし）私の目には彼しか見えなくなり、彼のせいで私は変わった。そして彼は？　あなたの息子は娼婦のヒモなんです、お母さん、単なるヒモ。〔これ以後敬語をやめ、ぞんざいな口調に一転する〕わかった、目無しの鬼婆？　あんたは倅をヒモに育て上げたの。この人は今それで食べている。そうよ――〔レオンに向かって〕離婚なんかしなくていい！　私もこの男を愛してしまった！　ああ、気分が悪い！　一体どれだけの感情、清らかな感情をこの男に貢いだことか！

（母、片手で椅子の背もたれをいじる他は不動の姿勢で立ちつくしている）

レオン　出て行きたまえ！　さもないと今日は自分が何をするかわからない。わかりますか？　僕だってずいぶん感情を――（皮肉っぽく）そしてとりわけ、健康を犠牲にした。いわゆる恋の媚薬は体に悪いものです、ベエルさん。幸いにも僕の知能には影響なかったけれどもね。これだけはっきり告白すれば、この家から出てゆく他はないでしょう。

ルツィーナ　何たる破廉恥！　ここは私の家よ！　法律上はあんたたちを追い出せないけれど、あんたたちは泥棒よ！

レオン　お金はお返しします。僕の構想が広く支持されるようになれば、すぐに。

ルツィーナ　構想！　良識ある誰一人として信じない法螺話、売春婦のヒモがでっちあげた法螺話！

（レオン、ルツィーナに飛びかかって追い出そうとする。しかし戸口で、ベルも鳴らさず入ってきた、黒の夜会服に身を包んだゾフィアと出くわす。ゾフィアの顔が尋常ではなくカラフルで、大変厚化粧していることは客席からもわかる。その後を、燕尾服の上にシール・スキン[20]のコートを前をはだけて

羽織り、シルクハットを被った二人の男がつづく。彼らは、顔も含めて全身が白黒の色調）

ゾフィア　（尋常ではない、極限の躁状態で）へえ、あんたを養ってくれてるとかいう遣り手婆あ、家《うち》まで来たの？　それは好都合。今日私は初めてコカインをやったのよ。娼婦はみんなやってる。私だけやらない理屈もないでしょ。何でも喋って、行きたいところに行って、浮世を下に見てぷかぷか浮いて、一切のことがどうでもいい。私はストリート・ガール！　わかった？――私はヴェンゴジェフスカ若奥様。ママ、内職のし過ぎでついに失明したわね――大いに結構――心配無用――金はある。お二人、いらして――ド・ラ・トレフイユ伯爵とド・ポコリヤ＝ペンヘジェーヴィチさん。後者はティムール＝ハン[21]の家柄なのに貴族の称号を使わない。こちらは私の姑、綴りにcの入ったvon und zu Obrock家、つまり十一世紀に陪臣化されたFreifrau[22]の血を引く男爵令嬢。ああ、何て素晴らしい感覚、何と身も心も軽いこと。すべては結局下劣なことなのに、何と不思議な調和が宇宙を支配していること！　すべては何と美しいこと！　人々は、まるで彼ら自身についての一番素敵な思い出のようでいて、生きている、現実のもの。

（ゾフィア、感嘆のあまり、完全なエクスタシーの中、固まる。ルツィーナはドアの脇の椅子に腰かける）

レオン　（二人の男に向かって）失敬。（ゾフィアに向かって）僕にもコカインをくれ。そうすればこの騒ぎを堪え切れるかもしれない。もう脳味噌がひっくり返りそうだ。

ゾフィア　それはこのお二人から貰って。私もお二人に分けて貰ったのよ。まだわからないでしょうけど、レオン、本当に素晴らしいわ。まったく新しい人生が始まったわ。

ド・ポコリャ　（レオンにガラス管からコカインを分けながら）あなたはゾフィア嬢のお兄様ですね？

レオン　（かなりの分量を吸って、白い粉まみれになりながら）いいえ――夫です。そしてこちらの婦人、ルツィーナ・ベエルさんに養われています。

ド・ラ・トレフイユ　おお、なるほど、変則的なことはわれわれも好むところ。

レオン　（鼻からコカインを吸い込み）ゾシャ、君の言う通りだ――コカインとは素晴らしいものだ。脳が冴えわたり、もはや何もかもがどうでもよくなった。皆さん夕食をご一緒にいかがです？　母さん、これを服用してみて――驚くべき効果だ！　すべてが一変する。母さんのあの忌まわしいモルヒネとウォッカの比じゃない。

母　ちょうだい！　何だか、私はもう別の世界にいるような気がする。たぶん発狂したのね。

（レオン、ポコリャから受け取ったコカインを母の鼻に入れる）

ゾフィア　さ、皆さん、おくつろぎ下さい。全員のお夕食の支度をするよう、今から言いつけますわ。（ルツィーナに向かって）そこの遣り手婆さんもどうぞ。（上手に消える）

ド・ポコリャ　（レオンに）われわれ、つまり私とトレフイユは二人とも、あなたの奥方の愛人であるということはご存知でしょうか。

レオン　（鼻で粉を吸い込み）それは結構！　おお、何という爽快さ！　今や僕は自分自身と完全に折り合いがついたぞ。

母　（腰かけながら、鼻で粉を吸い込み）ねえ、レオン、私も頭がはっきりしたわ。すべてはあるべくしてあり、変える必要もなく——美しくさえある。ああ——ますます美しく、ますます美しい……（恍惚として固まる）

ルツィーナ　（椅子から立ち上がり）私にもちょうだい。今日は私にとって人生最大の失意の日。挫折の日。今まで一度だって麻薬をやろうなんて思ったことがなかったのに。

ド・ポコリャ　（ルツィーナにコカインを渡しながら）ご心配なく、二三分でおさまりますから。目の前に新たな地平が開けますよ。ヴェンゴジェフスカ夫人はアルコールを飲んでいらしたので、より一層効き目をお感じです。

（ルツィーナ、コカインを吸い、それからウォッカを飲む）

レオン　（二人の男性に向かって）いやあ、おわかりだと思いますが、僕にはもう好きな方法で死ぬ権利があるんですよ。僕の日常生活は拷問だった。そのことが今、コカインの影響下ではっきりわかった。もはや悲劇はない——何と素晴らしい！　皆さんご存知ないでしょうが、僕の思想はすでに具体化され、動き出している。フイエ[23]だかグヨー[24]だかの言うところの「Les idées-forces〔観念力〕」だ。僕の思考力も今や何と高まっていることか！　僕のシステムの氷のような論理の中で世界が渦巻く。

ド・ポコリャ　ええ、ただし後になって恐ろしい鬱状態が訪れます。今の瞬間すべてが明晰で美しいだけに、後に来る反動は――おお、そのおぞましいこと――言葉になりません。私とトレフイユは中道コカイニストでして[25]――中毒にはならぬよう、心がけています。

ド・ラ・トレフイユ　まあ――はっきり言えば、それはちょっとした欺瞞です。なぜならまったく中毒症状のないコカイニストなどいないからです。あなたもまた、ご自分の思想が明晰に見えるような気がしている。コカインは恍惚感以外に新たなことは何も与えてはくれない。不毛な麻薬です。しかしわれわれにはそれで充分なのです。

ルツィーナ　（鼻で粉を吸い込み）ああ、何て気持ちいいの、何て……

レオン　おお――僕は中道派にはならない。僕の人生はすでに終わっている。（鼻で粉を吸い込む。

全員がコカインを鼻で吸い、恍惚状態におちいる）

ゾフィア　（部屋に入ってくる）夕食は、温かいものはありませんが、ご用意できます。（二人の男性に向かって）どうぞご遠慮なく。ウォッカとおつまみはもうご用意できました。皆さん、食堂へどうぞ。今晩は動物のように遊びましょう。完全なる無礼講です。

母　悲劇じゃない――お前の言う通りです、レオン。私は完全に素面《しらふ》ですが、別の次元にいます。下の方ではなく、上の方――アルコールをも超えて。驚くべきことだわ。どなたか殿方、手を貸していただけません。目が見えませんので。

ド・ラ・トレフイユ　（母に腕を貸す。それ以前に二人の男性は毛皮のコートもシルクハットも脱いでいる）そうです、ウォッカの後のコカインは遥かに効きがいいのです。それにまたその方がずっと健康的でして。ハッハッハ――お笑い種《ぐさ》ですな。

（ド・ポコリャはゾシャに腕を貸す。全員が上手にある食堂へ向かう。レオンが最後尾。呼び鈴が鳴り、誰かがドアを開ける。ムルデル＝ベンスキが入ってくる）

ベンスキ　レオンさん、ちょっとお話が。

レオン　ああ――今晩は、アントニさん。ちょっと待って下さい。皆さんお先にどうぞ。

（他の全員が食堂に去り、レオンとベンスキは食堂に通じるドアの方を背にして立つ。母はこっそり手探りで戻ってきて、物陰で二人の会話を盗み聞く）

しかし勇気がありますね、こんな所までお出になるとは。それもコカインなしで。

ベンスキ　（他の男たちと同様、白黒のいでたち）コカイン？　何の話です。至急あなたを見つけ出さねばならなくなったのです。例の動員計画の番号を渡して下さい。あれが本物の書類だということを連中は信じようとしないのです。自分たちで照合したいということです。済んだらすぐに返しますから。

（レオンは財布から小さな手帳を取り出し、そこからさらに小さなカードを引き出す）

レオン　どうぞ。

（ベンスキは受け取ったカードをしまう。レオンは何ごとか手帳に書き込む）

ベンスキ　どうも。実を言うと、私自身信じていませんでした。これで相当懐ろに入りますね。一年は上等な暮らしができる。ヘッヘッへ。

母　（男たち、気づいてふりむく）何の暗号です、レオン？　この方は、お前のビジネスの、そう、ビジネス関係の？

レオン　違うさ、母さん――はっきり言うよ。ルツィーナ夫人から貰うものはただの小遣い銭だった。僕らの主な収入源は軍事スパイだ。この二つだけが、僕を知的に疲弊させない仕事だった。もうわかったでしょう。第一に、僕は甚だ複雑な色情狂だから、第二に――たとえ時に臆病風を吹かせるとしても、僕は秘密めいて危険なことが好きだから。これは映画の影響――じゃないかと思う。僕だって時には休息する必要がある。あの番号は、盗んだ軍事機密文書のものさ。いわば僕の功績の証拠、報酬の領収書だ――もうこれですべてわかったね。

ベンスキ　何で話すんです、レオンさん？　これは最高機密ですよ。頭がおかしくなったんですか？　何だか目つきも凄まじい。

レオン　いやいや――彼女は僕の母です。今日失明し発狂しました――まったく安全です。それに僕はかつてヴァンパイアのように彼女の血を吸っていたんです。きわめておかしな話でしょう――編み物の内職をする母の血を吸っていた訳です。

（母、レオンの話が進むにつれ、身を固くする）

ベンスキ　あなたは病気じゃないですか？　恐ろしくなってきた。

レオン　大したことじゃありません、親愛なるアントニさん。生まれて初めて、ちょっとだけコカインを服用したのです。さあ——お引き止めしませんから。

（ベンスキ、レオンに体を押され、母に会釈しながら出てゆく）

母　コカインがあっても、これはもう耐えられない。もう死にそう。心臓の最後の鼓動。ものすごく速いわ。自分が何者なのか、もうわからない。レオンがスパイ!!!（息絶え、のけ反り、倒れる。レオン駆け寄る）

レオン　母さん、母さん!!（死を確かめ、立ち上がる）彼女を殺したのは精神的苦悩なんかじゃない。いかなる精神的なことも人を殺すことはできない。かわいそうに、歳とった母さんにはコカインの量が多すぎた。

（食堂に通じるドアから、ドロータも含めた全員が押し合いへし合い出てくる）

ドロータ、大奥様が死んだ。いつかはこうならざるを得なかった。皆さん、僕にもわからない、自分が何者なのか。いえ——母が死の直前にそう言ったのです。あなた方はわかっていますか、自分が何者なのか？　誰もわからないでしょう。「ある」ということが何を意味するのか、僕らはそれすらわからない。《存在の神秘》は不可知——オートメーションと戦う僕の組織の全システムが、このことの上に成り立っているのです。それを発見するためには、誰かが自らを犠牲にしなければならなかった。運命は僕にふりかかった。僕はもはやどのように終えてもいい。なぜなら、この物語はすでに始まっているから。これを消し、抑え込むことはできない。コカインは記憶や知性を破壊し、人々を命なき藁人形に作り変えてしまうそうです。でもそれもまた僕にはどうでもいいこと。

ドロータ　若旦那様、何を馬鹿なことを？　奥様を救わないと。

レオン　ああ、そうだった、この場にいる者の中でコカインを吸わなかったのはドロータだけだ。大奥様をソファーに寝かせよう——そう、これでいい。（ドロータと二人で母を下手にあるソファーに載せる）さて僕らはあっちへ行って飲みつづけましょう。そして人生の悲劇を回避するか、無限の時間の先へ後回しにすることを可能にする、この素晴らしき薬を味わうとしましょう。

（一行を食堂に急き立て、自分もついてゆく。ドロータは母の傍らに跪く。突然、死体の胸の上に置かれていた右手がだらりと床に落ちる。ドロータ、叫び声をあげて立ち上がる。一同、グラスやカナッペを手にしたまま食堂から戻って来る。中には口をもぐもぐさせている者もいる）

レオン　一体どうした？

ドロータ　いえ何も。奥様の手が滑り落ちて、怖くなっただけです。

レオン　では、また下らぬことで僕らをびっくりさせることのないように。奥様は確実に死んでいる、にも拘らず、死とは何だかわかっていない。それは、われわれがまだ生きているにも拘らず、生とは何かがわかっていないのと同じことだ。コカインの影響の下、非常に奥深いことを僕は言ったような気がするぞ。だが恐らくはたわ言だろう。さ、戻ろう。

（一行を食堂にせきたてる）

声　ブラヴォー、レオン！　初めてお前は俺の倅だと認めてやろう。

（幕）

エピローグもどきの第三幕

部屋の壁面は黒く仕上げられている。ドアも窓もない。客席から見て正面の壁は、二方向に開く黒の引割幕。舞台中央（床は黒の絨毯）には黒い六角形の台が置かれ、その上に死んだ母が横たえられている。脚先を客席に向け、頭はかなり高い枕で支えられ、手は胸の上で組み合わされている。台の前には燕尾服を着たレオンが立っている。やがて歩きながら語りはじめる。第二幕で蹴飛ばした薄茶色の編み物を手にしている。この薄茶色が舞台上唯一の色彩である（変更の指示があるまで）。

レオン　（客席に向かって）皆さん、どうか今のこの事態は当然かつ自明のものであるとお考え下さい。これは、たとえば赤い色であるとか、あるいは音であるとか、そういうものと同じく直接的な何かであります。もちろんそれは充分複雑です。にも拘らず、それはストレートな何ものかです。中には、これはイカサマだとか、夢だとか、象徴すなわちシンボルであるとか――他にも何と言われるかわかりませんが――そういう風に考える人もいるでしょう。そういう人々には解釈の完全な自由をお認めしましょう。かりに私が自由を認めないと言っても、結局は皆好きなように解釈するに決まっていますから。「指でガラスは切れない」と、ロシアの古いことわざに言う通りです。これでも僕などは――あれだけ不幸な目に遭ったにも拘らず――結局自分の運命との折り合いはつけました。いや、どうか誤解のないように、またコカインをやっている訳ではありません、僕の母が死んだ、あの忘れがたい晩のように。

（振り返ることなく、手の動きで遺体を示す）

コカインも一時《いっとき》はいいのですが、後になってひどい仕返しに遭います。僕は摂取しすぎました。そして最後には、極限まで活性化され、破裂しそうなほどに隆起した全現実が、僕に向かって身の毛を逆立て、すべては美しかったその分、反比例して理解不能なものに、おぞましいものに変わりました。僕はどこか別の惑星の地獄に一人で、自分の属する種からたった一人だけ選ばれ、孤独で、あらゆるものから凄まじく疎外された者として存在するようでした。その僕にとって、他の人間たちは――死んだ母親も含めて――何やら奇妙な、不可思議な昆虫のようでした。そうです――僕は精神的地獄に行っていたと言えると思いますが、その地獄性が何にもとづくものだったのか、わからないのです。いや、もちろん――すべての状況がこんな風に解明できる訳ではありません。お説教する気はありませんが、あの毒薬の服用は誰にもお勧めしません。もし失う物が何一つなければ別ですが――。僕は当然そういう身なので、やってもいいのですが、永遠に明かすことのできないある理由から、やりたくないのです。この幕の向こうには何があるのか、見当もつきません。この部屋は、人の話によれば――それが誰かは絶対に言えませんが――ドアも窓もないそうです。ですから、自分が亡き母の亡骸《なきがら》と一緒に、どうやってここに入りこんだのかは僕自身にとっても究極のミステリーです。ただ覚えているのは、最後の晩、酒を飲んではコカインを吸うということをさんざん繰り返しているうち、ある時突然「ビシッ！」と音がして――気がついたらここにいたのです。それに強度の二日酔いの症状、頭痛がして、耐えがたい厭世的な気分を感じています。それもコカインが惹き起こす独特の反応だということです。今一度強調しますが、事態はまったくリアルです、つまり僕が存在するということ、これは僕のドッペルゲンガーでないということ、僕が死んでおらず、精神的にいたって正常であると感じられていること、エトセトラ、エトセトラ。ただ、ある種の問題、特に時間・空間の関係については分析していません。たとえば、あの晩から一体どれだけの時間が経過したのか、わからないけれども、それを追究したいとも思いません。

声　そろそろ終わったらどうだ？

レオン　もう終わりました。

（手を叩く。引き割り幕が開き、第二幕に登場したすべての人物が、黒い壁を背にして赤い椅子に腰かけているのが見える。それ以外にも以下の人物が腰かけている――綴りにcの入ったフォン・オブロック家のもう一人の男爵令嬢である伯母。赤、緑、紫の色を含む服を着た、顔は正常な色の「見知らぬ女」。女の顔、体つき、仕草は「母」のものと酷似している。黒の背広を着た「見知らぬ男」。なお、化粧をしたゾフィアと「見知らぬ女」以外、人物の顔は全員白黒である）

おお――これは驚きだ！　わが一座全員がドアも窓もない部屋にいる。誓って言うけれども、僕は何も知らなかった。星と星の間に広がる宇宙の深淵にじかにつながる、こちらの空っぽの空間は勘定に入れていないが。（客席を指し示す）見知った顔がたくさんある――一体どこから現れたのだ？――まあ、僕の知ったことじゃないけれど。しかし僕の知らない人物がここにいるのを不思議に思うと同時に、なぜ不思議に思うのかは自分でもわからない。

（カラフルな「見知らぬ女」と「見知らぬ男」が立ち上がり、レオンに近づく）

見知らぬ女　私に見覚えはないでしょう、レオンちゃん、私は二十三歳の時の――お前が生まれる前の、お前の母。

（伯母、立ち上がって彼らに近づく）

レオン　すっかり僕に生き血を吸われ、次いで自らのあやまちで僕にとどめを刺された、僕の母は――死んでここに横たわっている。これからこのテーマに話を移そうと……

伯母　それぞれ――この女性は奇蹟を起こす力を勝手に私《わたくし》している。物理的に人格を分裂させ、かつ時間の中を移動する――ノン！――出来過ぎ！　アインシュタインで育った私たちとはいえ、かりに思考実験の話としても、これはインチキだと認めない訳にはゆかないね。思考実験といえども禁じられているものはあるのよ。それは、《一般存在論》の根本本則を否定するような実験です。現実については何をかいわんや。たとえレオン・フフィステク言うところの現実の多数性を認めたとしてもです。なぜならこの現実[26]は非の打ちどころなく論理化することができないから。私は死んだ妹の姉で、綴りにcの入ったフォン・オブロック男爵令嬢です。

レオン　社会学をほとんど論理化しおえた僕もまた、その点についてちょっとは知っています。まったく伯母さんの言う通りだ。

伯母　お前のような、失礼、ヴェンゴジェフスキさんのような、身分違いの結婚の産物にサポートしてもらう必要はないわね。

見知らぬ女　あなたがそうお考えになるのもまったく不思議ではありません。しかしレオン、お前が、あれほど頭のよかった男の子が――私はまさにお前とともに、というよりお前を通じて――いやそれも違う――私はお前の傍に内部から、異なる状態でいるのです。

伯母　私の前で不適切な冗談は言わないで。

見知らぬ女　（威すように）もっと落ち着かれた方がいいですわよ。なぜならあなたはご自分で思っているより遥かに現実のものではないということになるかもしれないから。自分がどこから現れたか、ご存知？

伯母　（大いに狼狽して）私は別に……　ただ私としては……　何が何だかわからない……　怖いわ……

見知らぬ女　だったらご自分の席に戻って静かにしてらしたら。

（レオンに向かって）

レオン、お前の愚鈍さにびっくりさせられたわ、特に最初にお前がした、私たちがカーテンの後ろで聞いていた演説には。

レオン　僕もちょうどそのことを考えていた。自分でも自分の考えの狭さに驚いていた。コカインの影響だ。いや、もう二度と、あんなひどいものは、一つまみだって吸わない。そう、あなたは若い時代の僕の母だ。それはそれ以上分析することのできない原初的事実だ。存在は実に不思議だ……

見知らぬ女　ストップ！　お前は長ったらしい演説をしがちだけど、皆さんに飽きられますよ。特にお前の思想を理解する上で必要な素養がない人たちにね。確かにお前の思想は天才的――例の社会的構想のことを言っているんだけど。もっと早く受け入れられていれば、世の中もこうはならなかった。

レオン　励ましありがとう、母さん。でもここに僕によって殺された僕の母の遺体があるという事実に変わりはない。

見知らぬ女　もういい――お前が会えずに終わったお前の父親を紹介します。お前が三歳の時、絞首台の露と消えたんだから、まず覚えていないでしょう。（フランス語風の発音で）[27]アルベール。[28]あんたの息子、レオンよ。

見知らぬ男／ヴォイチェフ（アルベルト）・ヴェンゴジェフスキ[29]　大した坊主だ、レオン。俺はお前が好きだし、まだ赤ん坊の頃だって好きだった。ひとかどの人間になるとわかっていた。

レオン　それが、お父さん、最悪の事態になってしまって。母を死に追いやり、自分の構想はあまりにも――正直なところ、何と言えばいいか……

アルベルト　（フランス語風の発音で）いやいや――謙遜は無用だ。多くの藝術家、発明家、技術者、預言者、新興宗教創始者よりましな天才だ。

レオン　でも何一つ実現していない、何一つ……

アルベルト　それが違う。きちんと報告を受け取っていないと見える。俺はかなり前から蓄積されてきたお前のコレスポンデンスの管理を引き受けていた。国内だけでもインテリゲンツィアを新しく組織した協会がすでに三〇も存在する。それも中途半端に民主主義的、家畜的なスタイルではなく、お前の出したパンフレット通りに組織されたものだ――国外でも動きは始まっている。

レオン　ああ、僕の唯一の著作――三六頁のパンフレット。

アルベルト　まさにエレガンスの極みじゃないか。フランス大革命以来最大の騒動を、三六頁でやってのける。ここにある新聞を見ろ。ウルグアイ、パラグアイ、ホンジュラス、フィリピン、日本――よりどりみどり、お望み通りだ。お前の名は世界に知れ渡った。ヴェンゴジェフスキの名があらゆる名声を打ち負かした。それも下らぬ藝術や学問、あるいは犯罪によってではなく、全人類の問題を解決したことによってだ。偉大なことだぞ。レオン、俺はお前が誇らしい。

（レオンの肩をたたく。レオンはそれらの新聞や手紙に目を通す。そして突然それらを床に投げすて、足蹴にし、脇に抱えていた編み物を取り出す）

レオン　それも、母さんがこの世にいなくなってから！　今となっては喜んでもらうことも叶わない。畜生――何て不幸な巡りあわせなんだ！　僕ももっと早く死んでいたかもしれない。そうしたら僕だってこの満足を味わえなかった。何もかも下らない。あなた方は少なくとも時間の中を移動できる――僕はできない。

見知らぬ女　私がお前の母だということを忘れているね。私はお前の思想の実現をとても喜んでいます。これまでのことはすべて許します。

レオン　ええ、でもそこに横たわっている亡骸《なきがら》はもはや僕を許してはくれない。ああ、ああ！　可哀想に、この編み物をしながら母さんは失明した！　彼女が一生言いつづけていたのは、結局僕には彼女の死が耐えられないように人生が――わが意に反してではあったと思うけど――設計されているということだった。そして現に僕は耐えきれないでいる。母さんの言った一言一言を思い出す。そのどの言葉も、頭の中に百万の脳腫瘍をかかえたかのようにずきずきと痛む。自分が母さんに言った悪い言葉のほんの一片でも、母さんを傷つけたほんの些細な考えでも今から取り消せるものなら、あらゆる名声も、構想実現の誇りも何もかも捨ててもいい。どんなことでもするけれども、きっと足りないだろう。（泣く）こんなにひどい良心の呵責がどういうものか、あなた方にはわからないでしょう。これに耐えて生きてゆける自信はない。

見知らぬ女　私の言うことを信じないのなら、仕方ないわね。強情っぱりにつける薬はないわ。

（レオン、遺体のところへ行き、編み物を手に持たせるとくずおれ、膝をつき、むせび泣く）

レオン　うううう、うううっ……

見知らぬ女　いいい？　レオン、この亡骸は偽物だということを証明してあげるわ。これはただのマネキン。そもそも今起こっていることのすべてが——私たちも含めて——見事な演出。ただ誰が演出しているのかはわからないけれども。でもこれは、《存在》の無限の中で凝固したいくつかの出来事がとった純粋なフォルム[30]、それ以上の何物でもないの。

（女、遺体を動かそうとする。レオン、飛び上がってしゃくりあげながら言う）

レオン　母さん、母さんに手を触れないで。そんなことをしたらとんでもない冒瀆だ。あっちに行って。みんな、僕を一人にして。

アルベルト　触るな、ヤニーナ。奴のことも放っておけ。泣かせておけ。坊や、気がすむまで泣けばいい――そうすれば楽になる。

見知らぬ女　そうね、アルベール。すべてを自分なりに体験すれば、回復するかもしれないわね。

レオン　（絶望的に、涙ながらに）僕もまた何一つ理解していなかった、何一つ。だからといって、もしもこれらのことすべてを経験しなかったとしたら、同じ人間だっただろうか？　そうならざるを得なかっただろう。知的に楽をして休みながら、次の考察のために力を貯えられるような、そんな都合のいい儲け仕事を選んだつもりだった。しかし、もしも必死になって頑張って意志の力を発揮すれば、まっとうな仕事をしながら、かつ思想的な仕事も実現できたことだろう。母さんは二七年間内職で僕を養ってくれたのに、その後僕は二年間母さんを養っただけだ。頭を休めようと次から次へと最悪最低の仕事を重ねて！　ああ、ああ、何という天罰が下されたことか。もし彼女が母さんのようだったら（見知らぬ女を指し）、何もかも違っていたのに。

見知らぬ女　ぜいたく言わないで。あの人は婆さん――私は若い身空。まだ何の経験も積んでいない。

レオン　不幸なお婆さん！　もう今となってはすべてが手遅れだ。ああ、何と僕は卑劣だったことか、何と卑劣な！（泣く）

アルベルト　俺は少々がっかりさせられた。奴は一見母親の死を悼んでいるようだが、実のところ自分自身を可哀想に思って泣いているだけだ。かなりの重症だ。奴の思想やあの晩の振る舞いから判断して——俺はある隙間から覗いていたので、すべて御見通しだった——もっと強い人間だと思っていた。ところがどうだ、下らぬ良心の呵責とやらでぐずぐず、めそめそ。そんな呵責を感じる必要は毛頭ないと、赤ん坊でもわかるように懇切丁寧、説明し、証明してやっているのに、だ。レオン、これが最後の忠告だ。頭を抱えろ、苦しめ、だがその苦しみから新しい力を生み出せ、平気な顔をしてでっちあげるんだ。レオン、さあ！　上を向け。過去は戻らん。ヤニーナが、死んだ母さんが一番喜ぶのは、お前がここで今口笛でも吹いて、あばよと言って、すべてをまったく新しくやり直すことだ。

レオン　わかった——父さんの言う通りだ。でも何から手を着ければ？

アルベルト　お前を待ち受けているのは闘いだ。まだすべては終わっていない。お前は自分の事業を完結することだ。世界中を回って講演し、会議を開き、組織を立ち上げる——要するに実践だ。大事業はようやくこれからだ。全人類がそれを待っている。

レオン　じゃあ父さんは、僕が多少なりとも全人類のためになりたいと考えていると思っている？　哀れな母さんが一瞬でも長く生きられるのだったら、そして僕がしでかした馬鹿げたことを取り消せるのだったら、全人類なんか喜んで売り渡すよ。

アルベルト　おお——これはかなり重症だ。少し待ってみるか。

（老プレイトゥスが近づいてきて）

プレイトゥス　やあ——親愛なるレオンさん。そうそう！　お母様の死期を早めるために、あなたがわざとウォッカを飲ませ、モルヒネを打たせていたという噂がありますが。あるいはひょっとして潜在意識だった――私にはわかりませんが。今そんな理論が流行って……

レオン　（すばやくリヴォルヴァーを取りだし、プレイトゥスを撃つ）嘘だ、この下種野郎！　僕は母さんに優しくしすぎただけだ。母さんの唯一の楽しみだと知っていたからだ。

（プレイトゥス倒れる）

アルベルト　ブラヴォー、レオン、ちょっとは正気に戻ったな。

レオン　父さんは僕の堪忍袋の緒を切ろうというんですか？　僕に備わったあらゆる立派な性質は父親譲りだ。悪党、畜生、ブラジルの山賊、人殺し。僕がスパイに、売春婦のヒモになったのも父さんのせいだ。

アルベルト　ムムム――かなり気に食わんことになってきた。レオン、言葉が過ぎるぞ。自分の欠点は何でもかんでも俺のせいにするというのは、亡き母親のやり方に近い。そういう欠点はまさに母親譲りだ。

レオン　この下種根性もまた父親譲りです。もしまだ一言でも口を利いたら、父さん、犬のように撃ち殺します。

見知らぬ女　アルベール、もうよして、レオンはひどく気が立っているのです。私は別の状態にある者として、私の前ではいかなる争いも許しません。

（ルツィーナとベンスキが近づいてくる）

ベンスキ　例のスパイ事件については、まったく気にする必要ありません。事件は発覚しませんでした。真相は闇の中。はした金は稼ぎましたが、国家の損失はてんでなし。少々お役人をたぶらかしましたが、連中の雇ったエージェントが馬鹿だったというだけです。奴らの責任です。

レオン　善良なるムルデル。あなたの言葉が一番嬉しい。（肩を叩く）

ルツィーナ　レオンさん、私もあなたに対する怨みはまったくありません。確かにあなたのせいで散々苦しみました。でもあなたは教えてくれた、愛とは何か――最終的な真実の愛とは何かを。何よりも、愛を汚《けが》してはならないということを教えてくれた。お金は全部返して下さいな、今や大金持ちになるんですから。

レオン　（ルツィーナの手に接吻する）ルツィーナさん、あなたには何とお礼を言っていいのか、本当にわからない。ええ、もちろん――すべてお返しします。しかし相当な額です。分割払いで二、三年かかるでしょう……（もう一度彼女の手に接吻し、ルツィーナはレオンの頭に接吻する。次いでゾフィア、その後からその愛人たちがやってくる）

ゾフィア　さて――そうやってみんなと折り合いがつくのなら、どう、レオン、私とも仲直りしては？　もしそうしたければ、エロチックな関係はもうなしにして、一つの思想で結ばれた親友のカップルとして生きてゆくのでもいいわ。私はこれからもあなたを助けてゆく。知的な問題に関する私の率直さについては、あなたも最終的には信じてくれているでしょうし。あっちの世界には、あなた自身が私を押し込んだのよ。私は一瞬たりともあなたを愛さないことはなかった。

レオン　そうだな――あっちの世界には、君自身にもともと備わったある種の傾向を見て、僕が押し込んだんだ。その傾向がなかったら、やってはいけなかったことだろう。わかった――仲直りしよう。ただ、こちらのお二人とは決着をつけないと。これはシンボルとして――君の他のすべての愛人を彼らの中に見立てて、シンボリックに殺そう。何人いたか、君も覚えていないだろうが。

（ド・ラ・トレフイユとド・ポコリャを拳銃で撃つ。二人、床に倒れる）

アルベルト　（見知らぬ女に）どうだ、ヤニーナ。ここはずらかろう。あんな風に調子づけば、ここにいる全員が鴨のように殺されるぞ。

ドローータ　（近寄って）「ずらかろう」と言うのはいいけれど――どうやって？　ドアの窓もないし、誰も――私はみんなに訊いたよ――誰も、私たちがどうやってここに入れたのか、知らないさ。

（やや上手寄りの天井から、黒い、巨大な、光沢ある管《くだ》が降りてくる。直径一メートルもあり、工場の煙突のように外側に梯子状の把手もついている。管の後ろにある小さなドアを開けてチェレンチェーヴィチ、次いで六人の黒ずくめの労働者たちが出てくる。管は奈落に通じる迫り台の真上に降りるので、彼らはそこから出てくるのである）

チェレンチェーヴィチ　皆さん、今晩は。

アルベルト　ようやく外界とつながった。あなたたちはどうやってここへ？　出入り口はあるのかな？

チェレンチェーヴィチ　どこからって、われわれは初めからこの管の中にいたのです。じゃどうやって中に入ったかと言われても、われわれにはわからない。私は劇場支配人のチェレンチェーヴィチ。この上には装置がある。非常に複雑な機械だが、見事なおもちゃですよ、皆さん――一人息子たちに完全には生き血を吸い取ってもらえなかった母親たちの遺体を残らず全部吸い取るマシーンです。今からすぐにも故ヴェンゴジェフスカ夫人をそこへ運びあげます。上にはまだエンジニア一人と他に二〇人の男がいますが、どうやってそこに入ったのか、彼らも知らないそうだ。われわれには彼らの会話が壁越しに聞こえたが、われわれが彼らに話しかけた言葉は何一つ彼らに聞こえなかったようです。

レオン　いや、支配人――これはもはや悪趣味な冗談としか言いようがない。すべて結構だが、度が過ぎてはいけない。

（管が引き上げられる。労働者たちは上手に整列して立つ）

チェレンチェーヴィチ　これは参った！　もうここから永遠に出られんぞ。しかし死体はすでに転がっている。血は争えませんな、（仏語の発音で）アルベール・ヴェンゴジェフスキさん。息子さんはパパそっくりだ。

レオン　じゃあ、その下らぬ能書きのお礼もパパそっくりにくれてやる。（と強力なパンチをチェレンチェーヴィチに浴びせる。相手は倒れ、死んだように長々と床に横たわったままになる）――ああ！　何のために僕はこんなことをしているんだ?!　こんなことをして、僕の可哀想な母さんが少しでも喜ぶのか?!　こん畜生も、よくもこんな下らぬ冗談を仕掛けやがったものだ！　悪党めが！　ああ、ああ！　もう僕の前には苦難の他は何もないのか。

見知らぬ女　私はもうたくさん。あんたたちの人殺し、ピストルごっこ、馬鹿話、嘘八百、殴り合い、精神的貧困、腐ったはらわたにまみれて遊ぶ心理学ごっこ。私は生きつづけたい。レオン、見てご覧！　これはすべて大々的ないかさま手品なんだよ。（死体に近づき、髪の毛を引っぱって、木製の頭部を引き抜く。と同時に頭部に結びつけられていた藁を詰めた服も引きずり出される）これは亡骸でも何でもない、ただのマネキンさ。首は木でできている。（床に投げられた首が鈍い音を立てる）もっとも誰だか有名な彫刻家の作品らしい。ザモイスキ[31]か、でなければアーキペンコ[32]じゃないかという気がする――これはかなり写実的で本人に似ているけれどね。手は石膏――何だか木工業で使われたような古い木型。あとは――麻屑の詰め物。（遺体全部を床に放り投げる。藁や布切れ、麻屑などが散らかる。そのすべてを覆っていた黒い衣も剥いで床に投げる）

レオン　（慄いて）あああ！　あああ！　これはひどい。僕は今からどうやって生きてゆけばいいんだ?!　前よりなお悪い、なお悪い――今やどう死ねばいいんだ?!　何もかも壊してくれたな！　あああ！　あああ！　あああ！

見知らぬ女　行きましょう、アルベルト――みんな、ここから出ましょう。レオンもこれに堪え切れれば強くなる。だめなら――後は野となれ山となれ――どのみちやりたいことはやったんだし。彼の思想はもう動き出して、誰にも止められない。出口のない部屋、というのもイカサマ。そこに並んだ椅子の後ろにきっとドアがあるわ。（椅子をかき分けながら進む。伯母、立ち上がる。不動の労働者たちと死体〔及びレオン〕を除き、全員が見知らぬ女の後に従う。女は壁をまさぐる）ほら――隠し扉がある、ボタンよ。

（ボタンを押す。扉が両側に大きく開く。陽光を浴び、遠景に山々の見える春の景色が広がる。部屋の中では照明がしだいに弱まり、赤味を帯びる。一同、扉から出てゆく。最後の者が出ると、黒い引き割り幕が閉じられ始める。その間レオンはずっと髪の毛に両手を突っ込んだまま、眼を剝き、立ちつくしている。引き割り幕が完全に閉じたところでレオンは床に膝つき、膝行しながら、散らかった母のマネキンの断片を搔き集め、胸に押し当てる）

レオン　あああ！　もう僕には何もない。良心の呵責さえ奪われた！　僕の苦悩も奪われた!!　僕にはもう何もない、何《なん》にも！　あるのはこの不幸な形見だけだ！　あああ！

労働者たちの隊列の最右翼の男　さて、諸君、中途半端な民主主義の名においてささやかな私的制裁を執行する番だ。

（全員でレオンに襲いかかり、マネキンの断片から引き剝がし、首を絞め、迫りの方へ引きずってゆく。

レオンの体を押さえ、丸めこみ、客席からはまったく見えないように自分たちの体で遮りつつ、奈落に押し込む）

労働者たち　いいぞ、いいぞ、いいぞ、いいぞ、いいぞおおお！

（労働者たち、息を切らしながら起き上がる。舞台上にレオンの影も形もない。天井から管がすばやく降りてきて、そのドアの前に労働者たちは整列し、一人ずつ入ってゆく。チェレンチェーヴィチ、意識なく何かうわ言を言いながら寝返りを打つ。その間幕がゆっくりと降ろされる）

（幕）

一九二四年十二月十三日

1　Mieczysław Szpakiewicz, 1890～1945――ポーランドの俳優、演劇人。ヴィトキェーヴィチの演劇のよき理解者であり、支援者であった。彼が支配人をしていた頃、トルン市立劇場は『小さなお屋敷で』（一九二三年）や『狂人と尼僧』（一九二四年）を初演している。

2　こうは書いてあるが、口調の使い分けについては戯曲の冒頭でしか（「いいえ――やめません」と始まる母の長い、重要な述懐の台詞まで）作者の指示がなく、それ以後はないので、もし二種類の口調を使い分けるとしても、それはむしろ演出家の仕事になる。

3　ポーランド語の obrok は馬などの役畜に与える燕麦、大麦などの濃厚飼料を意味するが、男爵家であるはずの Obrock という苗字には、c の文字が入り、一見ドイツ語風に、つまり貴族の名前めいて見える。

4　架空の地名。

5　傍線を付したこの文は、このセンテンスだけ、昂揚した口調の難解な、構文も複雑なものになっている。意図的なもの。

6　イプセンの『棟梁ソルネス』、ストリンドベリの『幽霊ソナタ』に対する関係づけ（B.N.）。

7　原文では、敬語をやめて互いに「君」と呼び合うという意味のフランス語の動詞 tutoyer をポーランド語化した tiutuajować という造語が使われているが、それがはしたなく、下品に響くせいで、次の母の台詞が引き出されたと考えられる。

8　「人（の頭）に、食器を洗った汚水をためたバケツをぶちまける」＝「人に対して（しばしば根拠のない）ひどい悪口を言う。罵倒する」という成句と、「コップの中の嵐」の句が合体したような、ヴィトキェーヴィチ独自の表現。

9　「究極の歴史的乳児」と直訳したが、意味は取り難い。

10　B.N. の注釈によればリベラルな議会制民主主義を指す。

11　ドイツ皇帝 Wilhelm II（1859～1941／在位 1888～1918）のこと。

12　Erich Ludendorff, 1865～1937――ドイツの軍人、政治家。ヒトラーと協力してミュンヘン一揆を起こし、ヴィトキェーヴィチが『母』を書いている頃は、政党「国家社会主義自由運動」を率いていた。

13　古代ギリシャで政治家などの愛人をつとめた、高い教養と才能のある娼婦のこと。

14　名士の意。

15　B.N. の注釈によれば、以上はコカインを服用した結果現れる幻覚の描写。

16　レオン・フフィステク Leon Chwistek, 1884～1944――ポーランドの哲学者、数学者、画家。ヴィトカツィ、人類学者のブロニスワフ・マリノフスキ、作曲家のカロル・シマノフスキらと親交があった。一九一八年にはエッセイ「藝術における現実の多数性」、一九二一年には著書『現実の多数性』を発表している。
17 英語で redingote。一種のダブルのフロック・コート。ウエストが絞られ、裾がやや広がった、本来騎馬用の服。
18 現実に存在した特定の種類のダンスとは思えない。むしろ官能的ダンスのような、「不健康な」あやしい連想を促す言葉。
19 ブロム（臭素）もクロラールも鎮静剤。
20 アザラシの毛皮。
21 ティムール（Timur, 1336～1405）――ティムール朝の建国者。
22 ドイツ語で男爵夫人。
23 アルフレッド・フイエ（Alfred Jules Emile Fouillée, 1838～1912）――フランスの哲学者。
24 ジャン＝マリー・ギュイヨー（Jean-Marie Guyau, 1854～1888）――フランスの哲学者、詩人。フイエの弟子。
25 コカイン常用者。
26 B.N. によれば、自筆稿では「夢と想像の現実」という表現だった。
27 r の音だけをフランス語風に発音せよという指示だと思われる。
28 原文 Albert。ポーランド語では「アルベルト」。古ポーランド語時代からある名前ヴォイチェフ（Wojciech）と伝統的に結びつけられてきた。
29 戯曲冒頭の人物紹介にも「見知らぬ若い男」とあるが、次の台詞以降は終始「アルベルト」と記されているので、訳文でもそう記す。
30 原文は czysta forma、チスタ・フォルマ。この連語をキャッチフレーズとして、ヴィトカツィは自らの藝術理論を主張した。巻末解説参照。
31 アウグスト・ザモイスキ August Zamoyski, 1893～1970――ポーランドの彫刻家。ヴィトカツィの親友。

32　アレグザンダー・アーキペンコ Alexander Archipenko, 1887～1964——ウクライナ生まれのアメリカの彫刻家。

解説

流行と古典

　スタニスワフ・イグナツィ・ヴィトキェーヴィチは苗字のWitkiewiczからWitk、セカンド・ネームのIgnacyからacyを取って組み合わせ、Witkacyという名を作り、二十三歳くらいの頃から使っていたが、第一次世界大戦の終結した二十八歳頃には、「ヴィトカツィ」も本名と同等の有効性を持つと自ら「公認」した。生活面でも創作面でも反抗し、否定し、克服すべき対象だった名士、父スタニスワフ・ヴィトキェーヴィチと間違っても取り違えられたくないので、セカンド・ネームは省略できなかったのだが、フル・ネームは長すぎたし、別名ヴィトカツィの考案はよい解決だった。

　その名を口にする流行はもう大分以前に去った。私が初めてポーランドに行った一九七四〜六年は、六〇年代、七〇年代と連続した世界的な流行の只中で、ヴィトカツィ自身のテクストの初刊行を初め、戯曲の上演や美術作品の展示、ヴィトカツィに関する評論の刊行、講演といったことがひきもきらずに行われていた。今でこそ大方違う研究をしていると言っていい、私の留学当時からの友人、美学者クリスティナ・ヴィルコシェフスカ（Krystyna Wilkoszewska）（でさえ）もヴィトカツィの哲学、美学を論じた博士論文から出発した。クラクフ大学でのその公開審査に私が出席した日付も判っていて、一九七六年四月二十三日だった。戯曲を集め、初の全集と言うべき形でコンスタンティ・プズィナ（Konstanty Puzyna, 1929～89）が編んで出版したのが一九六二年、その増補改訂第二版刊行が一九七二年であり、ポーランドの岩波文庫のような存在であるオソリネウム出版の《国民文庫 Biblioteka Narodowa》第一叢書に第二二一巻として組み入れられ、刊行されたのが一九七四年である。

当時の流行は、ポーランド国内に関してはヴィトカツィ「再発見」、国外に関しては「新発見」という、それぞれ相互に依存する事象だったが、日本においてさえ昂揚した調子のヴィトキェーヴィチ紹介のテクストが書かれるほど大きな世界的流行になぜなったのかといえば、大雑把に言って二つの背景が考えられる。一つは、六～七〇年代が、マーティン・エスリンの言う欧米の「不条理演劇」（一九六二）、日本で言えば小劇場演劇、アングラ演劇といったオルタナティヴな演劇が経済先進諸国で強く人を惹きつけた時代であり、ヴィトカツィの戯曲がそうした志向の演劇にはうってつけのテクストを提供したこと。今一つの理由は、そのテクストが遠い、寒い国から、あるいは「鉄のカーテン」の向こう、秘密めいた東欧の社会主義国から、あるいは文明の縁辺から提供されるということで、さらにはそれが大昔の一九二〇年代に書かれたものだということで、人々が不意打ちにも似た驚きに見舞われたということがある。そのため、文明や商業の中心にいる人々はヴィトカツィに言及する時、絶えず「東欧」という地政学的な含意の強い言葉、「先駆者」といった歴史の見直しや自己反省を迫る言葉、あるいはエスタブリッシュメントや体制に対する異議申し立てを連想させる用語「前衛」を並べ、そのすべてに「知られざる」というような形容詞を冠して語った。ヴィトカツィを商品としてパッケージ化する際にはそうした措辞は必須だった。意外性、珍しさ、エキゾチシズムがセリング・ポイントだった。

二〇一五年の現在、そうした事情はすべてなくなった。もちろん依然として「遠い」国ポーランド、なじみのない言語、というイメージは「世界」に残るが、もはやそれでは「売り」にはならない。ポーランド国内では、ヴィトカツィの戯曲が学校教育の課題図書となり（『母』、『靴職人たち』など）、規範的テクストの仲間入りをして久しい。彼の芝居のかなりの部分が二十世紀演劇の古典的レパートリーともなった。だが、ポーランド国外ではどうだろうか。ヴィトカツィの戯曲はどこまで世界文学たり得るだろうか。今回はそう自問しながら翻訳した。

人物と作品

ヴィトカツィについての紹介的記述に初めて接する者は誰も、彼が美術、戯曲、小説、哲学のどの分野でも活躍したと知らされ、驚く。絵画などはまだ「見る」ことが可能で自分なりの判断がつくが、他の領域については、ポーランド語をよく知らない限り、さしあたっては紹介者の判断を信用するしかないので、そうした多才さに対するポーランド国外での驚きは、隔靴《かっか》掻痒《そうよう》の効果、あるいは夜目遠目笠の内の原理もあって長く持続する、というより、なかなか訂正されない。一方ポーランド語圏内では、彼が活動していた当初から、実はすべての分野でディレッタントなのではないかという疑念が持たれていた。しかしその場合でも、ヴィトカツィの作物があまりにも時代を先取りして新奇なために、見る者読む者のセンスや判断力が追いつけなかったのだという主張もあり、確かにそういう面もあったに違いない。事実、時間が経つほどに確実にヴィトカツィの評価は高まっていった。そして現在、評価は落ち着いたと言えるのではないかと思う。ただその評価には一つの特徴がある。それは、各分野の個々の作品が到達した評価によるのではなく、全分野の創作全体、更にヴィトカツィの人生全体、生き方そのものを総合しての評価が高い水準に落ち着いたということだ。

父親の方針で学校に通わなかったヴィトカツィは、試験だけで無事中等教育修了資格を得た十八歳頃から、父との確執を強める。息子が美術大学に入ることにも反対していた父が病気療養のためにしばらくクロアチアに行っている間に、ヴィトカツィはクラクフの町に部屋を借り、勝手にクラクフ美大に通い始める（卒業はしていない）。それがちょうど満二十歳の頃だが、それ以降、死ぬまで、夥しい数の女性と交際し、結婚した後も公然と不義を重ね、種々の麻薬を試み、人々の顰蹙を買う発言、常軌を逸した奇行に走っては、絶え間ない論争、紛争を実生活上でも雑誌上でもつづけた。一言で言えばスキャンダルに満ちた生涯だったのだが、特定のグループや党派の運動との結びつきは遂に決定的なものとはならなかったために、常に狷介《けんかい》孤独のイメージがつきまとった。

カトリックの強い社会でありながら、六〇年代以降のポーランドの文化(史)は、そうした負の側面も少なくないエキセントリックな人間ヴィトカツィの人物像から、ある種規範的な、つまり最終的には肯定的な「ポーランド的藝術家」像を作り上げることに成功したように思える。そこには、ポーランド人は個人主義者である、集団、体制、権威、秩序に対して従順であるよりは反抗する者である、といったかなり古い時代から醸成されてきた一般的なセルフ・イメージが基盤としてあるとともに、藝術家や「天才」を崇拝して治外法権を与えるポーランド・ロマン主義の原理が作用してきたと言えるだろう。その過程で、ヴィトカツィの像は「孤独」から「孤高」へと高められ、仮に美術、演劇、哲学のどの領域でも抜群の傑作を残さなかったとしても、膨大な量の伝説も含めたそのバイオグラフィ全体、人物像の総体が、最終的に極めて高い、しかも勝れて「ポーランド的な」現象として評価されるにいたった――というのが今の私の考えである。ヴィトカツィの人生自体が興味深い作品だったというようなまとめ方でも構わない。ヴィトカツィの像としては、ザコパネでも何度も会って睨みっ競《くら》をし合ったゴンブローヴィチが絶妙な筆で残したこんな一節がある――

それにしても、一言も聞き逃すまいと彼の言葉に聴き入り、その一挙手一投足に見とれるうすぼんやりした取り巻き連中一行を従え、山の中、星空の下、雪の上をその巨大な姿がとぼとぼ歩む光景には、紛れもなく悲劇的なものがあった。何かしら傑出したものが、痛々しい道化芝居の底に突き落とされ、次第に歪められてゆくような印象がそこにはあった。ポーランドという国では、高いものと低いものとが共生し得ず、ひたすら互いに足を引っ張って笑劇《ファルス》の泥沼に沈み込む外ないのだということが、私の目にこれほど身も蓋《ふた》もなく映じたこともなかった。(一九六一年八月三十日筆。一九七七年刊『ポーランドの思い出』より)

演劇と「チスタ・フォルマ」理論

とはいえ、ポーランド語の圏外に生きる者にとっては、ヴィトカツィ伝のような評伝文学や映画を相手にするのでない限り、彼の人生にまつわる事実や神話はどうでもいい。彼の表現自体に接するには、やはり具体的な作品を取り上げねばならない。

ヴィトカツィの戯曲は、八歳の時に書いたいわゆる若書き、習作、あるいは断片しか伝わらないテクストを除けば、二一篇あり、そのうち二〇篇は第一次大戦が終わり、ポーランドが復興された一九一八年からの八年間に書かれた。実のところ、題名がわかっているものだけでも、ほぼ同じ数、つまり二〇篇の戯曲が消失したか、あるいは不完全な形でしか残っていない。

本書に収めた四篇は、一九二一年～二四年の間にどれもかなりの速度で書き上げられた作品である。期せずして、どれもすでに日本で――ポーランド語から訳したのではない重訳に基づいた上演も含めると――舞台にかかったことのあるものになった。かえすがえすも残念なのは、一篇だけ違う時期に――随分と吟味推敲したらしく――一九三四年に完成した『靴職人たち』を含められなかったことだが、『狂人と尼僧』の二・五倍以上あるその分量のせいというよりも、用いられている言葉の特殊性、ひいては翻訳の難しさ、訳者の力不足が断念せざるを得ない理由だった。『靴職人たち』がヴィトカツィの戯曲でも最高傑作だというような評価は、社会主義時代の政治的な文脈があってこそ生まれたとも思われるが、そういう事情を割り引いたとしても、もしもう一篇加えることができたなら選びたい作品だった。

ヴィトカツィは、『狂人と尼僧』までの自分の戯曲を「★よりチスタ・フォルマに近い作品」と「†いたって写実主義的な作品」、そして無印の作品（恐らくはどちらとも言えないということ）に分けて自己査定している。ここに収めた作品は『小さなお屋敷で』と『狂人と尼僧』が†で、『水鶏』は★に分類されている。『母』は、その分類表が単行本『演劇』（一九二三年刊）の巻末に付された後で書かれたが、★が付されてしかるべき作品である。なぜならこの戯曲の執筆については妻に宛てた手紙で「『母』という題のC・F（＝チスタ・フォルマ）の奇怪《きっかい》な芝居を書いた」と書いているからである。ということで、結局私は、作者自身が考えた作品の傾向から見て、ちょうど半々の選択をしたことになる。

しかし、そもそも「チスタ・フォルマ Czysta Forma」とは何か。それは、ヴィトカツィが理想とする藝術の様態を指して作った用語だった。いたって曖昧な用語で、お世辞にも成功したとは言えないと誰もが思ったし、今でも思っている。チスタは「純粋な」という形容詞、フォルマは見ての通り「フォルム、形、形態、形式」なのだが、そのように日本語にしてみても、あるいは他の言語に直訳しても、まず納得がゆかないために、敢えて原語の響きを写して「チスタ・フォルマ」としておく。

ヴィトカツィによれば、最も理想的にチスタ・フォルマを構築し得る藝術は音楽ということになる。その構成要素である音響には基本的に意味がないからである。次にチスタ・フォルマを実現することのできる代表的な藝術が絵画、彫刻、建築で、現にヴィトカツィは一九二五年頃、もう藝術的、本格的絵画は止めると宣言するまでに自分が制作した絵画作品、特に油彩画をチスタ・フォルマの絵画と呼んでいる。確かに、父親のスタニスワフ・ヴィトキェーヴィチが好んで描いた写実的な風景画や、ポーランド人の生活をメッセージと共に描く社会派的な絵画、マテイコのような民族の歴史、その栄光や悲惨を大作に映す歴史画のようなものは一切描こうとはしなかった。だからといってモンドリアンやスッシェミンスキのように抽象絵画をめざす気配も全くなく、彼の「純粋絵画」はいたって人間臭い——あるいは怪物臭い——ものだった。画面に配された形象は現実に由来するものではあったが大きくデフォルメされ、人間を含めたすべての生物がモンスター化されて登場していた。ボイ゠ジェレンスキはヴィトカツィの描く肖像画を「キャンヴァス上に凝固した演劇」と呼んだ。確かにヴィトカツィは歴史、社会、政治、生活の介入を排除はしたが、人間は排除しなかった。そこには歪められ、破壊されてはいるものの、常に物語があり、人間の成れの果てのような怪物が画面から消え去ることは遂になかった。

私自身の言葉で言えば、そうした自分流のチスタ・フォルマ絵画に時間を与え、舞台という空間を与えて四次元世界で動かそうとしたものが、ヴィトカツィの演劇だった。一般に流行していたメロドラマ、リアリズム演劇、心理劇、道徳劇を激しく憎んだ彼が理想としたチスタ・フォルマの演劇は、写実でもない、抽象でもない仕方で観客の耳目と精神を揺さぶることをめざした。その舞台は非写実、非合理でありながらも人に訴えるリアリティを持っていなければならなかった。

それは人が睡眠中に経験する《夢》のリアリティだろうと、私は思う。日常世界を支配する法則とは異なる、言語にし得ない不可思議な原理で人を動かす《夢》のような情況を、ヴィトカツィは劇場で現出させようとしたのだと思う。その意味では彼の志向はダダイストやシュルレアリストの志向と重なる部分が多かった。同時にそれは明らかにフロイトやユング以後の世代の志向だった。そしてそれは、第二次大戦後、同じく美術作家だったタデウシュ・カントルの演劇にも引き継がれた。カントルの舞台を見れば、ここにチスタ・フォルマを実現した演劇があると言ってヴィトカツィは喜んだのではないだろうか。

ヴィトカツィは、演劇論の中でこう書いている――

> 純粋で抽象的な新しいフォルマが、もはや直接的・宗教的基盤なしに、外的世界の見え方のデフォルメという代償を払いつつ誕生したと同様に、心理学と〔役者の〕アクションのデフォルメという代償を払いつつ、演劇においてもチスタ・フォルマが成立することは同様に可能なのだ。（「演劇におけるチスタ・フォルマ理論の序」一九二〇年。単行本『演劇』収録は一九二三年）

右の引用で私が傍線を引いた部分は、恐らく、ヴィトカツィの尊敬するピカソなどを念頭に置いて書いている。そういう芝居は、「一切の日常生活的因果関係とは関わりのない、独自の内的、形態上の〔＝フォルマの〕論理を有していなければならない」と言う。私の言葉で言えば、《夢の文法》に精確に従うものでなければならないということになる。

つづけてヴィトカツィは、まだ書かれてもいない戯曲を例示として挙げるのは滑稽だがと断りつつも、チスタ・フォルマ演劇はたとえばこんな舞台だとしている――

> 赤い服を着た人物が三人舞台に登場し、それぞれが誰に向かってするともなく会釈する。一人は何やら長い詩を朗誦し始める（自分は正にその瞬間どうしてもそれをしなければならない

のだ、という印象を与えること）。猫に紐を結わえつけた柔和な老人が現れる。この時点まで背景は終始黒幕。引割幕が引かれると、イタリアの風景が見える。オルガン音楽が聞こえる。老人は登場人物たちと言葉を交わすが、それはそれまでの雰囲気にふさわしい種類の台詞でなければならない。テーブルからコップが落ちる。全員が跪《ひざまず》き、泣く。柔和な老人は荒れ狂う「ポフロン」の類いに変貌し、下手から登場した少女を直ちに殺す。そこへ美青年が駆け込んできて、老人に殺害の礼を述べ、赤い服の人物たちは歌い、踊る。次に青年は少女の亡骸の傍らで泣き、途方もなく朗らかなことを語ると、老人はふたたび柔和な好々爺に戻り、舞台の隅で崇高で明晰な台詞を発しながら笑う。衣裳はまったく自由で、きちんとした時代様式のものでも、空想的なものでも構わない――部分的に音楽が流れてもよい。つまるところこれは瘋癲病院か？　あるいはむしろ狂人の頭脳の舞台化か？　そうだとしてもまったく結構なのであって、ただ、こうした方法で真面目に脚本を書き、適切な仕方で上演することにより、かつてなかった美を有する作品を創造することは可能なのだ。深刻な劇でも悲劇でも、笑劇であれグロテスクであれ、従来の演劇とは似ても似つかぬスタイルで一貫していればそれでいい。

何物にも比べがたい睡眠中の夢というものに特有な、奇妙で、底知れぬ魅力を、この上なくありふれた事物でさえが持つ、何か奇妙な夢から醒めたような感覚とともに、観客は劇場を後にするようでなければならない。

（同前。傍線は関口）

右の引用に出てくる「ポフロン」はステファン・ジェロムスキ（Stefan Żeromski, 1864～1925）の小説『罪物語』（一九〇六～八年新聞連載。一九〇八年単行刊）に登場する悪役アントニ・ポフロンを指すか。

収録作品

収録作品は執筆年代順に並べた。以下、簡単に補足的な説明をする。なお、翻訳の底本としては以下の二書を用いた。

（一）Stanisław Ignacy Witkiewicz, *Dramaty*, (red. K. Puzyna), Warszawa 1972 (wyd. II), T. 1-2.

（二）Stanisław Ignacy Witkiewicz, *Wybór dramatów*, (red. J. Błoński, M. Kwaśny), Wrocław 1974, Biblioteka Narodowa Seria I Nr 221.

脚注でB. N.と略記したのは（二）のことである。なお訳文中の（　）は原文由来のもので、〔　〕内は訳者による注釈。原文において隔字組などで強調されている箇所は、訳文においては傍点に変更した。

『小さなお屋敷で』W małym dworku

実は劇の題名も筋立ても、劇作家タデウシュ・リトネル（Tadeusz Rittner, 1873～1921）が一九〇四年に書き、上演されて大評判を取った芝居『小さな家で』（W malym domku）のパロディだった。地方の小都市を舞台にした、医師と身分違いの女との予定外の結婚、妻の姦通、夫による妻の殺害と自殺を筋として、小市民的道徳観念をめぐる人物たちの心理を精密に、勧善懲悪的にではなく描いた自然主義演劇の古典ともいうべきこの戯曲は、ポーランド国内では現代でも上演されたり、映画化されたりしているもので、これはこれで興味深い。

ヴィトカツィの戯曲の中でもよく上演されるものであると同時に、作者の生前すでに上演され、作者自身が演出もした作品として特別な地位にある。劇中に哲学的議論や文明批判などがないことも珍しく、その点舞台にかけやすいということも言える。初演は一九二三年七月八日、トルン市立劇場。二度目の上演は、一九二五年八月二十七日、（無言劇シーンを書き足したヴァージョン。ザコパネのテアトル・フォルミスティチュネで行われ、演出・美術をヴィトカツィ自ら担当した）タデウシュ・カントル主宰の劇団クリコ2も一九六一年に上演している。

この作品は日本でも『幽霊の家』と題され、一九八五年九月十日〜十五日、パルコ・スペース・パート3で上演されている。演劇集団「円」・パルコ提携公演。翻案・演出─ロジャー・パルバース。翻訳─高橋康也。装置─朝倉摂。出演─岸田今日子、後藤加代、森瞳子、坂本知佐、片岡みえ、橋爪功、柏木隆太、草野裕、松井範雄ほか。

『水鶏』Kurka Wodna

初演は一九二一年七月二十日、クラクフ市のスウォヴァツキ劇場で行なわれている。タデウシュ・カントルの劇団クリコ2が一九六七年四月二十八日から上演した『水鶏』は、あくまで「S・I・ヴィトキェーヴィチに基づくハプニング演劇」ではあったが、大きな反響を呼び、一九六九年イタリアのローマ、ボローニャ、モデナ、一九七一年フランスの「ナンシー国際演劇祭」およびパリなどで成功を収めた。

原題の Kurka Wodna〔クルカ・ヴォドナ〕は、実のところ kurwa〔クルヴァ〕という、英語で言えば bitch にあたる卑俗な普通名詞の、より穏やかな言い換えである。誰も赤面せずに、あるいは大笑いせずに発音できないこのクルヴァという単語は、辞書を引けば「売春婦」「売女」と出てくるが、そうした意味だけでその機能を理解することはできない。人によっては、「でよ、でさ」位の、調子を整える挿入句として連発する者もいる。それは極端としても、きわめて下品ではあるがポピュラーな罵言、間投詞である。この単語を直接言うのを避けるために、様々な、よりおとなしい言い換えが発明され、使われているが、kurka wodna もその一種である。これは実在する鳥の名前でもあって、クイナ（水鶏）科のバン（鷭）に該当するらしいが、そんな鳥が実際に存在するのかと驚くポーランド人も多い。ヴィトカツィとその仲間が、実際に、ある知り合いの女性を指してこの言葉で呼んでいたという話もある。しかし役名を「水鶏」としていいかどうかは、悩ましい問題である。「ヨタカ」などという名に変更する演出家がいてもおかしくはない。

日本語での上演は、上田美佐子のプロデュースによる東京両国のシアターX《カイ》オープニング・プログラムの一環として、一九九一年九月十五日〜二十三日、演出―遠藤啄郎（横浜ボートシアター）、音楽―矢吹誠、衣装―緒方規矩子、美術―堀尾幸男。出演―新井純、山下明彦、杉浦悦子、村松克己、杉浦香奈子、和田隆、中西俊彦ほか。

『狂人と尼僧』Wariat i zakonnica

短めで無駄なく凝縮された感があり、「不条理劇」の典型として世界的にも上演されることの多い戯曲。初演は一九二四年四月二十六日、トルン市立劇場で行われたが、修道女をこのように扱うことで世論や教会から指弾される可能性があるために、題名を『狂人と看護婦』として、衣裳も変え、十字架はやめ、台詞の一部も変更した。同様のことは翌年のザコパネで同じ題で上演された時にも起こった筈だが、演出と装置をヴィトカツィ自身が担当したことは特筆に値する。その際の衣装や装置のスケッチも残されている。

ヴィトカツィを出発点としたカントルだったが、一九六三年以後はもはや戯曲に忠実な上演形態ではなく、「ヴィトカツィとのゲーム」あるいは「ヴィトカツィ遊び」とでもいうべき演劇を始め、劇団クリコ2の『狂人と尼僧』（一九六三年六月八日初演）はその転換点となった上演だった。一方で数多い「戯曲に忠実な」上演の中でも、クシシュトフ・ヤシンスキ（Krzysztof Jasiński, 1943〜）を中心とするクラクフの国立演劇大学卒業生らが設立した（一九六六年）オルタナティヴな傾向の小劇場劇団テアトル・ストゥ（＝「百」）によって初演された（一九八六年十二月。演出クシシュトフ・ヤシンスキ）『狂人と尼僧』は、この劇場のスタイルとレパートリーを代表する、いわば「顔」となり、上演回数はすでに四百回近い。

日本での上演は『水鶏』と同じくシアターXオープニング特別企画の一環で一九九二年十月三日〜十一日に行われた。演出・主演—ヤン・ペシェク（Jan Peszek, 1944〜）、音楽—ヤツェク・オスタシェフスキ（Jacek Ostaszewski, 1944〜）、美術—イェジー・カリーナ（Jerzy Kalina, 1944〜）。出演—KRAFT（クラクフ市の俳優グループ）。この時はポーランド人俳優たちがポーランド語原文で演じ、観客には字幕で工藤幸雄氏の日本語訳を見せた。

『母』Matka

ここに収録した四作品のうち、唯一作者の生前には上演されなかったもの。一九三四年三月六日筆と記された『靴職人たち』を除けば、少なくとも一応完成した作品として今に伝わる二〇篇の後ろから数えて二番目の作品となる。

一九二四年十一月二十八日、ヴィトキェーヴィチは妻にあてた手紙でこう書いている——「ワルシャワ近郊にいるヤヴォルスキ〔友人の作家ロマン・ヤヴォルスキ（Roman Jaworski, 1883〜

1944）のことだろう〕たちの所へ行く列車の中で『母』という題のC・F〔＝チスタ・フォルマ〕の奇怪《きっかい》な芝居を書いた。もしうまくゆけば、素敵なものになる筈だ」。そしてこれを擱筆したのは翌月の十三日だった。「奇怪な」と訳したのは、英語にすればmonstrousが合うだろう、potwornyという形容詞で、ヴィトカツィは好んで使ったし、今でもよく使われる。「とんでもない」と穏便に訳してもいいし、「極悪非道な」「不埒な」でもいい。

しかし初演は、時代の遠く下った、ヴィトカツィ再発見たけなわの一九六四年五月十六日まで待たねばならなかった。劇場はクラクフのスターリ・テアトル、演出はイェジー・ヤロツキ（Jerzy Jarocki, 1929～2012）、舞台美術を後にアンジェイ・ヴァイダの妻となるクリスティナ・ザフファトーヴィチ（Krystyna Zachwatowicz, 1930～）、音楽を日本でもよく知られるクシシュトフ・ペンデレツキが担当した。

世界的なヴィトカツィ発見運動に少なからず貢献したと考えられているのが、フランスのルノー＝バロー劇団による『母』の上演である。マルグリット・デュラスが翻案担当者の一人で、古希を迎えたマドレーヌ・ルノーが母役だったと聞くだけで、さぞ見応えがあっただろうと思うが、私は実際にも記録映画でも見ていない。初演は一九七〇年十一月七日、テアトル・レカミエで、演出はクロード・レジ。

日本ではシアターX提携公演として一九九五年四月十七日～五月一日、演劇集団「円」が日本語上演した。演出―大橋也寸、出演―岸田今日子、吉見一豊ほか。二〇一五年十月一日～四日にも、同劇場でルティ・カネル（イスラエル）が演出し、上演しているが、右の二回はいずれもポーランド語以外の言語からの翻訳に基づく台本が用いられた。

ヴィトカツィの生涯

ヴィトキェーヴィチ一族は、少なくとも十六世紀まで遡るポーランド人士族（シュラフタ）で、借用権を永代相続していた「領地」も居館もサモギティア地方、ポーランド語ではジュムチ、リトアニア語ではジェマイティア地方にあった。士族身分といってもさほど富裕な家とは思えず、むしろ『小さなお屋敷で』の設定を思わせるような、どちらかといえば中流下流の家ではなかったかと思われる。

一八五一年五月二十一日、代々の居住地ポシャフシェに生まれ育ったスタニスワフ・ヴィトキェーヴィチ、つまりヴィトカツィの父は、一八六三年一月に勃発したポーランド人の「一月蜂起」の戦闘、父の逮捕、財産没収、蜂起参加者の集団処刑を十二歳で経験した。一家は離散し、ヴィトキェーヴィチはシベリアのトムスクへ流刑となる。やがてペテルブルク（一八六九～七二）、ミュンヘン（一八七二～七五）各地の美術学校で学び、画家となる。ワルシャワに戻ってからは写実主義、自然主義派の一員として、絵筆だけでなく文筆も揮い、批評家としても一家を成した。現在では恐らくまず何より建築の「ザコパネ様式」提唱者として、ポーランド人に親しまれていると言っていいのではないだろうか。

ヴィトカツィの母マリア・ピェチシュキェーヴィチ（Maria Pietrzkiewicz, 1853～1931）も現リトアニア共和国の北西部でポーランド小士族の家に生まれた。一八七二年ワルシャワ音楽院を卒業後、音楽教師として働き、『初等音楽教本』を出版（一八九四年）。父スタニスワフ・ヴィトキェーヴィチとは一八八四年にワルシャワで結婚。一八九〇年一家でザコパネに移住後も音楽を教えたが、生計は借りた山荘をペンションとして経営することで立てていた。ヴィトカツィもザコパネ滞在中はほとんど母の経営するペンションに住んだ。

一八八五年　二月二十四日、ワルシャワでスタニスワフ・イグナツィ・ヴィトキェーヴィチ誕生。法律上はロシア帝国の国民。ワルシャワの聖アレクサンデル教会（カトリック）が記録した戸籍には誤って三月二十四日となっている。

一八八六年　三月、父スタニスワフ・ヴィトキェーヴィチ（以下「父」と略記）、初めて南部山岳国境地帯、オーストリア＝ハンガリア領の保養地ザコパネを訪れ、魅了される。折柄カルパチア山地の自然、景観、山岳民グラーレ独自の文化が注目され、ポーランド人、とりわけ知識人の間で大きなブームとなっていた時代で、ザコパネはその中心地だった。

一八九〇年　夏、ヴィトキェーヴィチ一家ザコパネに移住。

一八九一年　一月二十七日、コシチェリスコ通りの木造教会で受洗。教母はポーランド演劇史上最も有名な女優の一人ヘレナ・モジェイェフスカ（Helena Modrzejewska, 1840～1909）、教父は山岳民グラーレを代表する歌い手、語り部のヤン・クシェプトフスキ・サバワ（Jan Krzeptowski-Sabała, 1809～94）。父、《クリエル・ヴァルシャフスキ》紙上で連載評論「ザコパネ様式」執筆を開始し、山岳民の日常デザインを基に建築や工藝におけるポーランド独自の民族様式を確立すべしと訴える。父の代表的評論『わが国における藝術と批評』初版。

一八九二年　父の設計になる初のザコパネ様式建築として《コリバ Koliba》山荘建設始まる。

一八九三年　この頃書いた戯曲が数篇現存し、公刊されている。

一八九七年　六月、はるばるルヴフ市の中学校まで二年次編入試験を受けに行き、合格するが通学はしなかった。それまでもヴィトカツィは学校に通っていなかったが、この後も学期末試験ごとにルヴフに出かけるだけで、あくまで勉強は自宅で家庭教師の指導の下にする。音楽を母に、絵画を父に習い、写真にも熱中する。

一九〇〇年　夏、初めて親元を離れて休暇をリトアニアの親類宅（ヴィルノの北東九〇キロ、スィウルグディシュキ村）で過ごす。

一九〇一年　前年同様スィウグディシュキで夏を過ごし、（八月半ば～十月半ば）その間初めての「外国」旅行としてペテルブルクを訪れてエルミタージュ美術館を見学。ワルシャワ経由でザコパネに帰る。冬、二点の自作画（リトアニア風景）をザコパネの絵画・彫刻展で展示。

一九〇二年　夏をスィウグディシュキで過ごす。冬、論考「ショーペンハウアーの哲学と先人達に対する彼の関係」を書く。文化人類学者ブロニスワフ・マリノフスキ、哲学者レオン・フフィステク（Leon Chwistek, 1884～1944）との交友はこの頃始まる。

一九〇三年　六月、ルヴフで中等教育修了資格試験（マトゥーラ）に合格。夏にはポドレ地方、クシェミエニエツ（現ウクライナ）、キエフ、スィウグディシュキ、リエパーヤ（ラトヴィアの港町）などを周遊。父との確執次第に強まる。

一九〇四年　三月から四月にかけ、各地に住む親類を頼ってクラクフ経由でウィーン、ミュンヘン、ジェノヴァ（北イタリア）を見る。初の外国旅行。ミュンヘンの新旧ピナコテークで強い関心を惹いたのはベックリンだけだったという従兄の証言がある。この夏、カロル・シマノフスキと親しくなる。この時期に書かれたシマノフスキのソナタ一番・ハ長調（作品八）はヴィトカツィに献呈されている。十月二十一日、療養目的でイストリア半島のロヴラン（クロアチア）へ向かう父に同行する。

一九〇五年　一月初旬、療養を続ける父をロヴランに残してザコパネに戻るが、二月にはクラクフに単身移り住み、学校教育に信を置かない父の反対にも拘らず、クラクフ美術大学入学を準備し始め、二月から翌年五月まで美大に通い、画家ヤン・スタニスワフスキ（Jan Stanisławski, 1860～1907）の教室で学ぶ。三月半ばから一ヶ月間、シマノフスキとともにローマ、ナポリに遊ぶ。五月、父ザコパネに戻る。ヴィトカツィの恋愛問題に関しても父子の意見の相違が表面化する。

一九〇六年　この年の半ば、美大の二学期終了とともにザコパネに戻り、父にも説得され、折柄ザコパネにほど近いポロニンに来て個人レッスンをしていたポン・タヴァン派のポーランド人画家でゴーギャンの友人でもあったヴワディスワフ・シレヴィンスキ（Władysław Ślewiński, 1856～1918）の指導を受ける。

一九〇七年　ウィーンでゴーギャンの作品を見る。

一九〇八年　一月末～四月半ば、パリ滞在。第二十四回アンデパンダン展を初めとして多くの新しい美術に接して衝撃を受ける。病気が悪化した父は十一月四日、再びロヴランに出発。ヴィトカツィは再度クラクフに部屋を借りて美大に通い、今度は画家ユゼフ・メホフェル（Józef Mehoffer, 1869～1946）の教室に入る。この頃イレナ・ソルスカ（Irena Solska, 1875～1958）、ルドヴィク・ソルスキ（Ludwik Solski, 1855～1954）という二人の名優との親交が始まる。ソルスカとの恋愛は、この時期の私生活を材料にヴィトカツィが初めて書いた自伝的小説『ブンゴの６２２の挫折、或いは魔性の女』の重要な背景となる。

一九一〇年　この年何度かロヴランの父を訪ねる。クラクフよりザコパネで多くの時間を過ごしながら絵を描き、『ブンゴの６２２の挫折、或いは魔性の女』の大部分を書く。作中にはネヴァモア公爵としてブロニスワフ・マリノフスキが描かれる他、ヴィトキェーヴィチ一家と親交のあった作家タデウシユ・ミチンスキ（Tadeusz Miciński, 1873～1918）やフフィステクなども登場する。小説は偽名で出版される予定だったが実現せず、初版は一九七二年。

一九一一年　五月初旬ベルリン、ケルン経由でパリへ行き、第二十七回アンデパンダン展を見る。同展第四一室ではピュトー・グループがキュビスムを喧伝し、世論を賑わせていた。その後、シレヴィンスキの招きでブルターニュに遊ぶ。父に似て穏健な作風の画家をヴィトカツィは「シレヴィンスキは父さんそっくりだ」と評している。七月半ば、ロンドンへ渡り二週間滞在し、数年ぶりにマリノフスキと会う。

一九一二～一三年　生活や藝術創作をめぐる父との確執続く。精神分析医カロル・デ・ボレン（Karol de Beaurain, 1867～1927）と知り合い、診察も受ける。ヤドヴィガ・ヤンチェフスカ（Jadwiga Janczewska, 1889～1914）と知り合い、婚約（一九一三年一月十七日）。イレナ・ソルスカの件を初めこれまで息子の恋愛について否定的だった父の「賛同」を初めて得る。**Witkacy**（ヴィトカツィ）という署名を手紙で初めて使う。

一九一四年　当時国外にあってポーランドの復興独立を期する武装勢力を統帥していた、後のポーランド第二共和国国家元首ユゼフ・ピウスツキ、同じリトアニア出身で遠縁にもあたる父ヴィトキェーヴィチをロヴランに数回訪問。一月ヴィトカツィはマリノフスキ宛ての手紙に「君に対する僕の基本姿勢は常に、これ以上はない深い友情だ。宇宙の中の不動点だ。僕の人生の結末は悲惨なものになるだろう。没後回顧展は面白くなるのじゃないだろうか。当面何も書けない。精神状態が余りに酷《ひど》すぎる。今、家《うち》にはカロル・シマノフスキが来ている。ヴィエロポルスカと一緒にミチンスキも来ることになっている。どうなったか、後日また書く」と書いているが、その時のシマノフスキは別の親友にこう報告している――「君も知っての通り、僕はもうザコパネにいる。ここの景色は綺麗だし快適だが、いつまで持ち堪えられるか、判らない。というのも、妙になじめない雰囲気がここにはあるからだ。ジェロムスキだの、ミチンスキだの、ポーランドのエリート集団がここにいるにも拘らず――だ。彼らの一人一人は僕も大好きだ——ジェロムスキについては「好き」以上だ——けれども、彼等が集合すると重苦しい雰囲気を醸し出す。ツァラトゥストラに倣って《これら偉大な人物達のせいで空気が重苦しくなる》と言いたくなる。これまでアルトゥル〔・ルービンシュタイン〕と一緒にいて具合がよかったのに、彼は今日いなくなってしまった——僕もウィーンに逃げ出したい！」

　ヴィトカツィが「家」と書いているのは母親が建物を借りて経営しているペンション《ノサル Nosal》のことで、シマノフスキはほぼ十年ぶりのザコパネ滞在にこの山荘を選び、結核療養に来ていたヤンチェフスカも同宿していた。二月二十一日、彼女はコシチェリスコ渓谷山中で婚約者つまりヴィトカツィ所有のピストル（ブローニング）で自殺する。原因については様々に臆されてきただけで、特定はできないが、シマノフスキとの三角関係という伝説もあり（私は与しない）、ヴィトカツィがそれを信じていた節もある。この事件についてはヴィトカツィの真率な告白がマリノフスキ宛ての手紙に綴られている。マリノフスキは親友を鬱状態から救い出すべく、自分の人類学調査への同行を提案。六月、ヴィトカツィはロンドンに到着、調査の映像記録担当者としてマリノフスキとともに出発し、地中海、スエズ運河、紅海、数日間のセイロン滞在を経て、ニューギニアに向かう。七月二十一日、西オーストラリアのフリーマントル港入港。八月三日、アルバニーで大戦勃発の報に接し、帰国を決意。ヴィトカツィはこの時点より以前すでに旅行が無意味だったと後悔していて、マリノフスキとの仲も悪化していた。背景には多くの理由があったが、マリノフスキはオーストリア＝ハンガリア国籍で、ハプスブルク多民族帝国の体制を評価していたことも一因（英国籍取得は一九三一年）。最終的に九月五日、シドニーを出航、メルボルン、アデレードなどに寄りながら、十日にオーストラリア大陸を離れ、ムンバイ（ボンベイ）、アデン、アレクサンドリア、テッサロニキ、オデッサを経て十月半ばペテルブルクに到着。志願してロシア陸軍のパブロフスキー近衛擲弾兵連隊に入隊し、迅速に昇進。

一九一五年　九月五日、父他界。

一九一六年　七月十七日、ウクライナ西部での戦闘中に負傷し、ペテルブルクの軍病院に収容。旧日本軍少尉相当の階級に昇進。九月半ばに退院するが、前線には戻らず。

一九一七年　二月革命を間近で経験する。三月、ニコライ二世退位。モスクワ滞在（十月革命も見たか?）。

一九一八年　二月、軍を退役。六月、ロシアを離れ、リトアニア、ワルシャワ経由でザコパネに帰還（七月）、母の経営するペンション《ヴァヴェル Wawel》に住む。クラクフ美術愛好家協会で第二回「ポーランド表現主義者と《ブント（＝乱。グループ名）》」展に参加。十一月、成人ヴィトカツィ最初の戯曲『マチェイ・コルボヴァとベラトリクス』を書き上げ、イレナ・ソルスカに献呈。この年からフル・ネームとは別に Witkacy も同等に「正式な」署名として認める。

一九一九年　各種展覧会に頻繁に絵画を出品し始める。六月、「演劇におけるチスタ・フォルマ理論の序」執筆。八月、戯曲『プラグマティストたち』書き上げる。九月、ザコパネの隔週刊誌《タトリの木霊》にルポルタージュ「熱帯の旅から」連載開始。十月、『絵画における新しいフォルムとそこから帰結する様々な誤解』を出版するが、反響なし。十一月、アニェラ・ザグルスカ（Aniela Zagórska, 1881～1943）と共にコンラッドの『オルメイヤーの狂気』を翻訳。

一九二〇年　一月、やがて両大戦間期ポーランド語文学の重要な媒体となる、月刊文藝誌《スカマンデル》創刊号に「演劇におけるチスタ・フォルマ理論の序」を連載し始めるが、同時代の優れた俳優、演出家ユリウシュ・オステルヴァ（Juliusz Osterwa, 1885～1947）から「ヴィトカツィは本質が判っていない、演劇の精神も判らず、演劇の解剖学も知らない」と手厳しい批判を受ける。二月、戯曲『トゥモル・ムズゴーヴィチ』完成。三月、戯曲『ムルティファコプーロ』完成（消失）。四月、戯曲『ミスター・プライス、或いは熱帯的癲狂』をエウゲニア・ドゥニン＝ボルコフスカ（Eugenia Dunin-Borkowska）と共同で執筆。五月、戯曲『新版《解放》』、『彼等』完成。他に三篇の戯曲を書くが、いずれも完全な形では現在に伝わらない。六月、オペレッタ台本『トゥトリ＝プトリ嬢』完成。

一九二一年　一月、戯曲『小さなお屋敷で』を書き上げ、母マリアに献呈。クラクフの「パワツ・シュトゥキ（＝藝術館）」で開催された第四回「フォルミスト展」に三五点の絵画出品。二月、戯曲『三角形の独立』完成し、フフィステクに献呈。三月、戯曲『双頭の仔牛の形而上学』書き上げる。四月、新たに母が建物を借りて開いたペンション《タトリ Tatry》に《ヴァヴェル》から移る。六月、戯曲『トゥモル・ムズゴーヴィチ』出版、同月三十日、クラクフ市立J・スウォヴァツキ記念劇場で初演、演出は劇場総監督のテオフィル・チュシュチンスキ（Teofil Trzciński, 1878～1952）。スキャンダル化に対する恐れから、上演は僅か二回に限定され、タデウシュ・ボイ＝ジェレンスキ（Tadeusz Boy-Żeleński, 1874～1941）以外の劇評は悉く批判的。八月十日、ザコパネで「未来派の夕べ」が開催されるが、警官によって解散させられる。ヴィトカツィの他にブルーノ・ヤシェンスキ（Bruno Jasieński, 1901～38）、アナトル・ステルン（Anatol Stern, 1899～1968）、アレクサンデル・ヴァット（Aleksander Wat, 1900～67）等の作家、詩人、画家が参加。十一～十二月、戯曲『ギュバル・ヴァハザル、或いはナンセンスの峠で』、『無題作』（マリノフスキに献呈）、『水鶏』完成。同時期に書かれた戯曲『善良なる伯母ヴァルプルギア』は消失。十二月二十三日、J・オステルヴァが創設したワルシャワの実験的劇場レドゥタのリハーサル室で、自作の『水鶏』を朗読する。オステルヴァはいつの日かヴィトカツィの作品を上演すると言ったが、実現せず。二十九日、レドゥタとテアトル・マーウィ（ワルシャワ）で講演「舞台におけるチスタ・フォルマ」、同日深夜『プラグマティストたち』初演（テアトル・マーウィ。演出カロル・ボロフスキ Karol Borowski, 1886～1968）。上演は未来派的スキャンダルとして大きな話題になる。

一九二二年　ワルシャワ滞在中、有名な霊媒ヤン・グジク（Jan Guzik, 1875～1928）の交霊会に三度参加、「ヤンチェフスカ嬢の幽霊を見た」と語る。二月、『美学論集』出版。四月以降、戯曲『烏賊《いか》、或いはヒルカニア的世界観』、『美男美女と醜男醜女、或いは緑の丸薬』、『ヤン・マチェイ・カロル・フシチェクリーツァ』執筆。孤独感、四面楚歌の実感は高まる一方で、五月二十三日の手紙には「そのかわり、藝術創作上はうまくゆかない。展覧会をやろうと思っても会場側で拒否するし、このシーズン中にクラクフで僕〔の戯曲〕を上演してくれるかどうか、未だに判らない。もうじき、野垂れ死より悪い形でくたばって終わるのが関の山だろうと思う。〔……〕僕は完全に〔人から〕見放されていて、僕の演劇的な構想は結局水泡に帰すような気がする。志を断念して、ザコパネで誰も見向きもしない象牙の塔に籠るとしよう」と告白している。七月二十日、クラクフ市立J・スウォヴァツキ記念劇場で『水鶏』初演（二回公演）。演出チュシュチンスキ。劇評はこれまでに比べて僅かに良くなる。八月初め、妻と娘を伴ってザコパネを訪れたマリノフスキと再会。この年、ザコパネへ療養に来ていた、将来の妻ヤドヴィガ・ウンルク（Jadwiga Unrug, 1893～1968）と知り合う。十一月、雑誌《ズヴロトニーツァ》に戯曲『新版《解放》』第一部が掲載される（翌二月に掲載完結）。

一九二三年　この年がヴィトカツィの転機となると、ワルシャワの高名な占い師ヘレナ・マサルスカ＝クリデネル（Helena Massalska-Krüdener）に予告されていたという。一月、前年に発表されたステファン・ジェロムスキの評論『スノビズムと進歩』中のヴィトカツィ評を読み、憤り、遺恨を綴った手紙をジェロムスキに書き送る。戯曲『狂人と尼僧』完成。二月、ザコパネを再訪したヤドヴィガ・ウンルクと会い、数日後に結婚を申し込み、受け入れられる。この結婚には上述した占い師の予言が影響したと考えられている。四月三十日、ザコパネの教区教会で結婚式。五月九日「昨日は午後から夜までずっとスタシ〔＝ヴィトカツィ〕の名前の日のパーティ——これまで一体何度絶交したり、撚りを戻したりしたか判らないが、また仲直りだ。それにしても何という変人！」（シマノフスキのヤロスワフ・イヴァシュキェーヴィチ宛て書簡）。五月、クラクフで単行本『演劇——演劇におけるチスタ・フォルマ理論の序／演出家と俳優の創作について／チスタ・フォルマを求める闘いの記録／我国の未来主義について』刊行。六月、戯曲『烏賊』がクラクフ前衛藝術家グループの雑誌《ズヴロトニーツァ》に掲載される。六月、戯曲『フィズデイコの娘ヤヌルカ』書き上げ、妻に献呈。七月八日、トルン市立劇場で『小さなお屋敷で』初演（再演七月二日）、演出ヴァツワフ・マリノフスキ（Wacław Malinowski）。十月、戯曲『狂った機関車』完成。妻と共に『狂った機関車』、『プラグマティストたち』を仏訳する。

一九二四年　三月、演劇論、美学論をめぐって評論家カロル・イジコフスキ（Karol Irzykowski, 1873～1944）と論争。四月二十四日、トルン市立劇場で『狂人と尼僧』が検閲対策で『狂人と看護婦』と題を変えて初演され、成功するが、上演は三回で終了（演出ミェチスワフ・シュパキェーヴィチ Mieczysław Szpakiewicz, 1980～1945）。五月一日、トルンで講演「演劇における写実主義の問題」を行った際、哲学者ロマン・インガルデン（Roman Ingarden, 1893～1970）と知り合う。「講演は明晰さに欠け、単調で、読み上げる速度も速すぎた。演者は、飲んだアルコールがまだ足りないので、きちんと喋れるかどうか判らないと前置きして始めた」とインガルデンは書いている。同二十五日、トルンで人物の肖像画だけを集めた展覧会開催。六月、妻と『水鶏』を仏訳。十一月、戯曲『ペルスィ・ズヴィエルジョントフスカヤ』を書く（消失）。十二月十三日、戯曲『母』完成。本格的な絵画の制作はこの年で終わり、以後は注文による肖像画やドローイングしか制作しなくなる。

一九二五年　年初、妻ヤドヴィガはザコパネからワルシャワに移り住み、これ以降二人の別居生活が始まるが、ほとんど毎日のようにヴィトカツィは極めて真率な手紙を妻に書き送るという不思議な状態が最後まで続く。一月二十六日、フラネク・クルスキ（Franek Kluski, 1873～1943）を霊媒とする交霊会でヤドヴィガ・ヤンチェフスカの亡霊を見る。二月五日、ワルシャワのA・フレドロ記念劇場で『ヤン・マチェイ・カロル・フシチェクリーツァ』初演、演出ヤン・パヴウォフスキ（Jan Pawłowski, 1879-1936）、これまでと打って変わった好評で、「シーズンのヒット」となり、上演は一ヶ月間続く。三月、雑誌《スカマンデル》に『狂人と尼僧』掲載。同二十一日、ザコパネ演劇協会主催で『新版《解放》』と『狂人と看護婦』を上演。演出、舞台美術共にヴィトカツィ、会場は「モルスキェ・オコ」ホール。評判は賛否分かれ、上演中止を警察に要請する者もいた。四月十二日、政府助成金を獲得したA・フレドロ記念劇場が『ヤン・マチェイ・カロル・フシチェクリーツァ』の全国巡業を開始、一九ヶ所で公演。ワルシャワに「S・I・ヴィトキェーヴィチ肖像画商会」を設立。同二十五日、ガルリンスキ美術サロンで七三点の人物肖像画を四〜五月期の「価格表」と共に展示。商会最初の催事。概して好評。六月、戯曲『ベルゼブブのソナタ、或いはモルドヴァルで起こった本当の出来事』完成。八月二十七日、無言劇シーンを書き足した『小さなお屋敷で』をザコパネのテアトル・フォルミスティチュネで上演、演出・美術ヴィトカツィ。十月一日、収益が低すぎるという理由でペンション《タトリ》の所有者がヴィトキェーヴィチ家との契約を解除。母は新たにコシチウシュコ通りの山荘《エレクトロン Elektron》とクルプフキ通りの《ゾシカ Zośka》を借りる。十二月、ヴィトカツィのワルシャワ滞在中にテアトル・フォルミスティチュネで『プラグマティストたち』を上演。演出は医師のマルツェリ・スタロニェーヴィチ（Marceli Staroniewicz, 1893〜1964）。この年、ドロホブィチ（現ウクライナ）でブルーノ・シュルツ（Bruno Schulz, 1892〜1942）と知り合う。

一九二六年　一月、フランスの作家ジャン・ラ・イール（Jean de La Hire, 1878〜1956）からの手紙で、自分の戯曲がフランスで上演される可能性のなくなったことを知る。五月半ば、ワルシャワのテアトル・マーウィで『トゥモル・ムズゴーヴィチ』上演準備中、第一回リハーサルの後に俳優達が出演をボイコットし、スキャンダルに発展する。ズィグムント・ノヴァコフスキ（Zygmunt Nowakowski, 1891〜1963）らが俳優側を擁護し、ボイ゠ジェンレンスキ、ヤン・レホン（Jan Lechoń, 1899〜1956）、カロル・イジコフスキらが作者側につき、係争となり、処理にあたったZASP（ポーランド舞台藝術家組合）は妥協案を提示したが、最終的に公演は中止された。五月八日、ヤン・パヴウォフスキ演出兼主役の『ヤン・マチェイ・カロル・フシチェクリーツァ』がルヴフ（現ウクライナ、リヴィウ市）でヴィトカツィの事前承諾なしで上演され、成功を収める。五月二十八日、ワルシャワのテアトル・マーウィで『狂人と尼僧』（演出カロル・ボロフスキ Karol Borowski, 1886〜1968）と『新版《解放》』（演出アレクサンデル・ヴェンギェルコ Aleksander Węgierko, 1893～1941/1942）が上演され、評価においても興行収入においても成功する。翌朝の新聞には、文壇で重きをなす作家たちの絶讃評が掲載された――「『狂人と尼僧』も『新版《解放》』も疑いの余地なき天才の刻印を帯びている〔……〕今日のポーランドにヴィトキェーヴィチほど知的で勇敢で複雑で謎めいていて、人を驚嘆且つ困惑させる舞台作家はいない」（アドルフ・ノヴァチンスキ Adolf Nowaczyński, 1876～1944）。六月、ザコパネでストリンドベリの『幽霊ソナタ』上演（ポーランド初演）。七月二日、ワルシャワに新設された劇場テアトル・ニェザレジュネで『ミスター・プライス、或いは熱帯的癲狂』を上演するが（演出タデウシュ・レシュチッ Tadeusz Leszczyc）、不評に終わる。この月、《エレクトロン》から《ゾシカ》に移る。ザコパネのアマチュア演劇に出演していたヤドヴィガ・スタフルスカ（Jadwiga Stachurska）、愛称ネナ（Nena）と知り合い、親しくなる。お気に入りだったネナの肖像をヴィトカツィは九〇点以上描いている。八月十二日、ルヴフのテアトル・マーウィで『小さなお屋敷で』をヴィトカツィ自身が演出し、ワルシャワの俳優達が客演、「母＝幽霊」をスタニスワヴァ・ヴィソツカ（Stanisława Wysocka, 1877～1941）、家政婦をイレナ・ソルスカ、ディヤパナズィをスタニスワフ・ブリリンスキ（Stanisław Bryliński, 1890～1953）という豪華なキャストで上演。ヴィトカツィ自身、妻への手紙に「僕がヴィソツカを相手に演出する――これがどれだけ大胆不敵なことか、わかるかい？」と興奮して書いたが、自分は演出家には向いていないと打ち明けている。評判は上々だったが、興行主の財政に問題があり、ソルスカは初演後飛行機でワルシャワに「逃げ」帰るが、出演料も旅費も貰えなかったのではないかと思われる。八月二十四日、小説『秋への別れ』草稿完成。十一月、戯曲『香水壜の中のヴァンパイア、或いはベールの匂い』を書き始める（消失）、戯曲『ヴァーミンストーンの陰鬱な私生児』完成（消失）。

一九二七年　四月末、小説『秋への別れ』出版されるが、作者の予期したセンセーションとはならず、書評も低調。五月、ワルシャワの日刊新聞《プシェグロント・ヴィエチョルネ》に週一回の藝術・演劇時評を連載開始。同三十一日、優れた演劇プロデューサーのアルノルト・シフマン（Arnold Szyfman, 1882～1967）が監督するウッチ市立劇場で『ペルスィ・ズヴィエルジョントフスカヤ』初演（演出ミェチスワフ・シュパキェーヴィチ）。ヴィトカツィは「自分の意図通りに演じられた、自作の最良の上演」と認めたが、二度目の公演は観客数一二九人に留まり、その後は再演されずに終わる。公演後の雑誌インタヴューで「舞台用のものとして、自分で満足のゆくようなものはしばらく何一つ書けていないし、今のところは疲労困憊。肖像画以外の絵画とは決定的に手を切った」と発言。六月二十二日の妻宛ての手紙には「君のいない今の僕は余りに不幸で、泣き出すのを怺えるのが精一杯。これまで頑張って小説、戯曲、形而上学を書いてきた――でもどれも腸《はらわた》がないように思える」。八月三十一日、「昨日街角でカロル・シマノフスキと仲直りして、今日彼と〔イレナ・〕ドゥビスカ（Irena Dubiska, 1899～1989／ヴァイオリニスト）の演奏会に行ってきた。お袋は感動していたが、僕はしなかった――音楽は僕にとってもう完全に意味がなくなってしまった」（妻宛て書簡）と書いているのは、この日は《ヴァイオリンとピアノのためのソナタ・ニ短調》（作品九）や《三つの神話》（作品三〇）といった名曲の名演だった――そのことは当時の演奏会評に窺える――だけに不思議なことであり、アマチュア以上の音楽家だった母と、その母に音楽を教わりはしたもののその方向には発達しなかった息子の対比も、またシマノフスキとの関係も興味深い。ちなみにヴィトカツィの戯曲には色彩についての指定は必ずあるが、音響や音楽についてはは少ない。九月、リシャルト・オルディンスキ（Ryszard Ordyński, 1878～1953）監督の映画『無名戦士の墓』に出演する機会が訪れるが、最終的にやめる。十二月十六日、小説『非充足』を書き上げ、推敲を始める。

一九二八年　どういう条件で肖像画の注文に応じるかという、いわば会社案内、営業案内を箇条書きに記し、価格表も付した小冊子「S・I・ヴィトキェーヴィチ肖像画商会規約」を発行。四月十四日、ポズナン市の劇場H・モジェイェフスカ記念テアトル・ノーヴィで『双頭の仔牛の形而上学』初演。演出エドムント・ヴィエルチンスキ（Edmund Wierciński, 1899～1955）。上演は失敗に終わり、ヴィトカツィ自身「どう見ても自分の作品とは思えなかった——写実主義的ナンセンスの非構築的ママレード」と酷評。この年、パリのサロン・ドートンヌで特にポーランド部門が設けられた際、アウグスト・ザモイスキが推薦したヴィトカツィの作品十一点が展示されたことに対して、国内で非難の声上がる。十一月二十六日、フランスの薬学博士で麻薬研究者アレグザンドル・ルイエ（Alexandre Rouhier, 1875～1968）から譲り受けた幻覚剤ペヨーテを初めて服用。ヴィトカツィは知り合いや医者の立ち会う中で種々の麻薬を実験的に服用し、効果を調べた。初の本格的なヴィトカツィ論が複数現れる。終始ヴィトカツィに好意的だったボイ＝ジェレンスキの「スタニスワフ・イグナツィ・ヴィトキェーヴィチの演劇」がポーランド語文学を紹介する仏語の月刊誌《ポローニュ・リテレール》第一八号に掲載される一方で、逆にイジコフスキの「ヴィトキェーヴィチの作品」は批判的だった（《ヴィヤドモシチ・リテラツキェ》第四九号）。母親がペンション経営をやめ、年末ヴィトカツィと共に友人の山荘《オルマ Olma》に移る。

一九二九年　六月二十三日～七月二十二日、ポズナンで「肖像画商会」の作品（商品？・）約百点を展示。展覧会評は好意的。八月、幻覚剤メスカリン、コカインの服用実験。十二月、ペヨーテの服用をやめる。この夏、晩年の最も重要な愛人、やがて心中によって共に生涯を終えようとすることになるチェスワヴァ・オクニンスカ＝コジェニョフスカ（Czesława Okńinska-Korzeniowska, 1902?～75）と出会う。

一九三〇年　ザコパネに来たブルーノ・シュルツが何度か来訪。五月、小説『非充足』出版（タデウシュ・ミチンスキに献呈）され、賛否両論に文壇が沸く。六月、作家ゾフィア・ナウコフスカ（Zofia Nałkowska, 1884～1954）がアニェラ・ザグルスカと共に訪ねてくる。七月、マリノフスキ、フフィステクらと再会。「マリノヴァー（＝マリノフスキ）」が来たが、奇妙奇天烈で、骨の髄まで英国かぶれしている」と評した（十三日付妻宛ての手紙）。

一九三一年　精力的に評論、講演活動を行う。四月二十四～五日、クラクフのヤギェロン大学で講演「チスタ・フォルマについて」。五月、新しい種類のペヨーテを試す。七月、靴職人についての戯曲執筆を考える。十二月三日、母マリア他界。この年から翌年にかけて小説『唯一の出口』を書く（未完。一九六八年初版）。

一九三二年　五月、評論『ニコチン、アルコール、コカイン、ペヨーテ、モルヒネ、エーテル及び付録』出版。六月、「なぜ小説は《純粋藝術》ではないのか」を書き、ストリン（現ベラルーシ南東部）の「カトリック知識人研究会」に招かれ、発表する。

一九三三年　二月、ワルシャワの国立演劇学校学生による『新版《解放》』上演。三月（？）、妻ヤドヴィガ、中央統計局で働き始める。六月（？）、《オルマ》からアンタウフカ（ザコパネの別の地区）の親戚の家に引越す。十二月七日、クラクフの造形作家集団「クリコ」による『烏賊、或いはヒルカニア的世界観』初演。演出ヴワディスワフ・ユゼフ・ドブロヴォルスキ（Władysław Józef Dobrowolski, 1906～78）、美術ヘンリク・ヴィチンスキ（Henryk Wiciński, 1908～43）。第二次大戦後タデウシュ・カントルらが始めた第二期クリコ、「クリコ２」がその第一作として上演した、『烏賊』の戦後初演では、ドブロヴォルスキは観客席に坐った（一九五六年五月十二日）。

一九三四年　哲学的論考に費やす時間がいよいよ増える。三月、戯曲『靴職人たち』を書き上げる。この頃シュルツの短篇集『肉桂色の店』を読み、衝撃を受ける。

一九三五年　三月七日、クラクフの前衛劇団「アヴァンスツェナ（＝プロセニウム）」が戯曲『恐るべき教育者』を初演。演出W・J・ドブロヴォルスキ。反響なし。戯曲は四幕中一、二幕のみ伝わる。四月、シュルツとの文通を週刊新聞《ティゴドニク・イルストロヴァーネ》が掲載。この時期以降、哲学者ロマン・インガルデンやドイツの哲学者ハンス・コルネリウス（Hans Cornelius, 1863～1947）と長期にわたって密度の高い文通。七月、ワルシャワの文藝週刊誌《ピョン》第三四～三五号に「ブルーノ・シユルツの文学作品」を掲載。秋、政府機関「ポーランド文藝アカデミー」から「黄金月桂樹」勲章を授与される。

一九三六年　二月二日、作家ヴィトルト・ゴンブローヴィチ（Witold Gombrowicz, 1904～69）が週刊誌《プロスト・ズ・モストゥ》のアンケート「一九三五年にあなたが読んだ最も興味深かった本は？」に答えて〔ジョイスの〕『ユリシーズ』、〔Z・ナウコフスカの〕『境界』、ヴィトカツィの戯曲〔複数形〕を挙げる。ゴンブローヴィチは、ヴィトカツィ自身からタイプ原稿を貰って読んでいた。七月五日、評論「洗われるべき魂たち」を書き上げる（生前未刊。一九七五年初版）。この年、各種哲学学会などに参加。九月二十四～七日、九年ぶりに「第三回ポーランド哲学者大会」がクラクフで開催され、参加者二七八名、発表一〇五本という記録的な規模となる。ヴィトカツィは二十六日に「論理学、物理主義及び似非学術的一元論の存在論的絶望について、またモナド論的構想の見通しについて」を発表。

一九三七年　雑誌《ストゥディオ》に「ヴィスピャンスキの演劇におけるチスタ・フォルマ」発表。三月二十九日、ローザンヌでシマノフスキ他界。以前から絶えず自殺願望を語っていたヴィトカツィだが、シマノフスキの死でそれが更に亢進したように見え、六月二十六日付妻宛ての手紙には「あの悪党シマノフスキ、ロープの向こう側から、《メイエルリンク〔原文ママ〕》の悲劇の最後の生き証人としての私を呼んでいる」と記している。「悲劇」はヤドヴィガ・ヤンチェフスカの自殺を指すか。九月、ベルリンで会おうというコルネリウスの提案に対して、旅費がないので、ザコパネに来て貰いたいという返事をする。十月四日、コルネリウスがザコパネのヴィトカツィを訪問し、八日間を共にする。その後コルネリウスはポーランド各地で哲学者らと会い、講義をし、十月二十三日ワルシャワを発ってドイツに帰る。

一九三八年　隔月刊誌《アテネウム》第四号に戯曲『ベルゼブブのソナタ』掲載される。ヴウォジミェシュ・ピェチシャク（Włodzimierz Pietrzak, 1913～1944）はこの戯曲を論じながらこう書いた――「ヴィトキェーヴィチは、黴の生えた我が国の文学の気候を一新してくれた作家達、当地の文学のためにヨーロッパにつながる地平を切り開いてくれた——果たして満足な効果はあったか？——作家達の一人だ。〔……〕ヴィトキェーヴィチの演劇！　それこそ、絵画を除けば、実験的舞台を転々とさまようあの、公式的劇場には居場所のないあの、正真正銘のヴィトキェーヴィチではないだろうか」（《プロスト・ズ・モストゥ》五月二十八日号）。五月、戯曲『狂乱する所謂人類』（消失。登場人物紹介の頁のみ伝わる）を書く。ザコパネに「演劇愛好家協会」設立される。

一九三九年　五月、三幕物の芝居を九〇頁書いたと記しているが、題名は不明。八月六日「もうザコパネは沢山だ」、二十二日「政治が少々心配だ」、二十四日「時下の情勢のせいで、私の精神の平衡もかなり崩れてきた。憤りと戦闘的狂気に徐々に捉えられつつある。今日、肖像一枚片付いた。明日最後の肖像に取り掛かる」と妻宛てに書かれた葉書がザコパネから送った最後の郵便となる。月末ワルシャワに移動。軍入隊を志願するが、年齢と健康状態を理由に認められず。九月一日のドイツ軍ポーランド侵攻以後、大きな地図を拡げて、長時間戦況を研究する。三日から四日にかけて、妻は中央統計局の職員らと共に疎開。一緒に行こうという妻の提案にヴィトカツィは応じず。九月五日、愛人チェスワヴァ・オクニンスカ＝コジェニョフスカと共にワルシャワを脱出し、あてもなく東方に向かう。爆撃が続く中、各地でヴィトカツィは従軍を志願するが、拒否される。ブジェシチ→コブリン→ドンブロヴィーツァと、現ベラルーシ・ウクライナ国境地帯を逃亡し、九月半ばポレシェ地方（当時）イェジョーリ村着（現ウクライナ領。三二年に講演をしたストリンの南四〇キロ）。九月十七日、ソ連軍がポーランド東部国境を超えて進軍してきたという報に接する。十八日の朝食後、チェスワヴァと二人で林の中に自殺の場所を探し、チェスワヴァは大量の睡眠薬を飲み、ヴィトカツィも睡眠薬を飲んだ上で手首の静脈や頸動脈を切って死に、チェスワヴァは一命をとりとめたとされるが、ヴィトカツィの最期についての証言は、彼女の変わりやすい回顧談しかないために、決定的な事実を示すことは恐らく永久にできない。

Niniejsza publikacja została wydana w ramach serii wydawniczej
„Klasyka literatury polskiej w języku japońskim"
przygotowanej przez japońskie NPO Forum Polska,
dzięki dofinansowaniu kosztów wydania przez Instytut Polski w Tokio.

本叢書《ポーランド文学古典叢書》は、
特定非営利法人「フォーラム・ポーランド組織委員会」の企画にもとづき、
ポーランド広報文化センターによる
出版経費の一部助成を得て刊行されています。